KB251610

풍운제일보

풍운제일보 6

송진용 新무협 판타지 소설

초판 1쇄 찍은 날 § 2003년 12월 10일
초판 1쇄 펴낸 날 § 2003년 12월 20일

지은이 § 송진용
펴낸이 § 서경석

편집장 § 문혜영
편집 § 장상수 · 서지현
마케팅 § 정필 · 강양원 · 이선구 · 김규진 · 홍현경

펴낸곳 § 도서출판 청어람
등록번호 § 제1081-1-89호
등록일자 § 1999. 5. 31
어람번호 § 제2-0295호

주소 § 경기도 부천시 원미구 심곡1동 350-1 남성B/D 3F (우) 420-011
전화 § 032-656-4452 팩스 § 032-656-4453
E-mail § eoram99@chollian.net

ⓒ 송진용, 2003

값 8,000원

ISBN 89-5505-918-3 04810
ISBN 89-5505-721-0 (SET)

송진용 新무협 판타지 소설

풍운제일보

風雲第一堡

6 파부침선(破釜沈船)

6

도서출판 청어람

❻ 파부침선(破釜沈船)

제1장 일 년 지약(一年之約)

일년지약(一年之約)

두위가 백운장주 어룡운과 결투를 한다!
이룡운과 두위와의 결투는 세상에 널리 알려져 있었다

뉘엿뉘엿 해가 저물어가는 무렵에 황산 북서쪽 끝자락에 있는 해양촌(楷陽村)으로 들어서는 한 사람이 있었다.

하루 종일 골을 타고 달려와 귓불이며 뺨을 얼얼하게 하던 바람이 잠시 멈추자 푸실푸실 눈발이 날리기 시작하더니 이내 주먹만하게 굵어져서 펑펑 쌓여갔다.

어느새 길도 논밭도 다 잠겨 버렸고, 새들마저도 자취를 감추어 버린 그 눈 속을 죽립을 깊이 눌러쓴 사내가 성큼성큼 걷고 있었다.

걸치고 있는 짙은 갈색의 장삼 자락이 흔들릴 때마다 허리춤에 매달려 있는 칼자루가 언뜻언뜻 보였다. 칠 척의 훤칠한 키에 딱 벌어진 어깨. 균형이 잡혀 있어서 더욱 단단해 보이는 몸매가 사내를 돋보이게 해주었다.

문득 걸음을 멈춘 사내가 죽립 끝을 조금 들어 올렸다. 그러자 턱수

염이 거칠게 자라 있는 각진 턱과 함께 번쩍이는 눈빛이 드러났다.

사내는 해양촌 입구에 있는 허름한 객잔을 바라보고 있었다. 조금씩 어두워져 가는 하늘 아래에서도 현판에 큼직하게 써 있는 〈홍화객잔(弘華客棧)〉이라는 금빛 글자가 잘 보였다.

객잔을 대하자 마음이 급해진 듯 빠른 걸음으로 다가간 사내가 거칠게 문을 열어젖혔다. 익숙한 술 냄새와 온기가 혹 끼쳐 왔다. 눌러쓰고 있던 죽립을 벗어 옷이며 발에 묻은 눈을 털어낸 그가 성큼성큼 걸어 들어가 창가의 탁자를 차지하고 앉았다. 두위였다.

"화로불이 있고 술 냄새가 있는데 주인만 없다!"

기다려도 아무도 나오지 않자 안에 대고 버럭 소리쳤다. 그제야 내실 쪽에서 주인인 왕가가 삐죽이 얼굴을 내밀었는데, 잔뜩 못마땅해하는 기색이었다. 이상하게 여기던 두위가 탁자를 두드리며 다시 소리쳤다.

"이봐! 이 눈 속을 걸어서 손님이 찾아왔는데도 겨우 얼굴만 내밀다니! 장사를 하는 건가 마는 건가!"

'네미랄, 무림인이라면 천금을 쓴다고 해도 이제는 싫다. 그러니 얌전히 불이나 쬐고 썩 꺼져 버려!'

왕가는 속으로 그렇게 투덜거렸다. 하지만 역시 나와보지 않을 수는 없는 일이었다. 그는 저 고약한 놈이 트집을 잡아서 객잔을 난장판으로 만들어놓으면 어쩌나 하는 걱정 때문에 찌푸려진 낯을 펴지 못했다.

그에게는 이제 도검을 지닌 무림인이라면 모두가 고약하고 성질 더러운 액귀(厄鬼)로 여겨질 뿐이었다. 지난가을에 한바탕 겪었던 일 때문이다. 반천수와 호령팔조의 싸움으로 난장판이 되었던 객잔을 수리하느라고 들어간 돈이 지금 생각해도 아깝기 짝이 없었다.

왕가가 내키지 않는 걸음으로 꾸물거리며 다가와 두위 앞에 섰다.

"뭘 드시려우?"

"어허! 이건 정말 고약한 주인이로군."

"재워드릴 수는 없으니 그리 아슈."

"제기랄, 주인장 낯짝을 보니 술에 독이라도 타지 않을까 걱정부터 되는데 어디 자고 갈 생각이 나겠소? 그러니 걱정 말고 술과 어향육사(魚香肉絲)를 내 오시오."

두위가 핀잔을 주며 품에서 한 덩이의 은괴를 꺼내 던졌다. 얼떨결에 그것을 받아 든 주인의 얼굴에 화색이 돌았다. 이만한 은괴라면 보름은 놀고 먹어도 된다. 게다가 혼자 몸이라 싸우고 싶어도 싸울 상대가 없으니 기물이 부서질 걱정도 없다.

'액귀(厄鬼)인 줄 알았더니 재신(財神)이었군. 게다가 어향육사를 찾다니. 어디서 소문은 주워들은 모양이지? 하지만 역시 재워줄 수는 없어.'

단단히 마음먹은 왕가가 싱글벙글 벌어지는 입을 애써 다물며 날듯이 주방으로 달려갔다. 뒤뚱거리는 그 뒷모습을 바라보던 두위가 씁쓸하게 웃었다.

'나를 몰라보는군. 하긴, 십오륙 년이나 지났으니 그럴 만도 하지.'

이 년 전 가을에 마석산과 함께 들렀을 때도 주인은 자신을 알아보지 못했다. 그때는 워낙 사람의 눈을 끄는 마석산 때문이었으려니 여겼는데, 지금도 알아보지 못하는 걸 보고 조금은 서운한 마음도 되었다.

흑룡보에 있던 시절 두위는 가끔 아버지의 심부름으로 이곳에 와서 술과 고기를 사 가곤 했었다. 주인 왕가는 음식 만드는 솜씨가 뛰어났는데, 특히 어향육사(魚香肉絲)가 일품이었다. 그것은 실처럼 가늘게 썬 돼지고기에 온갖 야채와 양념을 넣고 볶다가 전분과 육수로 걸쭉하게 마무리하는 것으로써 아버지가 특히 좋아하던 요리였다.

'아버지…….'

두위의 얼굴이 어두워졌다. 흑룡보를 생각하고, 보주와 아버지를 떠올리면 언제나 가슴 한구석이 무거운 돌에 눌린 듯 답답하고 뒷목이 뻣뻣해졌다. 그들의 한을 풀어주지 못한 채 아직도 이리저리 강호를 떠돌기만 하는 자신에 대한 자괴감(自愧感)이었다.

두위는 이곳에 와서 삼우각을 바라보면 언제나 울적한 마음이 되었다. 유년(幼年)의 날들이 오직 그곳에만 멈추어 있기 때문이다. 두위의 기억 속에는 그곳에 있던 사람들과 아버지와 영경이 있을 뿐이다. 그것이 그가 간직하고 있는 유년과 소년기의 모든 것이었다. 그러므로 삼우각과 흑룡보는 두위의 고향이자 추억의 보고(寶庫)이기도 했다.

우울한 감상에 잠겨 덧없이 창밖의 짙어져 가는 어둠과 장명등 불빛 아래 반짝이며 펑펑 쏟아지고 있는 눈을 바라보는데 왕가가 무럭무럭 김이 솟아오르는 어향육사 한 접시와 따끈하게 데운 술을 내왔다.

왕가의 심보는 고약한 편이 아니었다. 술에 취한 두위가 한 동이의 술을 안고 불콰해진 얼굴로 일어서자 망설이던 왕가가 그의 옷소매를 붙잡았다.

"제기랄, 무림인은 내 객잔에서 재워주지 않을 작정을 단단히 했소만 당신은 특별히 재워주겠소. 그러니 자고 내일 아침에 가시구려."

"아니, 가야겠소."

"어디로 가는 건지는 모르지만, 이렇게 눈이 내리고 술까지 취했는데 제정신이오? 한번 넘어지면 영영 일어나지 못하고 얼어 죽고 말걸?"

"까짓 죽는 게 무서워서 사나이 갈 길을 못 간다면 말이 안 되지."

두위가 왕가의 손을 뿌리치고 호기롭게 말했다. 멍하니 바라보던 왕가가 풀썩 웃었다.

"죽은 다음에는 사나이대장부고 뭐고 다 필요없는 거요."

"흥! 장부가 큰 뜻을 품었는데 죽음을 두려워하겠소? 한번 가야겠다고 마음먹었으면 도산검림(刀山劍林)이 앞에 놓여 있고, 시산혈해(屍山血海)를 헤쳐 나갈지라도 반드시 가고 마는 거외다."

"좋소, 좋아. 하지만 하루쯤 늦는다고 해서 길이 없어지지는 않는 법이라오. 무리해서 가다가 화를 당하고 평생 후회하느니 한가롭게 쉬면서 다음날을 기약하는 것도 현명한 일이오. 지혜있는 자라면 눈앞의 화를 피해갈 줄 알아야 하지 않겠소?"

"모르는 소리. 쉬는 일이야말로 장부의 의지를 약하게 하고 앞날을 더디게 하는 교묘한 함정이라오. 편한 것을 원했다면 처음부터 험한 길에 발을 들이지 않았을 게요. 그러니 이대로 가겠소. 가다가 죽으면 그게 내 운명인 거니 할 수 없지."

"허허허……."

왕가가 더 이상 말하지 못하고 어이없다는 듯 웃고 말았다.

"그럼 가겠소."

허청허청 걸어서 퍼붓는 눈 속으로 걸어 들어가는 두위의 뒷모습을 바라보던 왕가가 머리를 갸웃거렸다.

"이상한 놈이군. 하지만 신경 쓸 것 없지. 그만큼 말렸는데도 듣지 않고 고집을 부렸으니 가다가 얼어 죽어도 날 원망하지는 못할 거야."

두위의 뒷모습은 곧 장명등 불빛이 닿지 않는 어둠 속에 묻혀 버려서 이제는 아무것도 보이지 않았다. 그 어둠 속에서 뽀드득뽀드득 하고 눈을 밟는 소리가 점점 희미하게 들려왔다.

흰 눈은 칠흑의 어둠 속에서도 어렴풋이 길을 알아보고 방향을 가늠할 수 있게 해주는 좋은 길잡이가 되었다. 꽁꽁 얼어붙은 풍천강(風仟江)을 건너자 삼우각(三佑角)이 눈앞에 다가왔다. 백발(白髮)처럼 드러난 산 능선 너머, 세 개의 칼을 꽂아놓은 듯 높고 날카롭게 서 있는 거대한 바위 봉우리가 어둠 속에서 하얗게 반짝이고 있었다.

원래 희었던 그것이 지금은 눈마저 덮어쓰고 있었기에 반짝이는 상아(象牙)를 세워놓은 것처럼 더욱 신비롭게 보였다. 더운 입김을 훅훅 내뿜으며 넋을 놓고 그것을 바라보던 두위가 아! 하고 탄성을 발했다. 언제 보아도 신비하게만 보이는 그것을 바라보고 있자니 어린 날처럼 가슴이 마구 뛰었던 것이다.

"내 집에 돌아왔다."

하지만 반겨 맞아줄 사람은 아무도 없는 곳. 따뜻한 온기와 훈훈한 사랑을 품고 있는 집도, 가족도, 이웃도 이제는 남아 있지 않은 곳. 황량하고 거친 그 폐허 위에 흰 눈이 퍽퍽 쌓여서 막막한 벌판처럼 되어버린 그곳. 그 자리를 바라보는 두위의 얼굴에 어둠보다 더 짙은 그늘이 내리덮였다.

잠시 멍하니 서서 눈을 맞고 있던 두위가 이야! 하고 고함을 지르며 몸을 던졌다. 그의 커다란 몸이 비탈에 쌓인 눈 위를 뒹굴며 무섭게 미끄러져 내려갔다.

순식간에 산 능선을 미끄러져 내려온 그가 울창한 숲을 지나 흑룡보의 폐허에 이르렀을 때는 어느덧 눈도 멎어 있었다. 온통 눈벌판으로 변해 버린 옛 터 위에서 두위는 다시 멍하니 서 있을 수밖에 없었다. 어디가 어디인지 분간할 수가 없었던 것이다.

괴괴한 적막이 숨 막히게 밀려들었다. 한참 동안 눈을 끔벅이며 서 있던 두위가 어? 하고 놀란 소리를 냈다. 눈벌판 한쪽에 우뚝 솟아 있는 눈 기둥을 발견한 것이다. 못 보던 것이었다. 높이가 무려 이 장여에 달하는 것이 돌탑을 쌓아놓은 것 같기도 했다.

누가 언제 와서 저런 이상한 것을 만들어놓았을까? 하는 의문이 점점 커졌다. 무릎까지 빠지는 눈밭을 헤치며 다가간 두위가 거대한 원뿔형의 눈탑을 한동안 살펴보다가 흠칫 놀라 억! 하는 외마디 소리를 내고 물러섰다.

쌓인 눈을 뚫고 삐죽이 나와 있는 뼈를 본 것이다. 그가 서둘러 눈을 쓸어냈다. 그러자 다시 더 많은 뼈들이 드러났다. 그리고 해골들……

수없이 많은 뼈들이 차곡차곡 쌓여져 거대한 탑을 이루고 있었던 것이다.

한동안 멍하니 그것을 바라보던 두위가 머리를 끄덕였다. 이곳에 와서 이런 일을 할 사람은 영경밖에 없다고 생각했다. 그녀가 손수 여기저기 흩어져 있는 이 많은 뼈들을 주워 모아 눈물로 탑을 쌓은 것이 틀림없다고 믿었다.

'나는 왜 이 생각을 하지 못했을까?'

그런 후회가 들었다. 일 년에 한 번 이곳에 올 때마다 어지럽게 나뒹굴고 있는 해골과 흩어진 뼈들을 보며 안쓰러워하고 안타까워했을 뿐, 그것들을 모아 죽은 자의 제단(祭壇)을 쌓겠다는 것은 생각하지 못했던 것이다.

이 뼈의 탑에는 장 아저씨와 곡 누이의 뼈도 있을 것이고, 보주 채군걸(宋君傑)의 것도 섞여 있을 것이다. 그들은 살아서 한 몸과 같았으니 죽어서도 이렇게 모여 있는 것에 만족해할 게 틀림없었다.

"잘한 일이다. 그렇고말고."

영경이 곁에 있기라도 한 듯 고개를 끄덕이며 말해 주었다. 머리 위에 서는 하늘을 가득 덮었던 짙은 구름이 빠르게 물러가고 있었다. 그 사이 사이에 밝은 달이 얼굴을 내밀고 부드럽고 은은한 금빛을 뿌려주었다.

문득 허리에 매달고 있는 술 항아리를 생각해 낸 두위가 그것을 풀어 해골탑(骸骨塔) 아래 내려놓고 두 번 절을 했다. 그리고는 무릎을 꿇고 앉아 지그시 눈을 감고 중얼중얼 진언(眞言)을 외워서 죽은 자들의 혼령을 위로했다. 마음속으로는 반드시 복수해서 한을 풀어주겠다는 다짐을 잊지 않았다.

참배를 마친 그가 불쏘시개로 쓸 나뭇가지를 주울 양으로 해골탑을 돌아갔다. 그리고 그곳에서 뜻밖의 것을 발견했다.

"어?"

크게 놀란 두위가 펄쩍 뛰어 물러섰다. 그의 한 손은 칼자루에 닿아 있었다. 누구냐! 하고 소리치려던 그가 침을 꿀꺽 삼키고 입을 다물었다. 이글거리는 눈길만이 그 수상한 자의 몸에서 떠나지 않을 뿐이다.

해골탑 뒤편에는 또 하나의 눈 기둥이 솟아 있었는데, 두위는 그것이 가부좌를 틀고 앉아 있는 사람이라는 것을 알아보았다. 온몸에 흰 눈을 가득 덮어쓴 채 죽은 듯 앉아 있는 사내였다. 머리카락이며 눈썹, 얼어붙은 수염에 달라붙어 있는 눈 때문에 얼굴을 잘 알아볼 수 없었다.

다시 달이 구름을 헤치고 나타났다. 밝은 그 빛이 후광처럼 사내의 주위를 비추어주었다. 사내는 운기조식에 깊이 빠져 있는 모습이었다. 실낱처럼 가느다란 생기(生氣)가 아주 느리게 그의 코를 통해 나오고 들어가는 일을 반복하고 있었던 것이다.

야위고 초췌해져 있는 얼굴이었다. 맨발이었고, 상투를 풀어 흐트러진 긴 머리카락이 어깨에 달라붙어 있었는데, 가슴을 가리고 있는 옷마저 어찌나 더럽고 낡았던지 곧 삭아 없어질 것만 같았다. 거지 중에도 상거지가 있다면 저런 모습일 것이고, 굶어 죽어서 그렇게 되었다는 아귀(餓鬼)가 모습을 보인다면 저럴 것이라는 생각이 들었다.

잠자코 그자를 바라보던 두위가 음, 하고 신음을 흘렸다. 거친 손마디와 행색에서 그가 바로 해골탑을 쌓은 자이고, 이것을 지키고 있는 자라는 것을 짐작했기 때문이었다. 언제부터였는지는 모른다. 하지만 하고 있는 초라한 행색을 보아 꽤나 오랫동안 폐허의 원혼들과 함께 뒹굴며 지내온 게 분명했다.

주위를 둘러봐도 눈비를 가리고 바람과 햇빛을 가려줄 초막(草幕) 하나 보이지 않았다. 그렇다면 이자는 젖은 땅 위에서 해골을 베개 삼아 잠을 잤고, 눈비를 맞고 햇빛에 그슬리며 이 일을 해온 것이리라.

짐승도 제가 숨고 쉴 굴 하나는 갖고 있는 법이다. 하찮은 벌레도 비가 오면 나뭇잎 아래 몸을 웅크리고, 햇볕이 쬐면 응달로 숨어들어 쉴 줄 안다. 그런데 사내는 온전히 저를 드러낸 채 그저 맨땅에 뒹굴었을 뿐이다. 어쩌면 자기 자신을 짐승이나 벌레보다 못하게 여기고 있었던 건지도 몰랐다.

대체 무엇 때문에 그가 스스로를 이처럼 괴롭혀야 한단 말인가? 하는 의문이 두위를 당혹스럽게 했다.

'정말 그란 말인가?'

이제는 머릿속이 혼란해졌다. 아무리 보아도 철정신검(撤情神劍) 이릉운(李凌雲)이라고는 믿어지지 않는 사내. 하지만 그의 무릎 위에 놓여 있는 한 자루의 검은 잊으려야 잊을 수 없는 바로 그 마운검(磨雲劍)이었다.

검이 품고 있는 따뜻한 온기 탓에 그곳에는 눈이 쌓여 있지 않았다.

그 고풍(古風)한 검집에 새겨져 있는 구름과 학(鶴). 그날, 커다란 회나무 아래의 결투에서 무참히 패했던 바로 그날 이후 두위는 한시도 그것을 잊지 않고 있었다.

여전히 눈을 지그시 내리감은 채 턱을 약간 숙이고 운기삼매에 몰입해 있는 사내를 내려다보면서 두위는 만 가지 생각에 시달리고 있었다. 그의 눈에 때로는 걷잡을 수 없는 살기가 어렸고, 때로는 아득한 연민의 정이 떠올랐으며, 때로는 증오의 불길이 활활 타올랐다.

그렇게 빠른 바람처럼 물결처럼 달려가고 달려오는 생각의 풍랑(風浪)에 떠밀리며 서 있기를 얼마나 했을까. 두위가 길게 한숨을 쉬고 느릿느릿 돌아서서 이릉운을 스쳐 숲으로 들어갔다.

창백한 눈벌판 한가운데서 모닥불이 기세 좋게 활활 타올랐다. 나무를 주위와 불을 붙이고, 객잔에서 가져온 고깃덩이를 저며서 꼬치에 꿰어 굽자 구수한 냄새가 멀리까지 퍼져 나갔다. 두위는 밤새도록 그렇게 앉아서 술을 마실 작정이었다.

깨어가던 술기운이 다시 거나하게 오를 무렵 사박거리며 눈을 밟는 가벼운 발자국 소리가 들려왔다. 두위는 돌아보지 않았다. 마음속에 치솟고 가라앉기를 거듭하고 있는 갈등을 다스리는 일만으로도 벅찼기에 다른 것에 신경을 쓸 여유가 없는 탓이기도 했다.

다가온 이릉운이 한동안 그런 두위를 바라보더니 불을 사이에 두고 털썩 주저앉았다. 두 사람 사이에서 무거운 침묵이 계속되었다. 타닥거리며 타오르고 있는 모닥불과 지글거리며 익어가고 있는 고기 냄새가 더 강렬해졌다.

술 항아리를 들어 꿀꺽꿀꺽 몇 모금을 마신 두위가 그것을 놓았다.

허공에 끈이라도 달려서 묶어두고 있는 것처럼 항아리가 둥실 뜬 채 그의 얼굴 앞에서 움직이지 않았다.

"마시겠소?"

힐끔 두위를 바라본 이릉운의 황폐해진 얼굴 위로 한 가닥 쓸쓸한 웃음이 스쳐 지나갔다.

"그러지."

머리를 끄덕인 두위가 천천히 손을 내밀었다. 둥실 떠 있던 술 항아리가 그의 손짓을 따라 천천히 불 위를 건너 이릉운에게로 옮겨갔다. 서슴없이 손을 뻗어 그것을 받아 든 이릉운이 몇 모금을 급히 마시고 다시 그것을 놓았다. 마찬가지였다. 술 항아리는 제 스스로 살아 있는 새가 되기라도 한 듯 이번에는 두위를 향하여 둥실둥실 날아갔다.

그렇게 몇 순배를 했을까. 두위가 술 항아리를 받아 곁에 내려놓자 이릉운이 비로소 하하, 하고 가볍게 웃었다.

"놀라운 진보다. 기연을 얻은 모양이군."

"기연이라면 기연인 셈이지."

두위가 자조적으로 대꾸했다. 이릉운은 더 묻지 않았고, 두위도 더 말하지 않았으므로 두 사람은 다시 침묵 속으로 빠져 들어갔다. 두위가 꼬치 하나를 꺼내 이릉운에게 건넸다. 말없이 그것을 받아 든 이릉운이 후후, 불어가며 고깃점을 뜯어먹었고, 두위도 그렇게 했다.

어느새 동녘 하늘이 붉게 물들어오고 있었다. 모닥불도 사그라들어 이글거리는 숯불이 되었다. 그때쯤 한 항아리의 술도 다했지만 두 사람은 조금도 취하지 않았다.

두위가 자리를 털고 일어섰다.

“가려고?”

이릉운이 어눌한 음성으로 말했다. 눈길은 모닥불에 둔 채였다.

“사월 스무날이 되려면 아직 두어 달이나 남았소. 그러니 그 안에 정리할 것들은 다 정리해 둬야지.”

두위가 밝아오는 동쪽 하늘을 바라볼 뿐, 역시 이릉운에게 눈길을 주지 않은 채 말했다. 이릉운은 그 말이 자신에게 해주는 것임을 알아들었다.

“정리할 것들이라. 정리할 것들…….”

그가 멍한 얼굴로 중얼거렸다.

“살아온 세월이 사십 년을 훨씬 넘겼다. 아무리 깨끗이 정리한다고 해도 될 리가 없지. 그럴 바에는 차라리 다 놓아두고 홀가분하게 떠나는 게 낫지 않을까?”

“그럼 좋으실 대로 하시오.”

“나는 사정을 봐주지 않을 작정이다.”

“음?”

막 걸음을 떼어놓으려던 두위가 이릉운의 말에 발끈해진 얼굴로 그를 돌아보았다. 이릉운은 여전히 이글거리는 숯불에 시선을 떨어뜨린 채였다.

“적어도 네 칼에 죽고 싶지는 않다는 말이다.”

중얼거린 그가 비로소 얼굴을 들어 두위를 보았다. 이글거리는 눈빛이 숯불을 담아둔 듯했다. 이제는 두위가 멍한 얼굴로 잿빛 하늘을 바라보며 생각에 빠져 들어갔다.

“선풍삼도는 이제 제대로 익힌 거냐?”

“…….”

“그렇군. 확실히 너는 일 년 전과 많이 달라졌다. 기대해도 되겠어.”

‘이자는 채 보주님의 선풍도법만을 상대하고 싶어한다.’

두위는 비로소 그가 ‘네 칼에는 죽고 싶지 않다’고 말한 의미를 알 수 있었다. 그렇다면 그렇게 해주면 그만이다.

지그시 이릉운을 바라보던 두위가 더 망설이지 않고 돌아섰다. 그는 밝아오는 아침 하늘을 향해서 반짝이는 백설의 벌판을 건너 사라졌고, 이릉운은 꺼져 가는 숯불을 앞에 둔 채 영영 일어서지 않을 듯 앉아 있기만 했다. 산 너머에서 붉은 해가 느리게 떠올라 그의 그림자를 길게 늘였다. 두위가 남기고 간 발자국들이 흰 눈 위에 선명하게 남아 있었다.

어쩌면 이것이 이 겨울에 보는 마지막 눈이 될지도 모른다. 이월이 저물어가고 있었던 것이다.

그로부터 보름 후 두위는 장강을 오가는 배 위에 있었다. 뱃전에 기대어 소용돌이치며 흘러가는 푸른 물살을 멍하니 바라보고 있었는데, 얼굴 가득 착잡한 기색이 떠올라 있는 것이 마음에 큰 근심을 품고 있는 사람 같았다.

―군웅성에 변고가 생겼다.

―이대 성주가 옹립되었고, 정한곡이 다시 나타났다.

―군웅성의 그늘에 눌려 있던 군소방파들의 움직임이 심상치 않다.

세상의 어디를 가든 그런 수군거림이 그치지 않았다. 살벌하고 긴장된 분위기가 느껴졌다. 무림인으로 여겨지는 자들의 눈에는 번쩍이는 살기가 감돌았고, 가끔은 서로 피를 뿌리며 싸우는 모습도 볼 수 있었다. 대무광이 군웅성을 장악하고 있을 때에는 볼 수 없었던 모습들이다.

사람들은 그래서 불안해했다. 인심이 몰라보게 사나워졌고, 낯선 자에 대한 경계와 따돌림이 눈에 띄게 드러났다.

강호에서는 구대문파 중에서도 무당과 아미, 청성파의 위세는 더욱 높아진 반면, 상대적으로 소림과 여타 문파들은 위축되는 기색이 역력했다. 중원에서는 좀체 모습을 보기 힘들었던 해남도(海南島)의 남해검파(南海劍派)도 덩달아 어깨를 으쓱대며 심심찮게 나타났다. 그걸 두고 사람들은 그동안 정파무림의 실질적인 힘이었던 그들 구대문파가 갈라질 조짐이 보인다는 말을 했다.

두위는 그것이 대무광의 유폐와 군웅성의 변고 때문임을 짐작했다. 무존을 지지하던 세력들은 그와 함께 쇠하고, 진사후를 따르는 세력이 대신 득세했던 것이다. 세상의 이치였다.

그 외중에 지난 십여 년 동안 쥐 죽은 듯 숨어 있기만 하던 마두와 은거고수들의 모습도 심심찮게 보였다. 그중에서도 과거 사파삼비(邪派三秘)에 속해 있던 무리들의 재출도가 사람들의 시선을 끌었는데, 특히 흑사대제(黑邪大帝) 구양적(丘陽赤)을 따르던 자들의 움직임이 두드러졌다.

과거 대무광에 의해 쫓겨났던 그들, 사령천(邪靈天)의 마귀들이 보란 듯이 모습을 드러내고 강호를 활보한다는 건 아무래도 심상치 않은 일이었다.

군웅성에서는 무슨 생각을 하고 있는 건지 좀체 움직일 기미를 보이지 않았다. 이대 성주로 등극했다는 무정백검(無情白劍) 하도욱(河道昱)의 명성만이 강호에 진동할 뿐, 대무광에 대한 소식은 들을 수가 없었다. 두위는 그것이 세상의 인심이라고 생각했다.

배는 장강을 거슬러 쉬임없이 나아갔다. 물길을 거스르는 일이니 빠를 수가 없다. 사흘째 되는 날 멀리 노산(廬山)의 영봉들을 왼쪽에 두고 무한(武漢)으로 향하는 물굽이를 돌았다. 강폭이 더욱 좁아졌고, 물살의 흐름이 빨라진 탓에 배는 굼벵이처럼 더디게 나아가기만 했다.

좁은 배 안에서의 지루함을 견디지 못하게 된 두위는 닷새째 되는 날 뭍으로 내려서고 말았다. 무한에서였다.

무한에는 대륙전장(大陸錢場)이 있다. 중원에서 가장 큰 전장으로서 하루에 만금이라도 바꿀 수가 있을 만큼 풍부한 재력을 자랑하는 곳이었다. 두위는 그곳에서 해룡방주(海龍幫主)인 남해일룡(南海一龍) 주무엽(朱武曄)이 맡겨놓은 돈을 찾을 생각이었다.

그는 호남(湖南)의 패자(覇者)로서 철웅보(鐵雄堡)의 보주인 철사자(鐵獅子) 하후명(何厚明)의 목을 청부했다. 그게 벌써 이 년 전의 일이니 이제는 약속을 지킬 때가 되었다.

여각(旅閣)에서 하룻밤을 푹 쉬어 오랜 뱃길에서 온 노독을 푼 두위가 어슬렁거리며 성(城) 남쪽의 번화가인 화평대도(和平大道)에 들어선 건 해가 높이 솟아올라 봄볕을 따갑게 느끼게 해줄 무렵이었다.

화평대도를 따라 한 식경쯤 내려가자 장강의 넘실대는 물살이 내려다보이는 언덕 위에 우뚝 서서 햇빛을 받고 있는 높은 다락이 보였다. 당나라 때의 시인 최현(崔顯)과 이백(李白)이 노래한 곳으로 유명한 황학루(黃鶴樓)였다.

풍류남아가 아니더라도 무한에 오면 누구나 한 번쯤 거쳐 간다는 명승을 바라보면서도 두위의 마음에는 감흥이 일지 않았다. 마음속에 살인을 계획하고 있고, 대가로 맡겨진 돈을 찾으러 가는 길인데 여유로운 감정이 생길 리가 없었다. 오직 삭막한 눈빛을 감추기 위해 애쓸 뿐이었다.

대륙전장은 화평대도 말단에서 다시 골목으로 반 마장쯤을 들어간 곳에 있었다. 주변은 부유층의 장원과 상점, 객방이 한데 어우러져 어수선하면서도 활기에 넘치고 있었다. 청석을 깐 길은 마차 두 대가 나란히 달릴 만했고, 잇닿아 있는 장원의 돌담과 상점의 간판들이 일견 부조화해 보이기도 했다.

약간 비탈진 길을 한가롭게 걸어 올라간 두위가 전장의 문 앞에 멈추어 서자 눈매가 날카롭게 생긴 두 명의 문지기가 재빨리 두위의 온몸을 훑어보았다. 두위가 아무것도 모르는 척 그중 한 명에게 다가가 배첩을 건넸다.

"전주에게 전해주오."

다시 한 번 두위의 아래위를 한눈에 훑어본 자가 아무 대꾸 없이 전장 안으로 달려들어 갔다. 몸놀림이 가볍고 경쾌한 것이 제법 좋은 솜씨를 지닌 자라는 걸 알게 해주었다. 전장에 고용된 호장 무사가 틀림없었다.

"이리로."

잠시 후 수수한 차림의 어린 시비(侍婢)와 함께 다시 바쁜 걸음으로 달려나온 자가 두위에게 정중히 인사하고 손을 들어 안을 가리켰다. 길 안내는 시비가 했다. 이제 고작 열대여섯 살쯤 되어 보이는 예쁜 소녀였는데, 발품이 빠르고 가벼운 것이 역시 무공을 익히고 있는 듯했다.

두위는 전장의 후원 별채로 안내되었다. 아늑하고 조용한 것이 마치 기품있는 학사(學士)의 별원(別院) 같은 곳이었다. 문을 활짝 열어두어서 화초 무성한 뜰과 연못이 그림처럼 내다보이는 객실에 앉아 차를 마시고 있는 중에 중년의 후덕하게 생긴 사내가 종종걸음으로 들어왔다.

"경황 중이라 손수 모시지 못하고 기다리게 해서 죄송합니다."

사내가 포권한 손을 흔들고 웃으며 사근사근하게 인사를 건넸다. 두위의 무뚝뚝하기만 한 얼굴에도 어설픈 미소가 떠올랐다. 그가 자리에서 일어나 마주 손을 흔들며 형식적으로 인사를 했다.

"돈을 찾으시겠다고요?"

마주 앉은 사내가 대뜸 본론부터 꺼냈다. 어지간히 바쁜 모양이었다.

"그렇소."

"설마 한꺼번에 다 찾아가시려는 건……."

사내가 품에서 반쪽짜리 어음을 꺼내 두위에게 돌려주며 눈치를 보았다. 그것은 두위가 청부를 받을 때 해룡방주로부터 건네받은 것이었다. 그는 반쪽을 두위에게 주고 나머지 반쪽은 대륙전장으로 보낸 것이다. 전장에서는 그것을 서로 맞추어보아서 진위를 가린다.

"황금 스물다섯 관입니다. 그만한 금은 지니시기도 불편하려니와 마련하자면 시간이 제법 걸립니다."

"그렇게 미련한 놈이 아니외다. 시가로 환산해서 전표(錢票)로 나누어주시오."

"아, 그러시군요. 그거라면 당장 됩니다. 여기서 차를 드시면서 잠시만 기다려 주십시오."

사내가 기쁜 빛이 가득한 얼굴로 일어서서 다시 바쁘게 나갔다.

황금 스물다섯 관을 은자로 바꾸려면 창고 하나를 통째로 들어내야 하는 번거로운 일이 될 테지만 전표로 끊는다면 간단하다. 대륙전장에서 발행한 전표라면 신용이 매우 높았으므로 어디에 가든지 현금처럼 쓸 수가 있다. 게다가 종이쪽에 불과하므로 지니고 다니기에도 편했다. 그러므로 두위가 전표를 요구한 것은 집사라는 사내에게도 두위에게도 두루 편한 일이었다.

불과 뜨거운 차 한 잔을 마셨을 만한 시간이 지났을 뿐인데 사내가 다시 바쁜 걸음으로 돌아와 전표 다발을 내밀었다. 친절하게도 일백 냥과 일천 냥, 일만 냥짜리를 고루 섞어서 만들어왔으니 그것만 보아도 그가 얼마나 꼼꼼하게 일을 처리하는 자인지 알기에 충분했다.

"수고했소."

무뚝뚝하게 그 한마디를 던졌을 뿐, 횅하니 일어서서 낭하를 걸어나 가는 두위의 뒷모습을 멍하니 바라보던 사내가 머리를 흔들고 시비에 게 손짓을 했다.

"가서 전해라, 해룡방주가 맡긴 돈을 모두 찾아간 자가 있다고."

*   *   *

"두위가 움직이기 시작했습니다."

동건유(董健留)의 음성은 충분히 들떠 있었다. 곰방대를 빨고 있던 풍 노인이 심드렁한 얼굴로 그런 동건유를 바라보았고, 노인의 어깨를 주무르고 있던 규화가 손을 멈추었다.

"나흘 전, 무한의 대륙전장에 나타났었답니다."

"그래서?"

"예?"

노인의 엉뚱한 물음에 동건유가 어리둥절해서 바라보았다.

"이놈아, 서둘지 좀 말란 말이다. 두위 그놈이야 쉽게 뒈질 리가 없 으니 살아서 다시 나온 게 당연한 일 아니더냐. 몇 달 보이지 않는다고 조바심을 쳐대더니 이제는 또 그놈이 나타났다고 방정을 떠는구나."

풍 노인이 잔뜩 못마땅한 얼굴로 흘겨보며 혀마저 끌끌 찼다. 동건유의 이마에 진땀이 배어 나왔다.

"그놈 일에는 신경 쓸 것 없다고 몇 번이나 말해 줘야 알아듣겠느냐? 에잉, 칠칠치 못한 놈."

"죄, 죄송합니다, 노야."

중원의 사신(死神)으로 악명 높은 동건유였지만 풍 노인 앞에서만은 어린아이 같기만 했다. 그가 쩔쩔매는 것이 안돼 보였던지 규화가 거들어주었다.

"두위의 일은 팽호 등에게 맡겨두면 될 것이에요. 그보다는 흉수를 잡는 게 지금은 더 급해요."

"들었느냐? 규화의 말이 곧 노부의 말이니라. 너, 멍청한 놈이 우물쭈물거리는 사이에 벌써 십여 명이나 되는 흑룡단원들이 쥐도 새도 모르게 죽어 나갔다. 너는 대체 그 일을 어떻게 처리할 작정이냐?"

"그, 그것은……."

"살수 짓으로 여태까지 밥 처먹고 살아온 놈이 그래, 살수에게 오히려 당하고 있으니 기가 찰 노릇이다."

풍 노인이 매서운 눈길로 동건유를 노려보며 책망했다. 이제는 동건유의 이마에서 땀방울이 뚝뚝 떨어져 그가 짚고 있는 손등에 떨어졌다.

동건유가 이끌고 있는 최고의 살수 집단인 흑천(黑天)에 마가 끼기 시작한 건 몇 달 전부터였다. 도대체 정체를 파악할 수 없는 자 하나가 용하게도 흑천의 존재를 알아내고는 강호에 나가 있는 수하들을 찾아내 하나씩 죽여가고 있었던 것이다.

수법이 동일한 것으로 보아 흉수는 한 명이었고 검을 쓰는 자였다. 그자의 정체를 밝혀내기 위해서 은밀히 규화까지 나섰다. 그것이 지난 가을 그녀가 두위 일행과 만날 수 있었던 계기를 만들어주었다. 그리고 장가구 등을 귀역으로 데려온 뒤에 동건유가 한시도 가만히 있지 못하고 팽호와 함께 뻔질나게 바깥출입을 했던 이유이기도 하다.

하지만 겨울이 다 가도록 끝내 그자의 꼬리조차 잡지 못했다. 그리고 며칠 전에는 무한에 있는 흑룡단(黑龍團) 소속 세 명의 단원 중 두 명이나 다시 그자의 검에 당해 죽고 말았다. 홀로 떨어져 있어서 화를 피한 자가 두위의 일과 함께 그 일을 보고했다.

흑룡단은 흑천의 외단 격인 단체로서 정보 및 첩보의 수집과 추적 등 은밀한 임무를 주로 했다. 그러므로 고수라고 불릴 만한 자는 그리 많지 않았다. 하지만 어느 곳에나 그들의 눈과 귀가 있다고 할 만큼 강호 전역에 깊이 뿌리를 박고 있기도 했다.

그 임무의 성격상 흑룡단에 속한 자들은 일반인들과 섞여서 그들과 똑같이 생활하며 살았다. 더러는 관부의 관리로 아문(衙門)에 출근하기도 했고, 더러는 장사꾼이 되어 각지를 떠돌았으며, 더러는 강호의 문파 방회 속에 섞여 있기도 했다.

그들이 몇 명이나 되는지, 누가 우두머리이고, 어떤 체계로 움직이고 있는지는 오직 풍 노인과 규화, 그리고 동건유가 알고 있을 뿐 하늘도 모르고 땅도 몰랐다.

동건유의 자부심인 흑천에서 척살할 목표를 정하면 그자에 대한 위치와 정보 등을 재빠르게 수집해서 전해주는 역할도 하고 있었으므로, 흑천에 있어서 흑룡단은 밖으로 뻗어 나간 나뭇가지 같은 존재였다.

그런데 그 흑룡단의 구성원들이 하나씩 정체가 드러나 암살당하고 있었던 것이다. 이것은 흑천으로 보아서도 심각한 문제였다. 흑룡단이 세상에 드러나거나 모두 척살당하여 사라지게 된다면 흑천은 눈뜬장님이나 마찬가지 신세가 된다.

그렇게는 안 되더라도 지금처럼 암살당하는 일이 계속된다면 흑룡단의 활동은 위축될 수밖에 없다. 단원들은 모두 신분을 더욱 감추고 깊이 숨어 있기만 할 것이다. 그러면 흑천에서 필요로 하는 정보들을 입수하기가 어려워진다. 풍 노인은 바로 그것을 질책하고 있었다.

아무 대꾸도 하지 못한 채 땀만 흘리고 있는 동건유는 속으로 이를 부드득부드득 갈았다. 감히 자신 앞에서 살수 짓을 하는 놈이 있으리라고는 꿈에서도 생각해 보지 않았다. 반드시 잡아서 가장 참혹한 방법으로 죽여 버리고 말겠다고 거듭 다짐했다.

"할 수 없어요. 위험을 무릅쓰고서라도 그럴듯한 미끼를 던져 주세요. 흑룡단의 수하들만 닦달할 게 아니라 흑천에서 쓸 만한 자 몇을 내보내 그들을 지원하도록 하는 것도 방법이지요."

규화의 말에 풍 노인이 머리를 끄덕였다.

"미끼를 하나 던져 주고 그 주위에 흑천의 살수들을 풀어놓아라. 반드시 걸려들 게야."

"존명!"

바닥에 이마를 쿵, 찧은 동건유가 날듯이 사라졌다. 그것을 바라보던 풍 노인이 다시 혀를 쯧쯧, 찼다.

"도대체 저런 놈이 어떻게 한때 마도 오대고수의 서열에 들었던 건지 이해할 수가 없다. 머리는 없고 우격다짐만 있는 미련퉁이다."

"사람이 나이가 들면 들수록 어리석고 단순해지는 건 자연의 이치예요. 그러니 늙으면 그저 빨리 죽기나 바라고 얌전히 있는 게 현명한 일이랍니다. 동 아저씨도 이제 예전 같지 않은 게 당연하지요."

"뭐라고? 요런 괘씸한 년이 감히 할애비를 욕하다니!"

규화의 천연덕스런 말에 풍 노인이 고리눈을 부릅뜨고 노려보며 빽 소리쳤다. 그러나 규화는 그저 배시시 웃기만 할 뿐 아무 두려움도 없어 보였다.

"할아버지는 이렇게 편하게 쉬고 계신데 무슨 걱정이세요? 날뛰고 싶어도 그럴 수 없는 몸이라는 거 잘 아시면서 왜 화는 내고 그래요?"

"에라, 이 배라먹을 년아!"

풍 노인이 들고 있던 담뱃대를 휘둘러 규화의 이마를 딱, 소리가 나도록 때렸다. 아얏! 하고 소리친 규화가 이번에는 화가 난 듯 매섭게 노려보더니 흥! 하는 콧방귀를 남기고 방을 나가 버렸다.

"저년이 두위가 다시 나타났다는 말을 듣더니 환장을 한 모양이다. 눈에 뵈는 게 없는 거야. 에휴휴, 이래서 계집은 다 소용없다니까."

넋두리를 하는 풍 노인의 얼굴에 아쉬움이 짙어졌다. 그의 머릿속에 두위의 모습이 더욱 크고 선명하게 떠올랐다. 노인은 규화와 마찬가지로 그에 대한 그리움과 안타까움을 지워 버리지 못하고 있었던 것이다.

"마음을 바꾸어 먹으면 세상이 곧 제 것이 될 텐데……. 고얀 놈, 노부의 마음을 그렇게 몰라주다니……. 에잉!"

노인이 신경질적으로 재떨이에 담뱃대를 꽝꽝 털어댔다. 그는 두위가 한사코 자신에게로 돌아오지 않겠다고 한 것에 대해 몹시 실망하고 있었다. 노인의 가슴에는 아직도 두위를 자신의 후계자로 내세워 천하를 도모해 보려는 웅심이 식지 않고 있었던 것이다.

풍 노인의 방을 나온 규화가 바삐 뜰을 가로질렀다. 정원석 위에 걸터앉아 한가롭게 잡담을 나누고 있던 장가구와 양사명이 반색을 하고 벌떡 일어섰다.

"뭐야? 소식이 왔다면서?"

“어떻게 됐어? 성공했대?”

그들이 동시에 소리쳤다. 규화가 한 번 흘겨보아 주고 걸음을 더 빠르게 해서 자신의 처소로 향했다.

뒤따라 들어온 양사명과 장가구가 허락도 없이 탁자를 차지하고 앉았고, 규화는 경대 앞에 앉아 머리를 매만졌다. 곰 같고 호랑이 같은 사내 둘이 눈만 끔벅이며 그녀의 입이 언제 열리나 하고 바라보는데 팽호와 장 노대도 소식을 듣고 달려들어 왔다.

“이젠 작별할 때가 되었나 보다.”

규화가 돌아앉아 그들을 똑바로 보며 말했다.

“음, 그가 정말 군웅성에서 무사히 나온 모양이군.”

팽호의 얼굴이 기쁨으로 반짝였다. 더 말하지 않아도 두위가 대무광을 만났고, 그로부터 원했던 것을 얻었으리라는 걸 충분히 짐작할 수 있었다.

군웅성에 내분이 있고, 붕괴의 조짐마저 보인다는 것이 더없이 기쁜 소식이었는데, 이제 두위가 무사히 그곳에서 나왔으니 본격적으로 군웅성 타도의 행보에 나서는 일만 남았다. 모든 것을 새롭게 시작할 때가 된 것이다. 그 생각이 팽호를 들뜨게 했다.

“가자!”

벌써부터 엉덩이를 들썩거리고 있던 장가구가 더 참지 못하고 벌떡 일어섰다.

“어디로 가려고?”

규화가 냉정한 얼굴로 물었다. 장가구가 우물쭈물했다. 막상 일어서긴 했지만 정말 어디로 가야 두위를 만날 수 있는 건지 알 수 없었던 것이다. 규화가 한 사람씩 눈을 맞추고 나서 천천히 말했다.

"아직 일 년의 약속 기한이 남았어. 하지만 원한다면 보내주지."

"아가씨로부터 잊을 수 없는 은혜를 받았소. 언제고 때가 되면 반드시 보은하겠소."

양사명이 평소의 그답지 않게 정색을 하고 말했다. 장 노대와 장가구의 얼굴에도 숙연한 빛이 떠올랐다.

그들은 모두 지난 십여 개월 동안 규화로부터 절기를 전해 받았다. 그것이 어디서 어떻게 나온 것인지는 물을 필요가 없었다. 이곳이 진정한 귀역이고, 구지신마 풍해산이 있는 곳이기 때문이다.

한 번도 본 적은 없었지만, 모두는 규화가 그 노인의 진전을 모두 계승한 게 틀림없다고 믿었다. 그렇지 않고서야 그처럼 많은 절기가 그녀의 머릿속에 들어 있을 리 없었던 것이다.

장 노대와 장가구가 그녀로부터 전해 받은 백열도법(百裂刀法)은 상승의 절학이었다. 양사명은 회선비(回旋匕)의 후반부를 얻어 비법을 대성했다. 비도술(飛刀術)에 있어서 그는 이제 최고의 고수로 거듭난 것이다. 두위가 대무광을 만나 탈태환골했듯이 그들 또한 규화를 만난 것이 기연이라면 기연일 것이다.

"그는 사월 스무날 백운장으로 찾아갈 거야. 그곳에서 이릉운을 상대로 해서 강호의 이목을 집중시킬 결투를 하겠지."

규화가 그렇게 일깨워 주지 않아도 그들 모두는 그 사실을 잊지 않고 있었다. 이제 두 달 남짓 남았으니 천천히 가도 그날에는 두위와 만날 수 있게 된다. 팽호가 먼저 포권하고 정중하게 머리를 숙였다. 그때까지 경대 앞에 앉아 있던 규화도 무시하지 못하고 일어나 마주 포권했다.

"많은 신세를 졌고 안목을 넓히게 되었소이다. 소생 또한 아가씨를 잊지 못할 것이오."

“가시겠다니 붙잡을 수 없군요. 머지않아 강호에서 다시 만나게 되었을 때도 지금처럼 좋은 사이가 계속되었으면 좋겠어요.”

바라보던 장가구가 흥! 하고 코웃음을 쳤다. 규화가 자신들을 대하는 것과 팽호를 대하는 것에 차별을 두고 있다는 것이 영 마음에 들지 않았던 것이다. 자신들에게는 도도하고 오만하기 짝이 없게 구는 그녀가 왜 팽호에게만은 항상 예를 차리는 건지 불만이지 않을 수 없었다.

그는 다른 사람들처럼 팽호가 과거 사파삼비의 하나인 수라마군(修羅魔君) 사공휘(司孔輝)의 의발전인이라는 것을 잘 알고 있었다. 그렇다면 신분만으로도 팽호는 자신들보다 훨씬 높은 게 사실이다. 하지만 장가구는 물론 누구도 그런 걸 인정하고 싶지 않았다. 인정하는 순간 먼 거리감을 느끼게 될 것이 두렵고 싫기 때문이기도 했다. 지금처럼 서로가 함부로 대하고 싸우면서 가깝게 붙어 있는 게 훨씬 좋았다.

“그놈이 움직이기 시작했다.”

그와 비슷한 시간에 다른 곳에서도 같은 문제를 두고 머리를 맞댄 사람들이 있었다.

“해룡방주 주무엽이 맡겨둔 돈을 찾아갔다는 건…….”

“놈이 이릉운은 이제 안중에 두지 않는 거지. 다음 청부를 받아들이겠다는 의미이기도 하다.”

장조상이 흐흐, 웃고 난 다음에 턱을 쓸며 말했다. 그를 바라보고 있던 날카로운 인상의 중년인이 음, 하고 신음을 흘렸다. 얼굴 가득 못마땅하다는 기색이 떠올라 있었다.

“하찮은 놈이 감히 철정신검 이릉운을…….”

“벌써 잊었나? 과거에 흑룡보주 채군걸을 상대할 때 세 명이 달려들

어서 겨우 이길 수 있었다. 그놈이 채군걸의 도법을 대성했다면 오만
을 떠는 것도 무리가 아니야."

장조상의 말을 받아서 텁석부리장한이 흐흐, 웃고 나서 이죽거렸다.

"다음에는 어쩌면 자네의 목을 노릴지도 모르지."

"농이 지나치다!"

중년인이 발끈 성을 내자 장조상이 껄껄 웃었다.

"하긴, 어느 누가 있어서 대군웅성의 내총관(內摠管) 각하이신 장여
절편(長麗絶鞭) 하유명(河儒明)의 목을 노리겠나?"

"끝까지 조롱하는군?"

중년인, 장여절편 하유명이 씰쭉하여 눈을 흘겼지만 과히 싫은 기색
은 아니었다.

"놈이 이릉운을 꺾는다면 우리는 앞일에 대해서 심각하게 생각해 봐
야 할 것이오."

느리게 말을 꺼낸 점잖은 선비풍의 중년인은 파호자(把狐子)로 불리
는 엄자서(嚴滋瑞)였다. 그 또한 장조상과 어깨를 나란히 하던 군웅성
의 초인 중 한 명이자 대무광과 함께 십년정벌의 공을 이루었던 영웅
들 중의 한 사람이었다.

엄자서는 출중한 무공보다 빛나는 지모(智謀)가 더 알려진 사람이다.
그는 언제나 세 번 생각하고 한마디를 하는 걸로 유명했다. 그만큼 생
각이 깊었고, 일을 계획하고 도모하는 데 있어서 한 치의 실수도 없는
사람이었다.

휘장을 두른 방 안에는 장조상을 비롯하여 다섯 사람이 이마를 맞대
고 있었는데, 그들의 시선이 일제히 자신에게 향한 것을 안 엄자서가
다시 느릿느릿 말하기 시작했다.

“우리는 천하를 세 등분했다고 여기고 있지만 사실은 천하의 한 조각도 차지하지 못한 셈이오.”

“어째서?”

“이제는 군웅성이 천하무림의 지배자가 아니기 때문이외다. 아시다시피 군웅성은 세 조각으로 갈라지고 말았소. 그것만 가지고 천하무림이 삼 등분되었다고 말하기에는 강호의 사정이 영 좋지 않소이다.”

“그렇지.”

가만히 엄자서의 말을 듣고 있던 텁석부리장한이 크게 머리를 끄덕이며 맞장구쳤다. 섭풍패도(攝風覇刀) 장한풍(張翰風)이라는 자였는데, 그 또한 장조상 등과 마찬가지로 초인이며 영웅으로 불리는 자였다.

“제기랄, 요즘은 마치 십년정벌 이전의 무림으로 되돌아간 것 같다. 온갖 잡놈들이 다 기어 나와서 다시 설쳐 댄다. 사마가 활개를 쳐대니 군웅성은 유명무실하게 되어버렸다. 개 같은 일이지.”

그가 더운 콧김을 내뿜으며 비분강개해서 씩씩거렸다. 엄자서가 희미하게 웃고 나서 다시 차분한 음성으로 말을 이었다.

“검신의 수중에 들어간 군웅성이 있고, 장학우, 장 호법이 이끌고 있는 군웅성의 음양쌍극(陰陽雙戟)이 있소. 그리고 우리들이 있지. 드러난 위세만으로 본다면 당연히 검신이 이끌고 있는 군웅성이 가장 크고 강하오. 하지만 실질적인 전력을 논한다면 역시 음양쌍극의 대부분을 거느리고 있는 장 호법이 으뜸일 것이오.”

사람들이 머리를 끄덕였다. 장학우가 대무광을 대신해서 이끌고 있는 음양쌍극은 조심해야 할 존재였다. 대무광의 친위대인 그것은 첩보 수집을 주 임무로 하는 유밀단(幽密團)과 대무광의 호법대(護法隊)인 호금위(護禁衛)를 가리키는 말이었다. 사람들은 서슴없이 그 음양쌍극이 군웅성의 핵심 전력이라고 말했다. 그만큼 그들은 막강한 전사(戰士)들만으로 구성되어 있었던 것이다.

그들은 대무광을 유폐한 진사후에 맞서 싸우지 않고 대부분 군웅성을 빠져나가 어디론가 사라져 버렸다. 그들이 종적을 감추고 있는 유밀단주(幽密團主) 장학우의 휘하로 들어갔으리라는 것은 이제 공공연한 비밀이었다.

그렇게 된 것은 대무광의 뜻이기도 했을 것이고 그들 음양쌍극 스스로의 판단이기도 할 것이다. 한솥밥을 먹던 자들과 당장 도검을 맞대고 싸우고 싶지 않았던 것이리라. 그것을 알았기에 진사후도 그들을 곱게 보내주었다. 그렇다면 서로가 결별의 예를 갖춘 셈이다.

하지만 이제는 물과 불처럼 서로 경계하고 미워하는 사이가 되어버렸으니 언제고 무섭게 부딪쳐 피를 흘리게 될 것이었다. 그 결과가 어떻게 될지는 아무도 예측할 수 없었다.

"그럼 우리는 쭉정이들이란 말인가?"

내내 말이 없이 앉아 있기만 하던 깡마른 중년인이 불만스런 얼굴로 중얼거렸다. 염왕절(閻王折) 서원(徐原)이라는 자로, 천하무적의 금나술(擒拿術)을 지닌 것으로 유명했다. 그는 온몸이 그 자체로 흉기라고 여겨지는 자였다.

"그렇지 않네, 그렇지 않아."

장조상이 손을 내저으며 염왕절 서원을 달랬다.

"여기 모여 있는 우리들만 하더라도 과연 천하에 두려울 게 없는 사람들이지. 게다가 우리에게는 이십여 명이나 되는 옛 동지들이 합세하고 있네. 그들 모두가 초인으로 불리는 이 시대의 최강자들이야. 누가 우리더러 쭉정이라고 할 수 있단 말인가?"

엄자서가 정색을 하고 다시 말했다.

"검신은 어쨌거나 무존을 모시고 있음으로써 명분과 실리를 쥐었고, 장 호법은 군웅성의 최정예를 감쪽같이 빼돌렸으니 암중의 비수와 같아서 결코 마음 놓을 수 없게 되었소이다. 하지만 우리는 아직 명분도 약하고 세력도 약하오."

"세력이 약하다니?"

섭풍패도 장한풍이 따지듯 턱을 들이밀었다. 엄자서가 미미하게 눈살을 찌푸렸다.

"우리는 밝은 곳에 있는 데다가 모래알처럼 흩어져 있으니 역시 위험하지 않겠소?"

"자서의 말이 맞소."

장조상이 심각한 얼굴이 되어서 거들었다.

"우리와 뜻을 함께하기로 한 동지의 수는 군웅성에 미치지 못하고, 우리 전력은 음양쌍극보다 낫지 않소. 그러니 자서의 말처럼 가장 열세지. 그가 지금 이런 점을 솔직히 드러내는 것은 무언가 복안이 있기 때문일 터. 좀 더 그의 말을 들어보도록 합시다."

엄자서가 빙긋 웃었다.

"방법이 없는 건 아니오. 우리를 대신해서 싸워줄 자를 내세우는 거외다. 그자를 응원해 주면서 우리는 굳게 지키고 있기만 하면 되오. 그자가 군웅성을 한바탕 휘저어놓으면 그들의 전력이 크게 상할 것이고, 숨어 있는 장 호법도 더 참지 못하고 나오게 될 터이니 그때는 누가 승자가 될지 아무도 알 수 없소."

"좋은 생각이기는 한데, 그러자면 그만한 힘과 세력을 지닌 자라야 할 것이오. 그런데 지금 강호에 과연 그런 자가 있겠소?"

장여절편 하유명이 머리를 갸웃거리며 물었다. 엄자서가 눈웃음을 쳤다.

"그것 때문에 우리가 두위라는 자의 동태에 관심을 보이고 있는 것 아니겠소?"

"두위라고? 허, 고작 그놈을 염두에 두고 있었더란 말이오?"

하유명에게는 여전히 두위의 존재가 마땅치 않은 모양이었다. 염왕절 서원이 손가락 마디를 꺾어 우두둑, 하는 소리를 내며 흰 이를 드러내고 소리없이 웃었다.

"이릉운과의 이번 싸움을 지켜보면 드러나게 되겠지. 아니라고 판단되면 그때는 내 손으로 죽여 버리고 말 테다!"

*　　　　*　　　　*

장강의 흰 물굽이가 내려다보이는 바위 위에 앉아서 두위는 벌써 이틀째 꼼짝도 하지 않고 있었다. 지루하던 시간이 지나자 마음은 이상하리만큼 차분하게 가라앉았다. 뉘엿뉘엿 흐르는 강물과 그림처럼 떠 있는 배와 흘러가는 시간들.

등 뒤의 노송 그늘이 조금씩 자리를 옮겨가는 것도 잊은 채 밤이면 이슬을 맞고, 낮이면 햇빛에 이마를 그을리면서 그는 그렇게 깎아놓은 석상인 것처럼 미동도 하지 않고 앉아 있기만 했다. 점점 머릿속이 거울처럼 맑아졌다. 마음을 어지럽게 하던 잡념들이 티끌이 되어 날려가더니 세상과 자기 자신이 환하게 들여다보였다.

그는 달라져 있었다. 거칠고 무뚝뚝하기만 하던 분위기 대신 이제는 크고 은은한 기품이 내비쳤다. 대무광과의 몇 번에 걸친 만남이 그를 변하게 한 것이다. 두위는 커다란 바위처럼 위엄있는 자가 되어가고 있었다.

몸 안에는 저 장강처럼 도도히 흐르는 거대한 기운이 꿈틀대고 있었고, 머릿속에는 천하를 놀라게 할 만한 절학 기초가 샘솟듯이 떠오르고 가라앉기를 거듭했다. 두위는 지금 새로운 무엇을 얻어가고 있는 중이었다. 아니, 스스로 만들어가는 것이라고 해야 옳으리라.

군웅성을 나온 후 그는 구화산 북쪽의 이름없는 절곡에 숨어들어서 석 달 동안 꼼짝하지 않았다. 이제는 아무 거리낌 없이 천마신공을 극성까지 연마했고, 자신의 본원진기와 섭월령의 음한지기를 하나로 아울러 갈무리했다. 그 모든 것은 무존(武尊) 대무광(戴武光)과 성수괴의(聖手怪醫) 당문군(唐雯君)의 희생이 가져다 준 것이라고 해야 옳았다.

그들이 아무 대가도 없이 자신을 위해 스스로를 던졌다는 것을 생각할 때마다 마음이 무거워졌다. 평생의 원수로 여기고 증오하던 자로부터 받은 커다란 은혜는 두위를 혼란스럽게 했다. 하지만 그는 이제 그러한 혼란으로부터도 벗어나려 하고 있었다. 발 아래 굽이지며 흐르는 저 거대한 강물의 도도함처럼 그는 운명이라는 이름의 벽을 넘어서 자유롭게 흘러가고자 하는 것이다.

사물을 두루 공평하게 바라보고, 보이지 않는 곳의 진실마저 꿰뚫어 보던 대무광의 심득은 그날 동굴 안에서 그 누구도 아닌 두위에게 옮겨졌다. 두위는 애써 그것을 부정했지만 확실히 그날의 일은 그에게 자각의 눈을 뜨게 해주는 계기가 되었다.

돈이 많아지면 생활이 달라지듯이 학문이 원숙해지면 기품이 우러나고, 관직이 높아지면 권위가 저절로 생기는 게 사람의 일이다.

두위는 이제 그와 같은 세상의 이치처럼 자신도 모르는 사이에 점점 큰 그릇으로 변해가고 있었다. 그는 깨달음없이는 이를 수 없는 무학의 새로운 지평에 들어선 것이다. 돌아보면 여태까지 솜씨를 뽐내며 때로는 거들먹거리기도 했던 자신의 무공이 부끄럽게 보였다. 그저 쓸만한 잔재주에 지나지 않았던 것이다.

두위는 가만히 섭월령이 동굴 안에서 보여주었던 그녀의 교묘한 검법을 떠올려 보았다. 처음에는 흐리고 군데군데 끊겨서 잘 이어지지 않던 것이 시간이 지날수록 선명하고 확연하게 보였다. 그러자 백묘검법(白猫劍法)의 교활함과 영악함이 다시 그를 놀라게 했다.

"아― 이것은 얼마나 변화무쌍하고 기묘난측(奇妙難測)한 검법인가?"

두위가 문득 길게 탄식했다. 세상에서 이와 같은 검법을 구사할 수 있는 자는 섭월령 그녀밖에 없을 것이라는 생각이 들었다. 정신이 그처럼 오락가락해서 반쯤 미치지 않고서는 그 기기묘묘한 변화를 이해할 수도, 받아들일 수도 없을 게 분명했다.

또 하루가 지나갔다. 밤이 깊어지고 새 날이 밝는 것도 잊은 채 두위는 꼼짝하지 않고 앉아서 수백 수천 번이나 그 요사스러운 검법을 떠올리고 지우기를 계속했다. 그러는 중에 때로는 마음에 격동이 일어진기가 스스로 요동을 쳐서 그를 당황하게 했고, 또 때로는 희열이 물밀 듯 쏟아져 들어와 기혈을 들끓게 하기도 했다.

스스로도 깜짝깜짝 놀랄 만큼 격하고 급한 변화와 물 흐르듯 하는 검봉의 자유로움이 수시로 교차하기를 얼마나 했을까. 드디어 두위의 머릿속에 한 가닥 실마리가 잡혀가기 시작했다. 두위는 지금이 자신만의 새로운 절학을 만들어낼 수 있는 중요한 고비라는 것을 알았다.

선풍삼도도 아니고, 백묘검법도 아니며, 이미 골수에 박혀 있는 풍 노인의 지옥마도도 아닌 전혀 새로운 무엇. 그것들로부터 나왔으되 더욱 진보한 그 무엇을 만들어내는 일이 점점 무르익어 갔다. 안개처럼 모호하고 구름처럼 덧없어 보이던 그 무엇이 조금씩 실체를 드러내기 시작했다.

나무를 깎고 다듬듯이 두위는 그렇게 자리 잡아가는 자신의 생각들을 조심스럽게 깎고 다듬어가는 일에 심력을 모두 쏟아 부었다. 때로는 무서운 적을 상대했고, 때로는 시시한 떨거지들을 상대하기도 했던 그 많은 싸움의 기억들과 수법들과 경험들이 마구마구 헝클어진 채 밀려왔다가 하나씩 제자리를 찾아 박혀갔다.

동쪽에서 떠올랐던 태양이 다시 서쪽으로 기울어가고 있었다. 그러자 홍사(紅紗)처럼 펼쳐진 붉은 노을이 하늘과 땅을 물들이기 시작했다. 저 멀리 아득한 곳에서 그 노을을 담고 반짝이며 흐르는 장강의 물굽이가 은하수 같아 보일 때 두위가 지난 사흘 동안 꼼짝하지 않고 앉아 있던 바위 위에서 천천히 몸을 일으켰다.

그의 손이 조금씩, 조심스럽게 움직였다. 반쯤 눈을 감은 채였다. 낯선 집의 대문 앞에서 머뭇거리고 두려워하는 아이 같았다. 그렇게 조심스럽게 망설이던 순간이 지나고, 두위의 입에서 얏! 하는 낮고 짧은 기합성이 흘러나왔다. 그의 두 손이 조금씩 빠르고 기묘하게 움직여 갔다.

장법 같기도 하고 권각법 같기도 했다. 손을 따라 발이 이리저리 옮겨졌고 그것의 움직임에 맞추어 다시 손이 어지럽게 나가고 들어왔기 때문이다. 왼손이 너울거리며 노을을 쓸면 오른손은 멀리 있는 강물을 잡으려는 것처럼 뻗쳐졌다. 왼발이 허공을 딛고 올라갈 듯하면 오른발은 당장 땅을 차고 날고자 했다.

조금씩 손의 움직임이 빨라졌다. 그에 따라 아지랑이처럼 몽롱한 기운이 손을 감싸고 일렁였다. 그러더니 그것이 밝고 선명해져서 마치 두 손에 햇빛을 가득 담은 구름 조각을 거머쥐고 있는 것처럼 보였다. 그리고 빠르게 움직였다.

날은 잿빛으로 어두워져 가고 하늘에는 촘촘히 별들이 박혀가는데 두위의 춤사위는 좀체 멎을 것 같지가 않았다. 점점 더 빠르고 격해졌다. 이제는 맹렬하게 돌고 움직이는 것이 신(神) 내린 나무가 무녀(巫女)를 이끌며 요동을 치는 것 같았다.

두위는 스스로의 춤에 취해 무아지경에 빠져들어 있었다. 그렇게 몸을 흔들고 두 팔과 다리를 멋대로 내젓기를 얼마 동안이나 했을까. 저 멀리 회백색으로 가라앉아 가는 장강의 물굽이가 멎어버린 듯한 순간이 왔다. 갑자기 몰려든 긴장이 하늘과 땅 사이에 가득 차버린 그 순간에 두위의 입에서 이야압! 하는 엄청난 기합성이 터져 나왔다.

꽈르릉—!

그의 쌍장에서 화염처럼 뜨거운 경력이 뻗어 나와 곧장 등 뒤에 있던 아름드리 거송의 둥치를 쳤다. 하늘 가득 우레 소리가 으르렁거렸고, 장력을 맞은 거송이 태풍을 만난 듯 요동을 쳤다. 두위가 훌쩍 몸을 날려 바위 아래로 내려섰다. 그와 동시에 꽈꽝! 하는 엄청난 폭발음이 터져 나왔다.

숨겨둔 천 근의 화약을 터뜨린 것 같았다. 거송의 둥치가 쩍쩍 갈라지더니 굉음을 내며 산산이 터져 나갔던 것이다. 그 폭발은 둥치에 그치지 않고 거송 전체로 퍼져 나갔다. 나뭇가지 하나, 솔잎 하나 온전히 견디지 못하고 낱낱이 터져 그 가루가 먼지처럼 하늘을 뒤덮었다.

쩌저적—

노송이 뿌리를 박고 있던 바위마저 기어이 견디지 못하고 쩍쩍 갈라지고 부서져 내렸다. 단단한 틈을 비집고 박혀 있던 뿌리들이 터져 나가면서 아직도 남아 있는 장력의 여력을 바위로 전했던 것이다.

눈 깜짝할 사이에 벌어진 그 어마어마한 광경에 두위가 눈을 휘둥그레 떴다. 자신의 몸에서 쏟아져 나온 힘의 결과라고 믿기 힘들었다.

허공에 흩어진 진기의 파동과 극강한 내력의 여파가 바람을 몰아왔다. 태풍이 불어가는 듯한 거센 바람이 두위의 옷자락과 머리카락을 마구 펄럭이게 했다. 지난 사흘 동안 꼼짝하지 않고 앉아 있던 커다란 바위와 그 뒤의 노송은 흔적도 없이 사라져 버렸다.

"설마 이 정도란 말인가?"

그것이 온몸의 진기를 끌어올려 한 번 내뻗은 결과라는 것을 아직도 믿을 수 없었다.

"나는 괴물이 되었다."

두위가 자신의 두 손을 물끄러미 내려다보다가 그렇게 중얼거렸다. 진기를 남김없이 쏟아 때려냈지만 여전히 몸 안에는 넘칠 듯한 기운이 들끓었다. 한순간 진공 상태처럼 텅 비었으나 새롭게 일어선 기운이 곧 맹렬한 기세로 단전을 채우고 기혈을 따라 치달려 나갔던 것이다.

열 번, 백 번이라도 쉬지 않고 이와 같은 장력을 쏟아낼 수 있을 것 같은 자신감이 충만하게 차 올랐다. 어느 누구도 자신의 이 일장을 제대로 받아내지 못할 것이라는 생각이 들었다.

"대천강일도(大天罡一刀)다!"

두위가 어깨를 쭉, 펴고 불끈 쥔 주먹을 허공에 들어 보이며 소리쳤다.

그는 한순간에 삼백 변(三百變)의 초식을 허공에 펼쳐 보였다. 삼백 초의 도법인 듯했으나 처음부터 끝까지 오직 한 길로 이어졌으므로 일초의 도법이었다. 그는 자신이 생각해 낸 그것을 대천강일도라고 이름 지었다.

칼을 쥐고 펼치면 일도가 될 것이고, 맨손으로 쳐내면 대천강일장(大天罡一掌)이 된다. 도법으로도, 장법으로도 자유롭게 쓸 수 있으며, 열 손가락을 다 펼쳐서 뿌리고 저으면 대천강지법(大天罡指法)이 된다.

그와 같이 자유로운 변화의 요체는 역시 섭월령이 보여주었던 백묘검법(白猫劍法)에서 가져왔다. 극강한 패도적인 기운은 천마신공에서 끌어냈고, 삼백 변을 하나일 수 있도록 이어주는 끈질긴 기운은 섭월령의 음한지기에서 얻었다. 거기에 도법의 파괴적인 면은 선풍삼도를 끌어 쓴 것이었으니, 두위는 드디어 자신이 지닌 모든 것을 하나로 묶어내 전혀 새로운 것으로 재창조하는 데 성공한 것이다.

그것은 천하에서 가장 강하고, 가장 복잡하며, 가장 기이교절(奇異巧絶)한 도법의 탄생이었다.

장강은 여전히 뉘엿뉘엿 굽이지며 흐르고 있었고, 하늘에 반짝이는 별들은 초롱초롱했다. 날이 어두워질수록 달빛이 더욱 밝아져서 천지간을 은은한 빛으로 새롭게 비추었다. 천 년, 만 년이 지나도 변치 않을 자연의 모습.

황폐해진 경물들을 딛고 우뚝 서서 그것을 굽어보고 있는 두위의 어깨 위에도 그 달빛이 스며들었다.

*　　　　*　　　　*

―두위가 백운장주 이릉운과 결투를 한다.

그 소문이 호북무림을 들끓게 하며 달아올랐다. 누구의 입에서부터 퍼진 말인지 알 수 없었으나 소문은 꼬리에 꼬리를 물고 빠르게 퍼져

나갔다.

사월 초순에 접어든 날씨는 아늑하고 햇빛이 따사로웠다. 소문은 그 봄날의 아지랑이처럼 산에서, 들에서, 어디서나 두 사람만 모여 있으면 장소를 가리지 않고 무럭무럭 피어올랐다. 그들의 입을 거치는 동안 어느새 두위는 삼두육비(三頭六臂)의 괴물이요, 천하에 다시없는 마두(魔頭)로 변해 있었다.

─두위가 누구지?

─낸들 아나? 듣자 하니 떠돌이 낭걱이었다는군.

─그럴 리가. 한낱 들개같이 하찮은 자가 어찌 백운장주 이릉운, 이 대협과 칼을 맞댈 수 있단 말인가?

─맞아, 그자는 필시 전대의 대마두가 틀림없어.

사람들의 입에서 그런 말들이 오가는 걸 들을 때마다 팽호 등의 마음은 무거워질 수밖에 없었다. 호북무림에서의 이릉운의 명망에 대한 부담 때문이었다. 이릉운이 의협이자 대협으로 칭송받을수록 두위와 그를 따르고 있는 자들은 끔찍한 마귀로 몰릴 수밖에 없었다.

"쳇, 멋대로 지껄이라고 하지. 마귀면 어떻고 귀신이면 어떠냐? 내 배짱대로 살 뿐이고, 나 하고 싶은 대로 할 뿐이다."

장 노대가 그렇게 투덜거렸다. 하지만 그의 얼굴도 호북성에 들어선 이래 늘 찌푸려져 있기만 할 뿐 펴지지 않는 걸로 보아 그 또한 마음이 편치 않다는 걸 알 수 있었다.

양사명은 말이 없어졌다. 평소 허풍 떨기를 좋아하던 그답지 않은 일이었다. 귀역을 떠난 이래 내내 얼굴에 그늘이 져 있는 것이 무언가 근심을 안고 있는 것 같기도 했다.

장 노대와 장가구도 예전 같지 않기는 마찬가지였다. 급한 성질이 많이 순화되었다고나 할까. 늘 서두르고 티격태격 다투던 일이 현저히 줄어들었던 것이다. 함께 생사의 고비를 몇 번인가 넘기고 규화를 만나 절기를 익히더니 비로소 철든 어른이 된 것 같았다. 하지만 불쑥불쑥 튀어나오는 욕과 거친 말투는 여전했다. 그건 아마도 바뀔 수 없는 천성인 듯했다.

팽호만이 예나 지금이나 변함없이 싸늘했다. 하지만 자세히 보면 그에게도 변한 곳은 있었다. 바로 두 눈이었다. 지난 일 년 동안 그의 눈빛은 더욱 차가워지고 깊어졌다. 그것을 가만히 들여다보고 있으면 바닥을 알 수 없는 빙혈(氷穴)을 보는 듯해서 오한과 현기증이 날 지경이었다.

팽호도 자신의 한계를 깨뜨리고 더 높은 무학의 경지에 든 게 분명했다. 그렇다면 그의 수라칠절(修羅七絶)은 이제 극성에 이르렀을 것이다. 어쩌면 과거 그것을 창안했고, 그래서 사파삼비의 으뜸으로 꼽혔던 수라마군 사공휘의 경계를 뛰어넘었을지도 몰랐다.

팽호 등이 백운장으로 향하고 있는 그 무렵에 두위는 의창(宜昌)을 이백 리쯤 앞에 둔 강릉현(江陵縣)에서 조용한 밤을 맞고 있었다.

천천히 걸어도 사흘 뒤면 의창에 이를 것이고, 다시 이틀 뒤면 백운장에 닿을 수 있다. 이릉운도 지금쯤은 장에 돌아와 그날을 기다리며 검을 닦고 있을지 모른다. 두위는 그가 진심으로 참회하고 있다는 것을 이미 보았고 느꼈다.

'하지만 물러설 수 없다.'

열어둔 들창 밖으로 눈길을 준 채 그렇게 중얼거렸다. 기호지세(騎虎

之勢)라는 말처럼 이제는 멈출 수 없게 된 것이다. 처음 마음먹었던 일을 해치우지 못한다면 사내도 아니라고 생각했다. 반드시 복수를 하고야 말 것이다.

두위가 그렇게 스스로에게 끊임없이 다짐을 해주고 있는 이유는 이곳까지 오는 동안 겪은 일들 때문이었다. 어디를 가나 수군거리는 사람들의 말을 들었다. 하나같이 이릉운을 죽이려 하는 자신을 마귀라고 욕하는 사람들뿐이었다.

그들은 두위가 누구인지, 어떻게 생긴 자인지 알지 못한다. 그만큼 그는 이름없는 떠돌이 무인에 지나지 않았던 것이다. 그러던 것이 이제는 강호의 이목을 한 몸에 받는 사람이 되었다. 그것도 지독한 악역으로서였다.

두위는 이릉운이 올바른 사람이고 협객으로 불리기에 부끄러움이 없는 사람이라는 것을 잘 알았다. 단순히 군웅성에 적을 두고 있으면서, 막강한 무공으로 군림하는 그런 자들과는 달랐던 것이다. 같은 초인이되 이미 그 경계를 뛰어넘은 사람을 꼽으라고 한다면 우선 그를 꼽아야 할 것이다.

그런 사람과 싸우고, 그래서 반드시 죽여야 한다는 것이 마음에 걸렸다.

"하지만 원한을 어찌 잊을 수 있단 말인가?"

창밖의 검은 하늘과 촘촘한 별들을 바라보며 다시 중얼거렸다. 은혜를 잊지 않아야 하듯이 원한 또한 잊어서는 안 된다. 칼을 들고 강호를 헤쳐 나가는 무인으로서 그만한 강단과 독기가 없다면 촌무지렁이나 다름없다.

두위는 스스로 협객이 되기를 원치 않았다. 하지만 멸시받고 천대받는 무지렁이 삼류무사가 되고 싶은 마음도 없었다.

이런저런 생각들로 마음이 어지러워졌다. 그때 그것을 깨뜨려 주는 한 가지 일이 생겼다.

쉿─

들릴 듯 말 듯한 작고 여린 파공성. 본능은 언제나 의지에 앞서서 반응하곤 했다. 멍하니 자신의 생각과 갈등 속에 깊이 빠져 있던 두위가 한 손을 휘저었다. 마치 눈앞을 날아가는 벌레를 낚아채는 것 같은 손짓이었다.

"음."

손바닥을 펴본 그가 침음성을 발했다. 가느다란 솔잎 한 개였던 것이다. 그의 눈이 어둠 속에 고요히 서 있는 거송에 머물렀다. 삼 장이 넘는 뜰을 가로질러 이 작고 가벼운 솔잎을 암기처럼 쏘아낼 수 있다는 건 보통의 내력으로 될 일이 아니었다.

어둠 속에서 다시 무엇인가가 쏘아져 왔다. 이번에는 날카롭고 높은 파공성이 울렸다. 두위가 더 망설이지 않고 훌쩍 몸을 날려 들창을 뛰어넘었다. 그의 손바닥에는 다섯 개의 솔잎이 쥐어져 있었다.

노송의 가지 하나가 가볍게 흔들린 것 같았는데, 무성한 나뭇잎을 뚫고 작고 날렵하게 생긴 흑의인 한 명이 쏜살같이 어둠 속으로 사라져 갔다. 한 번 땅을 박찬 두위가 흑의인의 뒤를 쫓아 맹렬하게 달려나갔다.

귓전에 스치는 바람 소리가 요란했다. 들과 숲이 빠르게 밀려 지나갔다. 흑의인은 뒤돌아볼 새도 없이 전력으로 달리고 있었다. 십여 장의 거리를 두고 두위 또한 쏜살처럼 그 뒤를 쫓았다. 길도 없는 거친 벌판을 그들은 그렇게 쫓고 쫓기는 두 마리의 비조(飛鳥)처럼 날았다.

흑의인은 무성한 잡초 위를 스치듯 건너뛰고 있었는데, 가녀린 풀잎

위를 치달리면서도 조금도 무겁게 느껴지지 않았고, 그 속도가 줄지 않았다. 그 놀라운 경공 절예에 절로 감탄성이 터져 나왔다.

얼마나 그렇게 달렸을까. 드넓은 벌판 한가운데쯤 이르렀을 때 흑의인이 우뚝 신형을 멈추어 세웠다. 힘껏 발을 굴러 대여섯 장을 단숨에 날아 넘은 두위가 흑의인과 십여 보의 거리를 두고 내려섰다.

온통 검은색 야행복을 입고 있는 자였다. 활동하기 편하도록 몸에 달라붙는 옷을 입어서 들어가고 나온 몸매의 곡선이 여실히 드러났다. 등에 짊어지고 있는 검의 손잡이 끝이 어깨 너머로 삐죽이 솟아 나왔고, 거기에 매달린 붉은 검수(劍穗)가 가슴 앞까지 늘어져 바람에 이리저리 흔들렸다.

"여자였던가?"

두위가 흠칫 놀랐다.

흑의여인이 쏘는 듯한 눈길로 두위를 뚫어져라 바라보며 얼굴을 가리고 있던 두건을 천천히 벗었다. 은은한 달빛 아래 여인의 그린 듯한 얼굴이 낱낱이 드러났다. 그녀의 얼음처럼 창백하고 조각처럼 아름다운 얼굴을 본 두위가 음, 하는 신음을 흘리며 한 걸음 물러섰다. 잊으려야 잊을 수 없는 여인이었다.

"바로 그대였군."

"그렇다."

여인이 얼굴만큼이나 싸늘한 음성으로 대답했다. 군웅성의 초인 중한 명이면서 과거 수라부를 이끌었던 철혈의 여인, 소상검(素霜劍) 유옥령(劉玉鈴)이었다.

두위가 새삼스럽다는 얼굴로 그녀의 전신을 다시 한 번 찬찬히 훑어보았다. 나이 사십 중반에 접어들었을 테지만 아직 처녀의 몸이다. 그것이 그녀가 탄력과 생동감 넘치는 육체를 고스란히 지니고 있는 이유 중 하나일 것이다.

눈가의 잔주름과 수심이 새겨져 있는 이마가 그녀가 살아온 연륜을 짐작하게 해주었으나 아름다운 용모를 손상시키지는 못했다. 두위는 그녀에게서 싸늘한 아름다움과 함께 여전히 변하지 않은 오만과 자부심을 보았다. 그것은 이 년여 전 항주의 서호에서 그녀와 처음 싸우던 때에 보았던 그대로였다.

'하지만 그때와는 또 달라졌다.'

그런데 지금은 무언가 다른 것이 더 느껴졌다. 잠시 생각하던 두위는 그것이 살기라는 것을 알았다. 그녀는 더욱 차갑고 냉정해진 외에 칼끝같이 날 선 살기를 감추고 있었던 것이다. 그래서 그녀를 본 순간 꺼림칙한 마음이 들었으리라.

유옥령도 두위를 노려보고 있었는데, 그 눈 속에 담겨 있는 살기가 점점 짙어져 갔다. 그러면서도 그녀는 내심 적지 않게 놀라고 있었다.

'이놈은 그때와는 비교할 수 없이 달라졌다.'

그녀는 두위에게서 느껴지는 기운의 삼엄함과 기도의 출중함을 부정할 수 없었다. 그때 서호변의 악왕묘(岳王廟)에서 처음 싸웠을 때 두위는 천마신공의 마기에 사로잡혀 있어서 악귀, 야차 같기만 했다. 그녀는 그런 두위에게서 끔찍함을 느꼈을 뿐이다. 하지만 지금은 은근히 위압해 오는 커다란 힘이 느껴졌다. 그것이 유옥령을 당황하게 했다.

서로를 탐색하는 시간이 물 흐르듯 흘러갔다. 유옥령이 입가에 희미한 비웃음을 매달고 먼저 입을 열었다.

"그새 기연이라도 만났던 모양이군?"

"운이 좋았을 뿐이오."

"흥! 어쨌든 상관없다, 너는 여기서 죽게 될 테니까."

유옥령이 달빛 아래 창백하도록 시려 보이는 흰 이를 드러내고 소리 없이 웃더니 속삭이듯 말했다.

"서호에서는 미꾸라지처럼 잘 빠져나갔다. 하지만 오늘은 도와줄 놈도 없으니 어쩌나 볼까?"

그때, 악왕묘의 싸움에서는 반천수의 도움으로 간신히 도망칠 수 있었다.

두위는 유옥령이 자신을 죽이지 못해 안달하고 있는 사람이라는 것을 잘 알았다. 하지만 그녀에게는 지금 다른 이유가 있으리라고 생각했다. 단지 자신을 죽이기 위해서 여태까지 죽은 듯 숨어 있던 그녀가 이처럼 갑자기 나타났다고는 믿을 수 없었기 때문이다.

"그 일 때문이라면 며칠만 기다려 주시오. 이릉운과의 결투가 끝난 뒤에는 반드시 당신과 싸워주겠소."

"흥!"

냉랭하게 코웃음을 친 유옥령이 턱을 치켜들고 스산하게 말했다.

"너는 이 대협과의 싸움에서 반드시 이길 것처럼 말하고 있군. 가소로운 일이다."

"길고 짧은 건 대봐야 알지. 이길 자신도 없이 그와 싸우려 들겠소? 뭐, 거기서 내가 죽는다면 당신에게는 잘된 일이겠지. 더 수고하지 않아도 될 테니까."

그녀의 비웃음에 기분이 상한 두위가 역시 빈정거려 주었다. 유옥령이 머리를 가로저었다.

"너는 그와 싸울 수 없다. 그렇게 하기 위해서 내가 서둘러 너를 찾아온 것이다.”

“어째서?”

“그 싸움이 강호에 피바람을 불러오게 될 테니까. 그것이 네가 지금 이곳에서 죽어야 하는 이유이기도 해.”

두위는 역시 그녀의 속셈이 역시 따로 있었다는 것을 확인했다. 하지만 여전히 의문이 남았다.

자신과 이릉운 간의 결투가 세상 사람들의 이목을 끌게 되었다는 것은 충분히 알 수 있었다. 하지만 그것이 왜 강호에 피바람을 불러오는 일이 된단 말인가? 두위가 어리둥절하여 그녀를 바라보았다. 유옥령의 눈꼬리가 더욱 매서워졌다.

“더욱 알 수 없는 말이군. 가르쳐 주지 않겠소?”

“알 것 없어!”

대답은 그녀의 눈부신 도약이 대신해 왔다.

팟―!

아차 하는 순간에 그녀의 모습을 놓쳤을 만큼 전광석화 같은 움직임이었다. 위기를 느꼈을 때는 이미 허공에서 뽑아 친 검이 정수리 위에 떨어져 내리고 있었다.

“헛!”

다급히 숨을 멈춘 두위가 뒤꿈치로 땅을 찍고 맹렬하게 물러섰다. 그의 등이 바닥에 닿을 듯 휘어졌고, 가슴 위를 스치고 지나간 서늘한 검기가 어둠 속에서 재빠르게 꺾이는 것이 보였다. 대궁이가 잘린 잡풀들이 하늘 높이 솟구쳐 올라 달빛을 가리며 어지럽게 반짝였다.

두위가 재빨리 몸을 뒤집으며 다시 한 번 땅을 박차고 훌쩍 이 장여나 몸을 날리고 나서야 우뚝 섰다. 등줄기로 서늘한 전율이 흘러내렸다.

비록 한 고비를 넘겼지만 안심할 수 없었다. 유옥령이 귀신처럼 숨소리 하나 흘리지 않은 채 쇄도해 들고 있었던 것이다. 하지만 이번에는 그녀의 모습을 놓치지 않고 똑똑히 보았다. 두위가 어금니를 악물었다. 괘씸하다는 생각이 분노를 불러일으켰다.

"합!"

그가 외마디 기합성을 터뜨리며 두 손을 활짝 펼쳐서 맹렬하게 퉁겨냈다. 뇌전(雷電) 같은 열 가닥의 지력(指力)이 유옥령을 노리고 꽂혀갔다. 하나같이 강맹하기 짝이 없고, 그물처럼 넓게 퍼져서 쏟아져 들어오는 그것이 유옥령을 크게 놀라게 했다.

그녀가 다급한 외침과 함께 달려오던 기세를 늦추고 팔방풍우(八方風雨)의 난검(亂劍)을 어지럽게 휘둘러 그것들을 끊어갔다.

땅땅땅땅—!

두위가 쏘아낸 경력의 가닥이 그녀의 예리한 검에 부딪칠 때마다 망치로 정(釘)을 치는 듯한 소리가 요란하게 터져 나왔다.

다급하게 구명절초(救命絶招)인 천망교탈(天網蛟脫)의 수법을 펼쳐서 겨우 지력의 그물로부터 벗어난 유옥령이 새파랗게 질린 얼굴로 가쁜 숨을 몰아쉬었다. 검이 비명을 지르며 손아귀 안에서 부르르 떨었고, 손목에 부서지는 듯한 고통이 전해져 왔다.

"너, 방금 그게 무슨 수법이지?"

"대천강지법(大天罡指法)."

"대천강지법이라고?"

생전 처음 들어보는 이름이고 수법이었다. 유옥령이 믿을 수 없다는 얼굴로 두위를 노려보며 이를 갈았다. 두위가 단지 손가락을 퉁기는 것만으로 자신의 검법을 산산이 깨뜨려 버렸다는 것을 받아들이기 싫었다.

두 해 전만 해도 자신의 검격 아래에서 풍전등화의 위기를 아슬아슬하게 넘기고 달아났던 놈이라는 생각이 그녀를 더욱 당혹스럽게 했다. 도도하고 오만하던 자존심이 한순간에 무참하게 구겨지고 말았다. 유옥령은 그것을 참을 수 없었다.

"다시 한 번 펼쳐 봐라!"

매섭게 외친 유옥령이 검을 쥔 손에 불끈 힘을 주고 무릎을 굽혔다. 두위가 훌쩍 뛰어 물러서며 그런 그녀에게 손을 흔들어댔다.

"아니, 아니, 싸우더라도 이유나 알고 싸워야겠소."

"이유라고?"

"당신이 나를 꼭 죽이려는 것처럼 나도 당신을 죽여야만 하오. 그러나 지금은 아니오. 그러니 여기서 기력을 소모할 생각이 없소이다."

"장조상으로부터 받은 청부 때문이라면 지금이 그때다. 그러니 이제 이유는 충분해졌지?"

두위는 장조상으로부터 그녀의 목숨을 청부받았다. 역시 이 년 전 서호에서의 일이었는데, 유옥령이 그것을 알고 있었던 것이다.

처음에 두위는 그녀가 군웅성의 영웅들 중 한 명이고, 대무광의 수족과 같은 사람이라는 것 때문에 선뜻 청부를 받아들였다. 군웅성에 몸담고 있는 자들, 특히 일백영웅이라고 거들먹거리는 자들에 대한 증오가 깊었기 때문이다. 그 생각이 지금이라고 바뀐 것은 아니다. 그때와는 달리 마음에 썩 내키지 않을 뿐이었다.

두위는 하지만 역시 지금은 아니라고 생각했다.

"먼저 알아야 할 게 있소. 어째서 내가 이릉운과 싸우는 게 강호에 피바람을 불러오는 일이 된다는 거요?"

"모른다고 시치미 뗄 작정이냐? 그렇다면 어리석은 것이고, 만일 정말 모르고 있다면 네놈이 생각도 없는 멍청이라는 걸 드러낼 뿐이지."

이제는 더욱 궁금해졌다. 두위가 눈으로 재촉했다.

"많은 사람들이 네 행보를 지켜보고 있다. 그럴 리가 없겠지만, 만에 하나 네가 이 대협을 죽인다면 기다리고 있었다는 듯 사마가 창궐하여 강호를 어지럽힐 것이다. 그 속에는 물론 장조상 그 교활한 자도 섞여 있지."

더욱 알 수 없었다. 사마가 창궐한다면 그 때가 되었기 때문이다. 그 것이 어째서 자신의 싸움과 관계있다는 건지 이해되지 않았다.

"너와 이 대협 간의 결투 약속이 이미 세상에 널리 퍼져서 사람들의 관심을 집중시키고 있다. 그러니 네가 이 대협을 죽인다면 세상의 인 심은 군웅성으로부터 더욱 멀어질 것이다."

두위가 비로소 그녀의 말을 알아듣고 머리를 끄덕였다.

사람들은 아직 군웅성의 절대적인 힘을 신뢰하고 있었다. 그렇기 때 문에 군웅성에 내분이 일어나 세 조각으로 갈라졌지만 어느 누구도, 어 떤 방회도 함부로 나서지 못했다. 지난 십여 년 동안 독패강호 해왔던 군웅성에 대한 믿음과 두려움이 여전히 공존하고 있었기 때문이다.

하지만 이릉운의 죽음은 초인에 대한 신뢰를 깨뜨리는 일이 될 것이 다. 지난겨울, 흑룡보의 폐허에서 호령팔조가 몰살당했던 것과는 경우가 달랐다. 그 일은 철저히 비밀에 부쳐져서 아는 자가 없는 것이다. 호령팔 조의 강호에서의 활동이 언제나 은밀하게 이루어졌기 때문이기도 했다.

그에 비하여 이릉운과 두위와의 결투는 세상에 널리 알려져 있었다. 게다가 두위는 강호인, 특히 정파에 몸담고 있는 자들로부터 경멸의 대 상이 되는 낭객의 신분이었다. 그런 두위에게 군웅성의 초인들 중에서

도 발군의 무공과 인품을 지니고 있는 이릉운이 패하여 죽는다면 그것
은 초인들 전체에 대한 모욕이 될 것이고, 사람들이 여태까지 품어왔던
그들에 대한 외경심을 단번에 무너뜨리는 결과가 될 것이 뻔했다.

사람들은 더 이상 군웅성을 우러러보지도, 두려워하지도 않게 될 것
이다. 세 조각으로 갈라져 버린 군웅성의 몰락을 이제는 의심하지 않
게 될 것이기 때문이다. 군웅성에 원한을 가졌거나, 그들의 독패에 불
만을 품고 때를 기다리던 자들은 그 호기(好機)를 놓치지 않을 것이다.

거기에 천하를 도모하려는 야심을 가진 장조상 같은 자들마저 가세
한다면 군웅성은 사면초가에 몰리게 될 게 자명했다.

일이 그렇게 일파만파로 번져서는 진사후가 아무리 애를 쓴다고 해
도 다 감당할 수는 없을 것이다. 게다가 이대 성주로 군림한 무정백검
하도욱에 대한 사람들의 신뢰마저 아직은 엷기만 하니 그 결과란 보지
않아도 알 수 있는 일이다.

군웅성이 무너진다면, 아니, 무너질 기미만 보여도 강호는 걷잡을
수 없는 혼란에 빠질 것이 뻔했다. 그동안 군웅성과 무존의 눈치를 보
며 움츠리고만 있던 자들이 그 통제에서 갑자기 풀려난다면 어떻게 돌
변할지는 명약관화(明若觀火)하다.

산야에는 주검과 피가 넘쳐 날 것이고 도처에서 사마(邪魔)가 횡행
할 것이다. 정기(精氣)가 쇠해 버린 강호에 남는 거라고는 피폐해진 인
심뿐이다.

두위의 얼굴이 어두워졌다. 그는 그동안 군웅성에 대한 복수를 평생
의 목표로 간직하고 모질게 살아왔다. 그들의 자멸이야말로 꿈에서도
바라던 일인 것이다.

'내가 강호에 나온 것도 바로 그 일을 하기 위해서였다.'

자신의 손으로 흑룡보의 복수를 하고 군웅성을 무너뜨리게 되기를 원했다. 하지만 세상에 도래할 혼란에 대해서는 한 번도 생각해 보지 않았다. 홀로 군웅성을 상대해야 한다는 절박한 심정 때문이었다. 마음속에 독기를 품고 있었을 뿐, 내 한 목숨을 지키기 위해 주변을 돌아볼 여유마저 가질 수 없는 험한 날들을 살아온 것이다.

하지만 지금은 사정이 달랐다. 넘치는 힘과 최강이라고 자부해도 좋을 절학을 지녔다.

여유란 지닌 것에 비례한다. 대체로 갖지 못한 자보다 가진 자가 더 여유롭고 너그럽다. 갖지 못한 자들은 적은 것을 잃어도 크게 타격을 받지만, 가진 자는 잃어도 여전히 남은 게 많기 때문이다. 그러므로 갖지 못한 자들이 작은 것에 매달려 아등바등할 때 가진 자들은 여유로움 속에서 큰 것을 보게 된다.

그러한 여유가 상대적인 우월감일 수도 있고 과시욕에서 오는 것일 수도 있다. 그러나 역시 세상을 넓게 보고 관대하게 대할 수 있는 넉넉함은 가진 자들에게서 더 많이 찾아볼 수 있다. 그러니 오만과 독선에 빠져들지만 않는다면 그들이야말로 더 많은 선(善)을 행할 수 있으리라.

어느새 두위는 그와 같은 것을 생각하게 되었다. 이제는 박탈당하고 쫓기는 자의 처지에서 벗어났다고 스스로 믿게 되었기 때문이다. 지금은 그 자신이 쫓는 자, 목숨을 노리는 자가 되었다.

숲의 환경이 선택적으로 나무와 풀과 짐승을 도태시키거나 번성하게 하듯이 사람 또한 자신이 처한 환경의 영향을 크게 받기 마련이다. 두위는 이제 제 스스로의 힘에서 그런 영향을 받았고, 그래서 어제와 오늘이 다르게 변해갔다.

"만약 내가 패하여 죽는다면?"

그가 문득 고개를 들고 그렇게 물었다. 유옥령이 입가에 차가운 조소를 띠고 단호하게 말했다.

"마찬가지야. 그러니 너는 이곳에서 죽어야 한다. 그것만이 강호에 몰아칠 피바람을 몇 달, 몇 년이라도 늦추게 할 수 있는 유일한 길이다."

"너무 심하군."

"심하긴 뭐가 심해!"

그녀가 검을 들어 두위의 가슴을 겨누며 악을 쓰듯 외쳤다.

두위가 약속 장소에 나타나지 않는다면 사람들은 이상하게 생각하겠지만 곧 잊을 것이다. 그리고 군웅성과 초인들에 대한 두려움이 어제와 다름없이 이어진다. 지금과 같은 상태가 얼마간 더 연장되는 것이다.

유옥령은 시간을 필요로 하고 있었다. 일 년, 아니, 육 개월만이라도 시간을 벌어준다면 군웅성은 지금의 혼란을 극복하고 대비할 수 있게 될 것이라고 믿었다. 진사후에게는 그만한 능력이 충분히 있다.

그가 무존을 배반했다는 것이 가슴에 원망과 노여움의 불을 지폈지만, 유옥령은 자신의 사사로운 정보다 군웅성의 위엄을 더 많이 생각했고, 강호에 질서가 유지되는 것을 더 바랐다. 그것이 정의와 협(俠)을 지향하는 정파의 인사들이 해야 할 일이라고 믿었다.

그녀는 어떻게 하든 두위를 가로막을 결심을 했다. 그가 깨닫고 스스로 돌아선다면 다행이지만 그렇지 않을 경우 반드시 죽여야 한다고 생각했다.

그녀의 표독스런 눈길을 고스란히 받으며 묵묵히 서 있던 두위가 천천히 말했다.

"소용없소. 나는 갈 것이고, 뜻한 바를 이루고야 말 것이오."

"무엇이!"

두위는 한시도 군웅성의 영웅이라는 자들이 흑룡보에서 한 일을 잊어본 적이 없었다. 오직 복수를 해야 한다는 일념만으로 모진 목숨을 붙들고 이날까지 살아온 것이다. 복수에 대한 그 집념이야말로 그를 존재하게 하는 힘이었다.

지금 그것을 포기한다면 스스로의 존재 가치를 포기하는 일이 되고 만다. 그건 결코 받아들일 수 없었다. 해야 할 일과 하지 말아야 할 일을 굳이 구분한다면 복수야말로 자신이 반드시 이루어야 할 일이라고 생각했다. 정의도, 강호의 평화도 그 다음의 일이다.

두위는 스스로 영웅이 되고 싶은 마음이 조금도 없었다.

'다만 내가 해야 할 일을 잊지 않고 할 뿐이다. 과거에도 그랬고 앞으로도 그럴 것이다. 그 이상 무엇을 더 바랄 것인가.'

자기 자신에게 거듭 다짐해 준 그가 차가워진 얼굴로 유옥령을 노려보았다.

"당신은 이제 나를 막을 수 없소. 돌아가시오. 며칠 뒤 이릉운을 도와주어도 좋소. 하지만 나를 그곳에 가지 못하도록 할 수 있는 자는 어디에도 없소. 믿어지지 않는다면 보여 드리리다."

"……."

두위가 천천히 칼을 뽑았다. 칙칙한 빛을 뿌리는 그것이 조금씩 칼집에서 빠져나올수록 유옥령은 가슴이 터질 것 같은 긴장감에 사로잡혀야 했다. 그런 자기 자신이 견딜 수 없도록 싫었다. 하지만 이미 기세에서 눌리고 있는 지금의 상황을 되돌릴 수도 없었다.

'이놈은 대체 어떻게 된 건가?'

거대한 산악처럼 커져서 어깨를 눌러오는 두위의 기세 앞에서 그녀는 한없이 작아지는 자신을 보았다. 아뜩한 절망감이 눈앞을 어둡게 했다.

"보았소?"

문득 반쯤 뽑혀 나온 칼을 멈춘 두위가 감정이라고는 한 올도 실려 있지 않은 건조한 음성으로 그렇게 말했다. 유옥령의 귀에는 아득히 먼 하늘 끝에서 들려오는 소리이기도 했다.

"헛된 일로 심기를 어지럽히지 마시오."

철컹, 소리가 나도록 칼을 다시 집어넣은 두위가 미련없이 돌아섰다.

그의 검은 뒷모습이 달빛 아래 점점 흐려지더니 웃자란 잡풀들 너머로 조금씩 묻혀가서 완전히 사라져 버리고 말았다. 유옥령은 끝까지 그것을 지켜보며 서 있기만 했다. 손가락 하나 까닥일 수 없는 무력감이 그녀를 깊이 가라앉혔다. 두 볼을 타고 흐르는 눈물 방울이 달빛을 받아 반짝였다.

이처럼 지독한 모욕과 이처럼 지독한 패배감을 한 번도 느껴본 적이 없었다. 자기 자신이 이렇게 비겁할 수 있다는 것에 스스로 놀랐고, 이렇게 초라해질 수 있다는 것에 형언할 수 없는 혐오감을 느꼈다.

유옥령은 자신의 힘으로 할 수 있는 일이 이제는 아무것도 없다는 절망과 자포자기의 심정이 되어서 눈앞의 막막한 어둠과 적막을 바라보기만 했다. 몸이 마르고 피가 굳어질 때까지 그렇게 서 있기로 작정한 것 같았다.

제2장 물고 물리는 사람들

물고 물리는 사람들

나는 죽으러 가려니와 너는 살아서 백운장을 지켜라
그것마저 해내지 못한다면 저승에서 만나더라도 나는 더 이상 너를 돌아보지 않을 것이다

하늘이 가을날처럼 높고 푸르렀다. 바람은 잔잔했고, 청명한 대기와 강렬한 햇빛이 세상을 반짝이게 했다.

천화평(川和平) 너른 들이 사월 스무 날의 아늑한 일기에 취해 마냥 나른하게 늘어져 보였다. 그 들판 한가운데 외로운 섬처럼 우뚝 솟아 있는 낡은 장원이 저 멀리 내려다보였다. 호북제일장(湖北第一莊)이라고 불리는 백운장(白雲莊)이었다.

천화평과 백운장이 바라다보이는 언덕 위. 아름드리 회나무는 일 년 전이나 지금이나 변함이 없이 푸르고 무성했다. 우산처럼 펼쳐진 그 넓은 그늘 아래 한 사람이 가부좌를 틀고 편하게 앉아서 천화평과 그 속에 섬처럼 떠 있는 장원을 바라보고 있었다.

깨끗이 빨아 희게 빛나는 거친 마의를 입었는데, 가슴에 한 자루 고검(古劍)을 비스듬히 기대 세우고 있었고, 풀어진 머리카락이 어깨를

뒤덮었다.

백운장주(白雲莊主)이자 철정신검(撤情神劍)이라고 불리는 사람. 이
릉운(李凌雲)이었다.

"이대로 구경만 하고 있어야 한단 말입니까!"

벽력후(霹靂侯) 정소균(丁昭均)이 비통하게 부르짖었다. 그는 지난
일 년 동안 이릉운의 부탁대로 장원을 지키는 일에 혼신의 힘을 다했
다. 한 걸음도 장원 밖으로 나가지 않았고, 장주의 부인과 세 자녀를
돌보는 일에 잠시도 한눈을 팔지 않았다.

이릉운이 떠난 백운장이 아직도 호북무림에서 존경과 경외의 대상
으로 존재할 수 있게 된 것은 오직 그의 노력 때문이라고 해도 과언이
아니었다.

그 정소균이 피눈물을 쏟을 듯한 눈으로 장학우를 바라보고 있었다.
노인의 주름진 얼굴에 깊은 수심의 골이 패었다.

"그가 한 약속이다. 그대로 두는 게 그의 명예를 지켜주는 일이다."

"하지만 그놈은 잔인무도한 악마 같은 놈입니다! 그런 놈과 무슨 신
의를 따진단 말입니까? 만에 하나 장주님이 잘못되시면 백운장의 위명
은 그날로 땅에 떨어지고 말 것입니다!"

일 년 전 효정(猇亭)에서 수많은 수하들을 죽였고, 웅모철담(熊模鐵
膽) 강준청(康俊靑)마저 처참하게 찢어 죽인 놈이다. 정소균은 그때의
두위를 떠올리고 부르르 진저리를 쳤다. 지금 생각해 보아도 끔찍하고
무서운 놈이었다.

그는 당시 두위가 천마신공의 마기에 사로잡혀 인성(人性)을 잃고
있었다는 것을 알지 못했다. 오직 핏발 선 눈으로 악귀처럼 잔인하게

살육을 해대던 그 미친 듯한 모습만 기억될 뿐이다. 꿈에서도 보고 싶지 않은 끔찍한 모습이었다.

그런 자가 다시 찾아와 이릉운과 싸우려 하고 있었다.

어떻게든 도와줘야 한다고 생각했다. 이릉운 혼자서는 그놈을 당하지 못할 것이라는 불길한 예감이 자꾸만 그를 괴롭혔다. 마음이 초조해졌지만 사흘 전에 백운장으로 찾아온 장 노인은 꿈쩍도 하지 않으려고 했다.

"네가 뭐라고 해도 나는 나서지 않을 것이다. 나는 오직 이릉운에게 그의 가족을 지켜주겠노라고 약속했을 뿐이다."

"좋습니다. 그렇다면 저라도 나가서 장주님을 대신해 그놈과 싸우겠습니다."

"너는 벌써 그가 당부한 말을 잊었더란 말이냐?"

내 목숨을 던져서라도 장주님을 도와드려야겠다고 비장한 마음을 먹었던 정소균은 장학우의 그 한마디에 입을 다물고 고개를 푹 떨어뜨리고 말았다.

"나는 죽으러 가려니와 너는 살아서 백운장을 지켜라. 그것마저 해내지 못한다면 저승에서 만나더라도 나는 더 이상 너를 돌아보지 않을 것이다."

꼭 일 년 전 이날, 이릉운이 검 하나를 들고 백운장을 떠나며 남겼던 말이 귀에 쟁쟁했다. 그날 다행히 그는 싸움에서 이겼다. 하지만 오늘도 그러리라고는 장담할 수 없었다. 소문을 들었기 때문이다.

─그는 무존 대무광의 진전을 이어받았다.

─남해검협(南海劍俠) 조추걸(曺秋傑)마저 그자에게 당했다.

빠르게 퍼져 오는 그런 소문은 불길한 느낌을 더해주었다. 물론 무존이 그런 야수 같은 놈에게 절기를 물려주었을 리가 없다는 걸 잘 알았다. 하지만 날짜가 다가올수록 불안은 더 커져만 갔다.

이제 그가 믿는 건 오직 눈앞에 있는 풍진광선 장학우뿐이었다. 그러나 무슨 생각인지 장 노인은 꿈쩍도 하지 않았다. 그가 무엇 때문에 날짜에 맞추어서 백운장으로 온 것인지 알 수 없었다.

그 시간에 장조상도 천화평에 와 있었다. 그는 백운장으로 가지 않았다. 그곳에 장학우가 와 있다는 걸 알았기 때문이다. 이번에 마주친다면 그 미친 노인은 반드시 자신을 죽이려고 할 것이므로 그는 백운장으로 가고 싶은 마음이 조금도 없었다.

장조상은 천화평 건너의 골짜기로 향했다. 일 년 전 그날처럼 그곳에 와 있는 정한곡의 깐깐한 두 노인을 만나기 위해서였다.

그가 곡구(谷口)에 들어서자 교 노인과 여 대랑이 미리 알고 나와 있었다. 장조상이 길게 읍했다.

"두 분의 풍채는 갈수록 좋아지니 과연 신선이 되어가는 모양이오."

"흥, 어서 죽지 않고 뭐 하고 있느냐는 소리로군?"

여 대랑이 눈을 흘기며 핀잔을 주었다. 그러나 장조상은 껄껄 웃었을 뿐 못 들은 척했다. 교 노인이 세 가닥 수염을 쓸며 엄한 눈길로 바라보았다.

"또 무슨 모사(謀事)를 꾸밀 작정이냐?"

"모사는 무슨……. 소생이 머리 쓰는 일을 좋아했으면 지금쯤 커다란 전장(錢場)을 운영하며 배를 두드리고 있지 이처럼 바쁘게 오가지 않을 것이외다."

"그렇다면 어째서 이곳에 온 것이지?"

"곡주를 만나고 싶어서요."

장조상이 태연하게 하는 말을 듣던 여 대랑이 벌컥 화를 내고 용두괴장(龍頭怪杖)으로 땅을 찍으며 버럭 소리쳤다.

"쥐새끼 같은 너에게 과연 그럴 배짱이 있단 말이냐?"

노파의 심한 말에 살짝 눈살을 찌푸렸으나 장조상은 끝내 참아 넘기고 자신의 불편한 속을 드러내지 않았다. 그가 담담하게 웃으며 노파를 바라보았다.

"강호의 한 귀퉁이를 차지하고 있다는 점에서 귀곡의 곡주와 소생은 차이가 없소. 또 천하를 도모하려 한다는 데에 있어서도 그러하외다. 적이 된다면 서로 두려워해야 할 것이고, 친구가 된다면 세상이 우리를 두려워하게 될 것이오. 그러니 귀곡의 곡주 또한 소생을 반드시 만나고 싶어할 것이오."

"흥! 소도둑처럼 생긴 것과는 달리 말은 청산유수로구나."

여 대랑이 눈이 찢어질 듯 흘겨보았으나 한결 누그러진 얼굴이었다. 진의(眞意)를 파악하려는 듯 한동안 번쩍이는 눈으로 장조상을 뚫어지게 바라보던 교 노인이 머리를 끄덕였다.

"좋아. 따라와라."

산중에 비단 휘장을 두르고 사방에 향을 피워놓아 은은한 향기가 났다. 여덟 명의 건장한 청년들이 서슬 퍼런 칼을 뽑아 들고 팔방을 지키고 있었는데, 태양혈이 불끈 솟아 있는 것이 녹록치 않아 보였다.

그러나 장조상의 눈길을 끈 건 단연 철탑 같은 거구의 사내 한 명이었다. 마석산이 그 큰 몸집을 자랑이라도 하듯 팔짱을 낀 채 휘장 앞에 떡 버티고 서서 눈을 부라리고 있었던 것이다.

"허―!"

장조상이 저도 모르게 탄성을 발했다. 검은 곰 한 마리가 불쑥 일어선 것 같아서 보는 것만으로도 위압감을 느끼고 긴장이 되었다. 게다가 허리춤에 매달고 있는 거대한 도끼에 이르러서는 저것이 과연 사람인지, 하늘의 신장(神將)이 하강해 있는 것인지 어리둥절해지고 말았다.

그가 넋을 잃고 마석산을 바라보자 마석산도 고리눈을 끔벅이며 장조상을 굽어보았다.

"이리 앉으세요."

뒤에서 나긋나긋한 음성이 들려왔다. 장조상이 깜짝 놀라 정신을 차렸다. 어느새 다가왔는지, 매괴가 딱딱한 나무 의자 하나를 가져다 놓고 얌전히 서 있었다.

"음."

장조상이 살짝 이마를 찌푸렸다. 휘장 안으로 들이지 않고 이렇게 밖에 앉혀두겠다는 데에 자존심이 상했던 것이다. 하지만 그는 굴욕이라 할지라도 참아야 할 때 참을 줄 아는 사람이었다. 그가 곧 태연한 얼굴로 의자에 앉아서 휘장을 바라보았다.

"저를 설득하시겠다고요?"

휘장 안에서 낮고 은은한 음성이 흘러나왔다. 장조상은 정한곡의 곡주를 볼 수 없다는 것이 못내 아쉬웠다. 들리는 소문으로는 그녀가 천하절색의 미인이라기에 더욱 그랬다.

“한 가지 부탁을 하기 위해서요.’

“부탁에는 언제나 대가가 따르는 법이에요.”

“물론 준비되어 있소.”

“좋아요. 그럼 말해 보도록 하세요.”

잠시 뜸을 들이던 장소상이 헛기침을 하고 나서 천천히 말했다.

“당신은 백운장을 들이쳐서 풀 한 포기, 짐승 한 마리 남기지 않고 모두 죽여 없앨 생각이오?”

“…….”

“곡주 또한 두위와 마찬가지로 흑룡보의 원한을 잊지 않고 있다는 걸 잘 알고 있소. 하지만 이제 그런 생각은 접어주었으면 하오.”

“어째서?”

“피가 피를 부르고 원한이 원한을 낳는 그런 일을 꼭 하고 싶은 게 요? 이릉운에 대한 분노 때문에 애꿎은 그의 식솔들까지 모두 도륙할 필요가 있겠소?”

“과연 그렇겠군요. 하지만 십이 년 전 그들은 흑룡보주 한 사람에게 만족하지 않고 천여 명이나 되던 식솔들을 모두 무참하게 죽였어요. 그 사실을 알고 있겠죠?”

“만약 곡주께서 그와 똑같이 한다면 앞으로 십이 년 뒤에는 백운장 에서 살아남은 누군가가 당신을 향해서 그런 말을 하게 될지도 모르 오.”

“한 사람도 살려두지 않고 모두 죽인다면?”

장조상이 하늘을 보며 핫핫! 하고 웃었다.

“그렇게는 되지 않을 것이오. 왜냐하면 내가 그것을 막을 것이고, 지 금 백운장에 와 있는 풍진광선 장학우, 장 노인이 막을 것이기 때문이오. 우리 두 사람이 독하게 마음먹는다면 이룽운의 자식 한 명쯤 빼돌리는 일이야 쉬울 것이외다."

휘장 안에서 긴 침묵이 흘렀다. 장조상은 내심 초조해지는 마음을 억누르지 못하고 있었다. 정한곡주의 한마디 말에 백운장에 있는 백여 명의 목숨이 결정된다는 것을 잘 알고 있었기 때문이다.

큰소리를 치기는 했지만 사실 그는 자신이 없었다. 장 노인이 거든다고 해도 교 노인과 여 대랑을 앞세운 정한곡의 공세를 막아낼 수 없다는 것을 그는 잘 알았다. 한참 만에야 휘장 안에서 다시 낭랑한 음성이 들려왔다.

"그렇다면 잘됐군요. 당신이 이곳에 있으니 우선 당신을 제거하면 장학우 혼자서는 나를 막을 수 없겠지요."

"어허―!"

장조상의 얼굴에 긴장이 어렸다. 그가 가장 우려하던 바가 현실이 되려는 순간이었다. 벌써 그의 등 뒤에는 교 노인과 여 대랑이 와서 지켜보고 있었고, 휘장 앞에서는 곰 같은 마석산이 조금씩 살기를 띠어가는 눈으로 노려보고 있었다. 곡주의 말 한마디만 더 있으면 부질없이 목이 잘리고 말 형세였다.

장조상이 벌떡 일어섰다. 두 주먹을 불끈 쥐고 어금니를 꾹 깨문 것이 죽으면 죽었지 굽실거리지 않겠다는 의지가 돋보였다.

"나를 죽이는 건 쉬울 것이오. 하지만 머지않아 곡주가 아끼는 백 명, 천 명의 수하들이 죽을 것이고, 곡주마저 무사하지 못할 것이오. 그렇다면 내 한 목숨 값으로는 과분한 셈이지."

"시끄럽다! 어디서 흰소리냐!"

여 대랑이 발을 구르며 빽 소리쳤다. 그러나 휘장 안에서는 무엇을 생각하는지 아무 대꾸가 없었다. 다시 한참 만에야 조금은 부드러워진 음성이 들려왔다.

“당신이 그처럼 목숨을 도외시하고 나를 설득하려는 이유가 뭐죠?”

“이릉운은 나의 의제(義弟)요. 나는 일 년 전 그에게 한 가지 약속을 해주었소. 바로 무슨 일이 있어도 그의 대가 끊어지지 않도록 해주겠다는 것이었지. 사나이가 한 번 맹세를 했으면 목이 떨어질망정 후회하지 않는 법이오. 나는 오직 그와의 약속을 지키려는 것뿐 다른 아무 뜻도 없소이다.”

장조상이 가슴을 두드리며 호기롭게 말했다. 그 말을 듣던 마석산의 얼굴에 은은히 감탄하는 기색이 떠올랐다. 휘장 안에서 가볍게 한숨 쉬는 소리가 들려왔다.

“좋아요. 당신은 세 개로 쪼개진 군웅성의 세력 중 하나를 가지고 있는 사람이니 충분히 큰소리를 칠 만하죠.”

“과찬이시오.”

장조상의 얼굴에서도 딱딱하던 긴장이 슬그머니 풀려갔다. 그는 위기를 넘겼다는 것을 알고 남모르게 안도의 한숨을 내쉬었다.

“하지만 그만한 대가를 치러야 해요.”

“물론이오. 곡주께서 일 년 전에 그랬듯이 오늘도 순순히 물러나 주고 앞으로도 더 이상 백운장을 넘보지 않는다면 나는 장차 곡주의 부탁 한 가지를 반드시 들어주겠소.”

“내가 당신의 목을 원해도 말인가요?”

“그것은, 그것은…….”

잠시 머뭇거리던 장조상이 엄숙한 얼굴이 되어 한 자 한 자 끊어내듯이 말했다.

"좋소. 그렇다 하더라도 반드시 지키리다."

"결정되었어요. 당신은 신의를 아는 사람이니 믿기로 하지요."

"고맙소."

장소장이 휘장을 향해 길게 읍했다. 휘장 안에서도 마주 답례를 하는 듯 옷자락 바스락거리는 소리가 들려왔다.

이릉운과의 약속을 지키기 위해 죽음을 각오하고 혈혈단신으로 호랑이 굴에 들어와 뜻한 것을 이루었다. 장조상은 마음이 홀가분해졌다. 의리를 다했으니 설혹 그가 죽는다고 해도 자신을 원망하지는 않을 것이다. 한 가지 짐은 정한곡주에게 해준 약속이었지만, 그렇게 하기로 한 이상 그것 또한 반드시 지킬 것이라고 다짐했다.

장조상이 후련한 마음으로 골짜기를 벗어 나오고 있을 때 천화평의 드넓은 벌판을 한가롭게 걸어오고 있는 한 사람이 있었다. 두위였다.

풀잎 한 가닥을 뽑아 질겅질겅 씹으며 산보라도 하듯이 태연히 걸어오고 있는 그의 모습이 멀리 보였다. 가끔은 언덕에 가려지고 잡목 사이에 묻혀 모습이 사라지기도 했지만, 다시 나타났을 때 그는 여전히 한가한 걸음으로 회나무를 향해 똑바로 다가오고 있었다.

"두위다!"

제일 먼저 그를 발견한 장가구가 손가락으로 가리키며 흥분된 얼굴로 낮게 외쳤다.

"뭐야, 저건 마치 소풍이라도 나온 놈 같잖아!"

장 노대가 코를 문지르며 투덜거렸다. 음성에 참을 수 없는 반가움이 가득했다. 양사명의 눈도 반짝였다. 그가 다가오는 두위를 뚫어지게 바라보다가 벌떡 일어섰다. 팽호가 그런 양사명의 허리띠를 꽉 움켜쥐고 머리를 저었다.

"나서지 마라."

"왜?"

양사명이 신경질적으로 그 손을 뿌리치며 묻자 팽호의 차가운 눈이 아니라고 말해 왔다.

"이목이 많다. 우리는 드러나지 않는 게 두위를 위해서도 좋다."

만약의 경우 갑자기 들이쳐서 두위를 구해 달아날 수 있다는 얘기였다. 아니면 두위를 추격해 오는 놈들을 가로막을 수도 있다.

"맞아. 복병이 되는 게 좋다."

장 노대가 머리를 끄덕였다. 양사명도 팽호의 뜻을 알 수 있었으므로 더 이상 고집을 부리지 않고 다시 주저앉았다. 팽호가 여전히 무심한 음성으로 중얼거리듯 말했다.

"장학우, 그 늙은이를 잊지 않았겠지? 다들 조심해야 한다. 이번에는 그 늙은이 혼자가 아닐 거다."

"풍진광선 장학우……."

양사명이 심각한 얼굴이 되어서 팽호의 말을 따라 중얼거렸다. 팽호와 동건유를 여유있게 상대하고 유유히 사라졌던 그 늙은 노인을 어찌 잊을 수 있단 말인가. 자신의 회선비마저 아무것도 아니라는 듯 옷소매를 한 번 휘둘러서 뿌리쳤었다.

그 장학우가 군웅성의 최고 정예라는 호금위(護禁衛)들을 거느리고 있다는 소문은 이제 모르는 사람이 없었다. 이곳에 장학우가 와 있다면 그 호금위들도 와 있을 게 분명했다. 그건 경계해야만 할 일이다.

"좋아. 만약 그 늙은이가 끼어든다면 이번에야말로 내 회선비의 참맛을 보여주고 말 테다."

양사명이 어금니 사이로 스산하게 말했다. 팽호의 차가운 눈도 번쩍거렸다.

그러는 사이에 두위는 회나무 언덕 아래에까지 다가와 있었다. 그가 소처럼 느릿느릿 언덕을 타고 올라왔다. 보이지 않는 곳에서 번쩍이는 수많은 눈들이 그런 두위의 한 몸에 일제히 모아졌다.

그것을 아는지 모르는지 두위는 조금도 동요하지 않았고, 회나무 그늘 아래 앉아 있는 이릉운도 마찬가지였다. 그는 여전히 가슴에 검을 기대어 세운 채 눈을 지그시 감고 앉아 있을 뿐이었다.

마치 아무 상관도 없이 스쳐 지나가려는 사람 같았다. 그런 느낌을 줄 만큼 이릉운에게 다가가는 두위의 모습은 무심해 보이기만 했다. 사람들은 어쩌면 그가 이릉운을 못 본 척하고 그냥 지나가 버릴지도 모른다는 엉뚱한 생각을 잠깐 하기도 했다.

십여 걸음 앞에 이른 두위가 비로소 멈추어 섰다. 이릉운도 눈을 뜨고 두위를 바라보았다. 두 사람의 눈길이 허공을 격하고 달라붙어 떨어질 줄 몰랐다. 누구도 입을 열어 말하려 하지 않았다. 지루한 눈싸움이 얼마나 지속되었을까. 이릉운이 핏기없는 입술을 살짝 벌리고 웃어 보였다.

"왔나?"

"그렇소."

그게 다였다. 두 사람은 약속이라도 한 듯 다시 입을 다물었다. 이릉운은 두위의 어깨 너머 푸른 하늘을 보고 있었고, 두위는 무성한 회나무 잎을 세고 있는 사람 같았다. 머리 위에 있던 태양이 천화평을 천천히 가로질러 가 서산마루에 내려앉을 때쯤 이릉운이 자리를 털고 일어났다.

두위와 이릉운의 지루한 대치를 보며 지겨워하던 사람들이 새삼 긴장하여 마른침을 삼켰다.

"확실히 좋아졌군."

"그렇소. 실망하지 않게 될 것이오."

이릉운이 보일 듯 말 듯 머리를 끄덕이고 말하자 두위가 여전히 무감정한 음성으로 대꾸했다. 그는 일 년 전 바로 이 자리에서 이릉운이 던졌던 비웃음을 잊지 않고 있었다. 잊을 수가 없었다.

"그건 선풍도법이 아니다. 너는 채군걸로부터 제대로 전해 받지 못했거나, 아니면 잊은 모양이다."

그날 이릉운은 검봉으로 두위의 미간을 누르고 그렇게 조롱했었다. 그리고 더 상대할 가치가 없다는 듯 미련없이 돌아섰다. 두위는 그때 죽는 것보다 더 고통스러운 수치를 경험했다. 그리고 이제 그날의 치욕마저 더하여 복수할 때가 되었다.

실망시켜 주지 않겠다는 두위의 말에서 그런 감정을 읽은 이릉운이 하하, 하고 가볍게 웃었다.

"그렇다면 다행이지. 살아서 채 보주의 선풍도법을 한 번 더 보는 게 소원이었다."

이릉운이 진심으로 그렇게 말했다. 두위는 그 말속에 깃들어 있는 절실함을 제대로 알 수 없었다. 십이 년 전, 불타는 흑룡보에서 보주 채군걸을 상대해 싸우던 이릉운을 보지 못했기 때문이다.

이릉운은 지난 세월 동안 자신을 비참하게 했던 채군걸의 그 도법을 떠올리며 연구하고 또 연구했다. 그리고 그것에 대적할 만한 검법을 생각해 냈다. 하지만 채 보주가 없으므로 영영 시험해 보지 못하게 된 것을 못내 안타까워했는데 이제는 그런 걱정을 하지 않아도 된다. 그것이 그를 기쁘게 했다.

"자, 시작하지."

이룽운이 가볍게 검을 뽑아 들었다. 저물어가는 햇빛이 그의 맑은 검신에 부딪쳐 쨍, 하고 튕겨져 나가는 것 같았다. 일 년 전과 같이 검집을 발 아래 던져 버린 이룽운이 왼손으로는 검결을 집고, 오른손의 검을 비스듬히 뻗어 허공의 한 점을 찍었다.

잠시 그 모습을 바라보던 두위가 천천히 칼을 뽑아 두 손으로 굳세게 움켜쥐고 가슴 앞에 세웠다.

바람이 불어왔다. 조금 전에도, 또 그전에도 바람은 끊이지 않고 불어왔을 것이다. 하지만 두 사람은 그것을 비로소 느끼고 있었다. 언덕 위에 길게 누운 이룽운과 두위의 그림자가 조금씩 키를 키워가고 있었다.

그대로 나무가 되어 뿌리를 내리기라도 하려는 것처럼 움직이지 않는 두 사람 사이로 서늘해져 가는 바람이 또 스쳐 지나갔다.

이룽운의 이마에 조금씩 땀이 배어 나오고 있었다. 그는 두위를 앞에 두고서 엉뚱하게도 지난겨울 흑룡보의 폐허에서 보았던 반천수의 검격을 떠올렸다. 호령팔조의 초인 두 명을 차례로 베어 넘기던 그 아름답던 검.

'이놈은 그보다 강할지 모른다.'

그 반천수를 떠올리고 다시 눈앞의 두위를 바라보자 문득 그런 생각이 들었다. 반천수의 검격이 무섭기 짝이 없었는데, 지금 두위의 칼에서 느껴지는 기세는 오히려 그것보다 더하게 여겨졌던 것이다.

반천수의 검에서 눈부신 화려함과 깨끗한 기품을 보았다면, 지금 두위의 기세가 보여주는 것은 질박하다고 해야 할 그 무엇이었다. 단단함이기도 했고, 무거움이기도 했다. 이릉운은 그것이 다듬을 대로 다듬어져 오히려 교묘함을 벗어버린 자연스러움이라고 느꼈다.

'그렇다면 이놈은 정말 무존의 진전을 물려받았단 말인가?'

그런 의문이 들지 않을 수 없었다. 그렇지 않고서야 일 년 전과 이렇게 달라질 수가 없다고 생각했다. 하늘과 땅의 차이만큼이나 벌어져 있었던 것이다.

두위의 그런 기도는 두 달 전 눈 덮인 흑룡보의 폐허에서 모닥불을 마주하고 앉았을 때 처음으로 느껴보았다. 하지만 그때의 느낌과 지금처럼 살기를 감춘 채 칼을 겨누고 서서 느껴보는 것과는 비교할 수 없다.

이릉운이 점점 더 무겁게 덮여오는 중압감을 잊기 위해 애쓸 때 두위가 천천히, 아주 조금씩 움직였다. 발끝을 내밀어 다가서는 것이 워낙 느리고 신중했으므로 좁혀지는 거리를 의식하지 못할 정도였다.

두위는 머릿속에 선풍삼도 중의 가장 강한 초식인 선풍뇌정(旋風雷精)을 떠올리고 있었다. 그리고 단 한 번의 부딪침으로 끝낸다는 생각을 하고 있었다.

이처럼 오랜 시간을 두고 서로를 탐색하며 온몸의 기운을 칼끝에 모아두었다가 일시에 들이치는 싸움은 영 싱겁게 끝나기 마련이다.

그 치열함과 처절함이 수많은 초식과 수법을 구사하여 쉴 틈 없이 부딪치는 난전과는 비교할 수 없이 강렬하다. 하지만 그것마저도 번갯불이 번쩍 하듯 눈 깜짝할 사이에 사라져 버리는 것이기 십상이다.

화려한 무엇을 기대하는 사람이라면 이만저만 실망할 일이 아니지만, 당사자들에게는 매순간이 피를 말리고 뼈를 쪼개는 듯한 초조함과 고통의 연속이다. 단번에 삶과 죽음이 서로 나뉘는 것이다. 두 번의 기회는 없다. 오직 한 번 부딪치고 그리고 끝난다.

그 한 번의 기회를 두위가 먼저 열었다.

팟—

예닐곱 걸음 앞까지 기척없이 다가선 그가 가볍게 땅을 박차고 뛰어들었다. 서 있던 그 자리에서 갑자기 꺼져 버리더니 눈앞에 들이닥친 것이다.

"음!"

이릉운도 이를 갈아붙이며 검끝에 집중했던 정신과 기력을 일시에 쏟아냈다.

피잉—

누가 먼저인지 분간할 수 없었다. 이릉운의 검과 두위의 칼이 동시에 뻗고 내려쳐졌다.

허공에 걸린 두 개의 섬광이었다. 숨마저 멈춘 채 눈을 부릅뜨고 지켜보고 있는 사람들에게는 오직 그렇게 보였을 뿐이다. 찰나의 순간이었다.

짜자자작—!

수십, 수백 개의 뇌전이 일제히 작렬하는 듯한 난포한 섬광과 파공성이 갈가리 찢겨 터져 나왔다.

일첨만변(一尖萬變). 이릉운의 손에서 수백, 수천 개의 검봉이 무섭게 쏘아져 나갔다. 일시에 방사되는 뇌전(雷電)의 가닥이었다.

오직 첨예하게 찌르는 것만 같아 보이는 그 검격 속에는 베고 긋고

후리는 수법들이 사이사이마다 교묘하게 숨어 있어서 하나의 수법이면서 만 개의 초식이기도 했다.

두위가 아! 하고 놀람의 외침을 터뜨렸다. 기세의 사나움에 질려서가 아니었다. 검법의 교묘함에 놀라서도 아니었다.

두위는 눈 한 번 깜빡일 정도에 지나지 않는 그 짧은 시간에 이릉운의 검법을 본 것이다. 그 믿어지지 않는 격렬함과 오직 상대를 찌르겠다는 불굴의 기개만 있을 뿐, 나를 돌보는 마음은 한 올도 담겨 있지 않은 치열함을 본 것이다.

'이게 어떻게 된 일인가?'

두위의 머릿속에 번갯불보다 더 빠르게 그런 의문이 스쳐 지나갔다. 눈앞에 쇄도해 들고 있는 이릉운의 검법이, 그 치열함과 수법의 교묘함이 언뜻 어디선가 본 것 같다는 생각이 들었기 때문이다. 그리고 위험을 느꼈다. 그것은 과연 선풍삼도의 강력함을 무력하게 만들 수 있는 묘법을 갖고 있었던 것이다.

천하에서 오직 이릉운의 이 검법만이 선풍삼도의 천적으로 나설 수 있으리라는 생각이 언뜻 스쳐 지나갔다. 그 수법의 위험함만으로 따지자면 자신이 깨우친 대천강일도에 못지않을 거라는 생각도 들었다.

놀라고 있을 수만은 없었다.

두위의 칼이 머리 위에서 힘껏 떨어져 내렸다. 번갯불을 다시 백 번, 천 번으로 쪼갠 듯한 빠름과 태산을 들어 눌러오는 것 같은 무게였다. 그 엄청난 힘이 단선(單線)에 집중되어 떨어졌다. 천변만화(千變萬化)의 기교를 단번에 눌러 버리는 무지막지함이기도 했다.

이릉운의 가볍고 날카로운 검격이 그 힘의 정점으로 걷잡을 수 없이 빨려 들어갔다. 두위의 칼이 이릉운과의 사이에 마주하고 있는 공간마저도 빨아들일 만큼 거대한 진공력을 만들었던 것이다.

카카카캉—!

쌓아놓은 폭죽이 한꺼번에 터진다면 그런 소리가 날 것이다. 쇠와 쇠가 부딪친 것이라고는 믿을 수 없을 만큼 높고 강렬한 충격음이 터져 나왔다. 이릉운의 눈에 언뜻 경악의 기색이 떠올랐다.

두위의 일도는 선풍뇌정(旋風雷精)의 초식 중에서도 가장 강력하고 단순한 일뇌천운(一雷穿雲)의 수법이었다. 그것은 아무런 변식도 없고, 눈을 어지럽히는 허초(虛招)도 모두 배제한 채 오직 본신의 진기를 칼에 불어넣어 단번에 천 가지, 만 가지 변화를 끊어버리는 것이다.

참된 힘의 정수가 온갖 수단을 눌러 버린다는 대범함에서 시작된 도법이었다. 그런 만큼 강호에 전하는 수많은 도법들 중에서도 단연 패도적인 수법이기도 했다.

일뇌천운에 실려 있는 정신이 그러한데, 거기에 이제는 천하제일이라고 해도 과언이 아닌 두위의 막중한 내력이 일시에 실렸으니 그 위력은 과거 채군걸 본인이 펼쳤을 때보다도 몇 배는 더 강하고 패도적일 수밖에 없었다.

사람들의 눈에 이릉운의 검이 산산이 부서져 날리는 것이 보였다.

마운검(磨雲劍)은 이릉운을 떠올리게 하는 보검으로써 강호에 널리 알려진 명검이다. 그것이 두위가 내려치는 칼의 힘을 견디지 못하고 박살났던 것이다.

흰 빛 한줄기가 곧장 이릉운의 어깨 속으로 파고드는 게 보였다. 그리고 모든 것이 끝났다.

정적이 찾아왔다. 움직이는 모든 것이 멈추었고, 살아 있는 모든 것이 숨을 죽인 것 같은 적막이 세상을 뒤덮었다. 땅 위의 정령(精靈)과

선계(仙界)의 신들도 숨을 멈추었을 것이다. 그래서 천지의 운행마저 멈춘 것일까. 서산마루에 걸려 있는 태양이 정지된 듯 움직이지 않았다. 그렇게 보였을 만큼 그 짧은 시간의 적막이 크고 길게 느껴졌던 것이다.

이릉운은 두위의 발 아래 엎어져 있었다. 움직이지 않았다. 붉은 피가 스멀스멀 흘러나와 땅을 적시고 있었다.

그를 내려다보던 두위가 아무 말 없이 돌아섰다. 번쩍이는 칼을 여전히 쥐고 있었다.

그가 언덕을 올라왔을 때처럼 태연하고 느릿느릿한 걸음으로 다시 내려갔다. 그리고 이제는 붉은 노을 빛으로 가득한 천화평의 잡풀들 속으로 걸어 들어갔다.

"아―"

어느 곳에선가 낮은 한숨이 흘러나왔다.

"무엇이? 이릉운이 죽어?"

장학우가 의자의 팔걸이를 내려치며 벌떡 일어섰다. 부릅뜬 그의 노안에 불신과 분노의 빛이 범벅이 되어 이글거렸다.

"장주님이!"

아래쪽에서 듣고 있던 정소균이 부르짖었다. 그러나 장학우도, 그에게 보고를 하고 있는 사내도 그런 것어는 신경을 쓰지 않았다.

"자세히 말해 봐라."

"말씀드린 그대로입니다. 한 번 서로 부딪쳤고, 그리고 끝나 버렸습니다."

"음, 정말 이릉운이 일합을 버티지 못하고 죽었다니, 허―!"

노인이 천장을 쳐다보며 허탈하게 중얼거리던 끝에 장탄식을 했다.

"그놈은 유유히 천화평으로 사라졌습니다. 뒤쫓아가서 척살할까요?"

사내의 말을 들었는지 듣지 못했는지, 멍하니 천장만 쳐다보고 있던 장학우가 한참 만에야 다시 꺼질 듯한 한숨을 쉬고 머리를 흔들었다.

"지금은 그게 급한 게 아니다."

"하오면……."

"지금이야말로 이릉운의 부탁을 들어줄 때다. 수하들을 모두 백운장 밖 백 보 안에 세워라. 정한곡의 침입을 우리 힘만으로 막아내야 한다."

사내가 말없이 머리를 숙여 보이고 물러났다. 그때를 기다렸던 듯 정소균이 장학우 앞으로 우르르 달려와 무릎을 꿇고 이마를 바닥에 찧어댔다.

"이대로는 억울해서 견딜 수 없습니다! 놈을 천참만륙해 버리지 않고는 장주님의 영혼을 대할 면목이 없습니다!"

그가 비통하게 부르짖었지만 장학우는 엄한 얼굴로 머리를 가로저을 뿐이었다.

"너는 스스로 이 장주보다 뛰어나다고 생각하느냐?"

"……."

"아니라면 개죽음하러 찾아갈 필요 없다. 이곳에서 장주의 가족을 지키는 게 네가 할 일이다."

"하오나……."

"시끄럽다! 물러가라!"

장학우가 발을 구르며 버럭 소리쳤다. 정소균은 눈물을 머금고 물러

갈 수밖에 없었다. 애통하고 분한 마음을 참을 길 없었지만 장학우의
말이 한마디도 틀리지 않았던 것이다. 유 부인에게 무어라고 말해 주
어야 할지 그게 이제는 난감했다.

"도대체 장조상 이놈은 신의라고는 없는 놈이다."

혼자 남게 된 장 노인이 불쑥 그렇게 투덜거렸다. 일 년 뒤 이곳에
와서 함께 백운장을 지켜주겠노라고 약속했던 장조상이 끝내 모습을
보이지 않았기 때문이다. 장 노인은 그가 의제인 이룽운과의 약속마저
도 외면한 채 제 한 목숨만 도모했다는 게 더욱 괘씸했다.

노인은 장조상의 힘을 빌어 백운장을 지켜낸 다음에는 그자를 반드
시 붙잡아 처단할 속셈을 갖고 있었다. 그런데 그것마저도 수포가 되
어버렸다는 것이 못내 아쉬움으로 남았다. 이제 어디서 그놈을 잡을
수 있단 말인가? 하고 생각하자 가슴이 답답해졌다.

"교활한 놈."

노인이 이를 갈았다. 군웅성이 오늘날 이 모양이 된 것은 따지고 보
면 장조상에게서 비롯된 일이기도 했다. 그는 분란을 책동한 원흉이자
원조였던 것이다. 그 일만 생각하면 혈압이 치솟았다.

"언젠가는 반드시 내 손에 처참하게 맞아죽을 것이다."

장학우는 보이지 않는 장조상을 향해서 그렇게 한 맺힌 저주를 퍼부
을 수밖에 없었다.

"철수하다니? 아니, 지금 제정신으로 하는 말입니까?"

여 대랑이 괴장으로 땅을 찍으며 까마귀가 울부짖는 것 같은 음성으
로 크게 소리쳤다. 얼굴에 노기가 가득했다.

"이룽운이 두위 그놈의 칼 아래 뒈졌습니다. 통쾌하기 짝이 없는 일

이지요. 이제 백운장은 주인 잃은 빈집이나 다름없소이다. 한 번 들이쳐서 씨도 남기지 않고 다 죽여 버릴 수 있는 절호의 기회인데 포기하겠다니? 노신은 승복할 수 없소이다!"

길길이 날뛰는 노파의 입에서 더 무슨 말이 튀어나올지 몰랐다. 곁에 묵묵히 서 있던 교 노인이 가만히 노파의 쭈글쭈글한 손목을 붙잡았다.

"백운장은 빈집이 아니네. 장학우가 거기 있다고 하지 않던가."

"흥! 그 따위 말만 번지르르한 놈은 하나도 겁나지 않아! 내가 이번에는 반드시 그놈의 머리통을 부수어놓고 말겠어!"

"쯧쯧, 어디 장학우뿐이겠는가? 대무광의 호금위들이 장원을 지키고 있으니 역시 힘들 거네. 설혹 이긴다고 하더라도 우리 또한 많은 피해를 입지 않을 수 없지. 순간의 감정을 참지 못하고 여기서 곡의 정예들을 허다하게 잃고 전력에 심각한 손실을 입는다면 장차의 일이 너무 힘들어질 것이야."

교 노인이 마치 어린아이를 타이르듯이 조용조용하게 말하며 다독였다. 묵묵히 듣고만 있던 영경이 비로소 입을 열었다.

"교 노사의 말씀이 하나도 틀리지 않아요. 기회는 앞으로도 얼마든지 있답니다. 이릉운이 죽은 지금 더 중요한 건 역시 우리의 전력을 그대로 간직한 채 이곳을 떠나는 거예요. 파파의 마음을 모르지 않지만 일에는 선후가 있으니 너무 서두르지 마세요. 그리고 저는 이미 장조상과 약속을 했으니 지키지 않을 수도 없지요."

"흥!"

여 대랑이 콧물마저 퉁겨가며 드세게 코웃음을 치고 외면했다. 하지만 그녀의 등등하던 기세는 한풀 꺾여 있었다.

모두 떠났다. 잿빛 땅거미가 조금씩 짙어지고 있는 회나무 아래에
이릉운만이 혼자서 길게 쓰러져 누워 있을 뿐이다. 어깨에서 흘러내리
던 피도 굳어 이제는 더 흐르지 않았다. 까마귀 몇 마리가 회나무 가지
에 앉아 그런 이릉운을 내려다보며 까악까악, 하고 청승맞게 울었다.

싸늘해진 바람이 이릉운의 옷자락을 들척이며 지나갔다. 그러자 죽
은 듯 숨도 쉬지 않고 있던 이릉운의 손가락이 꿈틀 하고 움직였다. 그
리고 어깨가 조금씩 움찔거렸다. 숨을 쉬는 것이다.

차가운 땅 위에 처박혀 있던 그의 얼굴이 경련을 일으켰고, 그럴 때
마다 미약한 콧김이 스며 나왔다. 대지는 이제 어둠을 맞을 채비를 하
고 있었다. 주위의 경물들이 하나둘 제 모습을 감추어갔고, 안개가 스
멀거리며 피어오르기 시작했다.

얼마나 더 시간이 흘렀을까. 동쪽 산마루가 은은한 금빛으로 물들어
가고 있는 것이 곧 둥근 달이 얼굴을 드러낼 모양이었다. 천화평에서
시작되어 언덕을 타고 기어오른 안개가 이릉운의 몸을 축축하게 감쌌
다.

"으……."

그의 입에서 흐릿한 신음이 흘러나왔다. 그리고 달이 제 모습을 드
러냈을 때 이릉운이 힘겹게 눈을 떴다.

한참을 더 죽은 듯 누워 있던 그가 큭큭, 하고 허탈한 웃음을 흘리다
가 기침을 했다. 상처에서 오는 통증이 폐부까지 스며들어 견딜 수 없었
다. 하지만 그것이 그의 정신을 더 빨리 깨어나게 했다. 이릉운이 힘겹
게 몸을 뒤집어 하늘을 보고 누웠다. 앞자락에 배어든 피와 흙이 딱딱하
게 굳어서 껍질처럼 들러붙어 있었다. 그 느낌이 생소하고 거북했다.

"살려주었는가?"

그가 멍한 얼굴로 그렇게 중얼거렸다. 한줄기 눈물이 흘러내려 뺨을 타고 땅 위로 떨어졌다.

오른팔을 완전히 못 쓰게 되었다는 것은 보지 않아도 알 수 있었다. 어깨뼈가 박살났고, 힘줄마저 끊어졌던 것이다. 그것에 비하면 피부가 찢기고 살이 흩어져 피를 흘려댄 것쯤은 아무것도 아니었다.

두위가 마지막 순간에 칼을 뒤집어 칼등으로 내려쳤던 것이다. 그리고 뼈를 쪼개고 힘줄을 끊어놓을 만큼만 힘을 가했다. 교묘한 수법이면서, 대범한 마음이 담겨 있는 한칼이었다.

이릉운은 두위가 그 한칼로 자신에 대한 원한을 풀었다는 것을 알았다. 그것은 그동안의 자신의 참회를 받아들였다는 의미였고, 또한 다시는 검을 들고 살지 말라는 암시이기도 했다.

두위가 어느덧 그처럼 대범한 마음을 먹을 수 있을 만큼 큰 사람이 되어 있다는 것이 기특하게 여겨졌다. 그는 비로소 진정한 고수가 된 것이다.

그런 생각이 이릉운의 마음에 흡족함으로 다가왔다. 그리하여 그는 이제 다시는 검을 잡을 수 없게 되었다는 것을 조금도 억울하게 여기지 않았다. 다시는 젓가락질을 할 수도 없다. 그게 조금 불편할 거라는 엉뚱한 생각마저 떠올랐다.

오른손으로 해왔던 많은 일들을 한 가지도 할 수 없게 되었다는 것이 잠시 그를 슬프고 허탈하게 했다. 두위의 칼에 패했다는 것쯤은 이미 까맣게 잊은 것이다. 아픔은 육체의 일일 뿐 마음의 일이 되지 못했고, 정신의 일은 더더구나 되지 않았다.

"이제 자유를 찾은 건가?"

그가 다시 중얼거리고 피식 웃었다.

곁눈질로 두위가 사라져 갔을 천화평을 바라보았다. 은은한 달빛이 안개 위에 하얗게 부서지고 있었다. 고요했다.

"신세를 졌다."

그 말로 인사를 대신한 이릉운이 힘겹게 몸을 일으켜 앉았다. 자루만 남은 채 산산이 부서져 제 모습을 찾아볼 수 없는 마운검이 곁에 있었다. 물끄러미 그것을 바라보는 이릉운의 얼굴에 만 가지 표정이 떠오르고 지워졌다. 그리고 드디어 무심한 얼굴로 다시 돌아왔다.

"이제는 내 이름마저 잊고 이 흉한 몸뚱이를 감사하며 다시 살아가리라."

자기 자신에게 그렇게 다짐해 준 그가 비틀거리며 일어서서 회나무에 기대어 겨우 몸을 바로 세웠다. 저 멀리 괴괴한 정적에 잠겨 있는 자신의 장원, 백운장이 보였다. 죽은 자의 무덤처럼 깜깜한 어둠을 품고 있었다.

불 하나 밝히지 않은 그곳에 사랑하는 아내와 자식들이 있다. 늦게 얻은 자식들인지라 큰놈이 이제 겨우 열세 살일 뿐이다. 자상한 아내 유씨가 있으니 그 녀석이 제 어미와 함께 남은 두 동생을 잘 돌보리라고 믿었다.

그는 다시는 집으로 돌아가지 않을 작정이었다. 세상으로부터 자신의 존재를 철저하게 지워 버리리라고 단단히 결심한 것이다. 지나온 삶의 흔적들마저 깨끗이 지워 버릴 것이다. 그리하여 기억 속에 남아 있는 그 추악하고 흉측했던 일들을 다 떨쳐 버릴 것이다.

그렇게 결심하는 그의 심정은 크게 발원(發願)하는 것과 같았다. 세상의 모든 인연을 다 떨쳐 버리고 오직 도(道)를 좇겠다고 굳게 결심하는 마음과 같았다.

왼손을 가슴 앞에 세우고 백운장을 향하여 엄숙하게 허리를 숙여 작별을 고한 그가 비틀거리는 걸음을 가까스로 옮겨 언덕을 내려갔다. 축 늘어진 오른팔을 덜렁거리며 떠나가는 그의 뒷모습이 달빛 아래 점점 작아지더니 드디어 보이지 않게 되었다. 그는 지워진 것이다.

"뭣이? 정한곡의 무리들이 떠나고 있다고?"

또 한 번 놀랄 일이었다. 장학우가 눈을 부릅뜨고 버럭 소리쳤다. 처음 이릉운의 죽음을 보고해 왔던 자가 억양없는 음성으로 재차 말했다.

"백 명 가까이 되는 자들이었습니다. 앞을 교 노인과 여 대랑이 인도하고 있고, 뒤를 처음 보는 거인 한 놈이 지키며 떠나고 있습니다. 행렬의 가운데 있는 가마를 스무 명이나 되는 장한들이 엄중히 지키고 있는 걸로 보아 그 안에 곡주가 타고 있는 게 분명합니다."

사내의 보고만으로도 그들이 엄정한 질서를 지키며 유유히 떠나고 있는 모습이 그려졌다. 정한곡의 최정예들일 것이다. 만일 그들이 일제히 들이쳤더라면 막아내기 힘들었을 게 뻔했다. 많은 사람들이, 아니, 어쩌면 이곳에 데리고 온 호금위의 정예들 대부분이 죽게 될 것이었는데 한 사람의 희생도 없이 일이 끝났다.

장학우는 그것이 장조상이 이룬 공이라는 것을 짐작하지 못했다. 다만 어리둥절할 뿐이다. 어째서 그들이 이 좋은 기회를 그냥 놓아 보내는 것인지 의아하기만 했다.

"그렇다면 어서 이 장주의 주검을 이리로 옮겨라. 가족들로 하여금 그의 장례를 치를 수 있도록 해주어야 한다."

하지만 그는 조금 뒤 사내로부터 또 한 번 놀랄 만한 보고를 들어야 했다.

"이 장주의 주검이 감쪽같이 사라졌습니다."

"허!"

이렇게 되어서는 대체 뭐가 뭔지 알 수 없게 되고 말았다. 장학우는 혼란해진 머리를 두 손으로 감싸고 주저앉을 수밖에 없었다.

"살려주었군."

이슬에 옷이 젖는 것도 잊은 채 웅크리고 앉아 있던 반천수가 희미하게 중얼거렸다.

그는 모든 것을 하나도 놓치지 않고 다 지켜보았다. 두위와 이릉운이 맺은 오늘의 약속을 잊지 않고 이틀 전부터 와 숲 속에 몸을 숨기고 있었던 것이다.

정한곡의 인물들이 모여드는 것도 보았고, 장학우가 호금위의 무사들을 거느리고 백운장으로 들어가는 것도 보았다. 장조상이 정한곡의 무리들에게 찾아가는 것도 지켜보았으며, 팽호와 장 노대 등이 바쁘게 달려와 몸을 감추는 것도 보았다.

그러면서도 그는 팽호 등에게로 가지 않았다. 짐승처럼 엎드린 채 꼼짝도 하지 않고 지켜보았을 뿐이다. 그 밖에도 많은 강호의 무리들이 찾아와 저마다 몸을 감추는 것도 보았다. 반천수는 그러한 모든 것들을 낱낱이 지켜보면서 두위가 오기만을 초조하게 기다렸다.

그리고 두위가 왔고, 이릉운을 일격에 거꾸러뜨리는 것도 보았다. 그것을 보기 위해 기다렸던 자들이 떠나는 것과 팽호 등이 은신처에서 나와 두위가 사라진 곳으로 달려가는 것도 바라보고만 있었다.

밤을 기다리며 끝까지 인내하고 움직이지 않던 그는 드디어 이릉운이 되살아나는 것까지 보고 말았다. 그가 백운장을 향해 한 번 절하고 비틀거리며 사라져 보이지 않게 될 때까지 눈길을 떼지 않았다.

"겁없이 커버렸다. 이젠 당할 자가 없겠어."

두위의 위용을 더듬어 생각하다가 그렇게 중얼거렸다.

이릉운은 초인들 중에서도 초인이라고 할 만큼 뛰어난 검객이었다. 그런 이릉운을 단칼에 쳐버린 두위가 반천수에게 오히려 서글픔을 가져다 주었다.

"그런데 나는 뭐냐……."

무릎을 끌어안고 가슴에 턱을 묻은 채 쪼그리고 앉아서 그렇게 중얼거리는 반천수의 눈가가 젖어들었다.

이제는 열 달밖에 남지 않은 생명이었다. 열 달 후에는 몸에 지니고 있는 양괴의 엄청난 내력이 모두 사라지는 것이다. 그렇다고 목숨마저 사라지는 건 아니었으나 그건 반천수에게 있어서 죽음이나 마찬가지였다. 아무것도 할 수 없는 무기력한 몸을 가지고 살아갈 자신이 이제는 없었다.

그의 가슴속에도 복수의 불씨가 숨겨져 있었다. 자신을 이처럼 폐인으로 만들어 내쫓아 버린 사문(師門)에 대한 원망이 뼈에 사무쳤고, 목숨을 바쳐 사랑했던 한 여인, 곡보옥(谷寶玉)에 대한 그리움이 아직도 아픈 상처로 남아 있는 것이다.

그것은 영원히 아물지 않을 상처였다. 곡보옥을 빼앗아간 군웅성에 대한 증오가 그래서 깊고 컸다. 살아서 반드시 그녀를 되찾아 오리라고 수없이 다짐했건만 이제 열 달밖에 살 수 없는 처량한 신세가 되었다.

"이 모든 게 다 장학우 때문이다."

그가 눈빛에 살기를 띠어가며 이를 뽀드득 갈았다. 장학우가 섭월령에게 양괴를 죽이라고 하지 않았더라면 자신은 적어도 이십 년은 더 살 수 있었다. 그렇다면 뜻한 바를 반드시 이루었을 것이고, 곡보옥을 빼앗아 심산유곡에 숨어서 세상을 등지고 행복하게 살 수 있었을 것이다.

일 년만이라도, 아니, 한 달만이라도 그렇게 살 수 있다면 그 다음에는 육신이 갈가리 찢기고 영혼이 지옥 구덩이에 던져진다고 해도 좋았다.

'하지만 이제는 다 헛된 꿈이다.'

그 생각이 반천수로 하여금 장학우에 대한 원망과 증오를 더 깊어지게 했다. 양괴의 유언이 아니더라도 반드시 그 늙은이를 찢어 죽이고 말겠다고 다짐하며 어둠 속에 잠겨 있는 백운장을 노려보았다.

세상일이란 다 알 수가 없는 법이다. 눈앞의 일도 그랬다.

이곳의 모든 일들을 다 보았다고 여기고 있는 반천수도 모르는 한 가지가 아직 있었다. 섭월령의 존재에 대해서였다.

"대무광을 만나 원하던 것을 얻은 모양이군. 잘된 일이야."

그녀가 음울한 음성으로 중얼거렸다. 이슬에 젖은 숲 속에 그녀 또한 두 무릎을 감싸 안은 채 둥글게 몸을 말고 앉아 있었다. 무릎 사이에 턱을 묻고 있어서 몸이 더 작아 보였다.

늘 거칠 것 없이 교만하고 자신감에 차 있던 얼굴이 아니었다. 고개를 들고 어느새 중천을 지나 두어 뼘이나 기울어가고 있는 달을 바라보고 있었는데, 눈빛이 멍한 것이 크게 상심한 마음을 고스란히 드러내고 있었다.

두위가 싸우던 모습을 떠올린 그녀가 소리없이 웃었다. 희고 고른 치아가 어둠 속에서 반짝였다.

"귀여운 녀석. 철부지인 줄로만 알았더니 몇 달 못 본 사이에 이제는 제법 무서워졌어."

두위를 골려주던 기억이 생생했다. 심통을 부리고 툴툴거리던 것이 저 먼 곳에 있는 고향, 살랍족(撒拉族)의 부락에 두고 온 동생 탈목념(奪木念)과 어쩌면 그렇게 똑같았던지.

지금은 죽고 없을 그 동생을 생각하자 처연하고 쓸쓸한 감정이 파도처럼 밀려들었다. 자신이 부족의 수호령(守護靈)이라는 막중한 책임을 외면한 채 떠나고 난 뒤에 하나뿐인 동생은 누이 대신 죽음으로 부족에게 속죄했을 것이다.

그것이 살랍족의 법칙이었다. 수호령으로 임명된 자가 배신하면 그 가족 모두가 처참하게 죽임을 당해야 했던 것이다.

그녀는 동생에 대한 씻을 수 없는 죄책감을 두위를 통해서 잊고 싶었고, 그 외로움을 그가 대신 메워주기를 원했었다. 두위가 채군걸의 전인이라는 것을 알고 나서부터는 더욱 그랬다. 끝내 동생이 아니라고 고집을 부리던 두위는 그녀가 진사후와 싸우러 나가던 그때 드디어 누님이라고 불러주었다.

그런 생각들이 하나둘 선명하게 떠오르면서 섭월령의 마음에는 슬픔과 기쁨이, 외로움과 따뜻함이 번갈아 스쳐 갔다.

두위가 무시무시한 위용을 뽐내며 이릉운을 단번에 거꾸러뜨리는 것을 보았을 때 자기 자신이 그 일을 해낸 것처럼 기뻤다. 그리고 죽은 줄 알았던 이릉운이 되살아나 사라지는 것을 보고는 두위의 대범함에 감탄했다.

사람들이 모두 떠난 뒤에도 그녀가 숲에 웅크리고 앉아 있는 것은 장학우 때문이었다. 그녀는 반천수와 마찬가지로 장학우를 그대로 둘 수가 없었다. 자신의 손으로 양괴를 죽게 한 장본인이기 때문이었다.

양괴에게 배신을 당하고 나서 그를 죽도록 미워하고 원망했지만 그녀의 마음속에는 아직도 그에 대한 애틋한 정이 살아 있었다. 첫사랑을 어찌 그리 쉽게 잊을 수 있을 것인가.

반드시 그 복수를 해주고 말리라고 다짐하며 입술을 잘근잘근 깨물었다.

"어?"

섭월령이 낮게 놀람의 외침을 터뜨리고 몸을 굳혔다. 저 건너의 어둠 속에서 슬그머니 일어서고 있는 그림자 하나를 본 때문이었다.

이곳에 남아 있는 사람은 자기 혼자인 줄 알았는데 또 다른 자가 자기처럼 몸을 감추고 있었다는 것이 놀랍기만 했다.

숲에서 조심스런 몸짓으로 나오고 있는 자를 확인한 섭월령은 다시 한 번 놀라야 했다. 그자가 다른 사람도 아닌 반천수였기 때문이다.

"저놈이?"

두위가 왔으므로 반천수 또한 이곳 어딘가에 와 있으리라고 짐작은 했었다. 하지만 찾아 나서지 않았던 건 그녀에게 지금은 장학우가 더 큰 의미가 있었기 때문이다. 사람들이 모두 떠나갔을 때 그 또한 떠났으리라고 여겼는데 뜻밖에 이처럼 보게 되자 울컥 분노가 치밀어 올랐다.

양괴를 죽게 했고, 자신의 가슴에도 검을 박아 넣었던 놈이라는 생각에 이르러서는 부르르 치가 떨리기도 했다. 조금만 더 생각해 보면 양괴를 죽인 것은 결국 그녀 자신이고, 또한 그녀 스스로가 반천수의 검에 가슴을 내맡긴 채 죽기를 원했었다는 것도 알 수 있었을 것이다.
그러나 한 번 눈이 뒤집히자 그녀는 이런저런 생각을 하려 들지 않았
다.

　"죽일 놈."

　섭월령이 달빛 아래 몸을 낮추고 밤 고양이처럼 조심스럽게 움직여
가는 반천수를 노려보며 뽀드득 이를 갈았다. 하지만 막 땅을 박차고
뛰어나가려던 그녀는 우뚝 멈추어 서고 말았다. 한 가지 생각이 떠올
랐기 때문이다.

　"흥, 이렇게 되면 어부지리를 노릴 수 있는 건가?"

　반천수가 저처럼 조심스럽게 움직여 가는 방향이 백운장 쪽이라는
것을 보고 문득 떠오른 생각이었다. 그는 장학우를 노리고 있는 게 틀
림없었다. 양괴의 복수를 해주려는 것이다. 그 뜻이 기특하기도 했다.

　"대체 어떻게 된 거야?"

　"제기랄! 뭐라고 말 좀 해보란 말이다! 누구 속 터져 죽는 꼴을 보고
싶어서 그러는 거냐!"

　양사명과 장가구가 머리를 들이밀며 보챘다. 그러다가 장가구는 제
가슴을 쾅쾅 두드려 댔다. 하지만 두위는 묵묵히 술을 마실 뿐이었다.
무엇을 생각하는지 눈빛이 맑지 못했고, 얼굴에는 수심이 떠올라 있었
다.

　팽호가 그의 빈 잔에 다시 술을 따라주고 낮게 말했다.

　"복수를 한 사람 얼굴 같지 않다."

　"맞아. 이런 날은 웃고 떠들며 통쾌하게 마셔야 하는 거다. 입에서
침을 튕겨가며 밤새 무용담을 얘기하고 또 얘기하는 거야."

팽호의 말에 장 노대도 맞장구를 쳤다. 하지만 두위는 여전히 말이 없을 뿐이다.

"너도 봤겠지?"

한참 만에야 그가 겨우 그 한마디를 했다. 못마땅한 얼굴로 외면하고 있던 양사명과 장가구가 응? 하고 호기심을 보이며 다시 다가들었다. 바야흐로 두위가 본격적으로 그동안의 일들을 말해 줄 것이라고 잔뜩 기대하고 있었지만 두위의 말은 영 엉뚱한 것이어서 그들을 실망시켰다.

"이룡운의 검법 말이다."

팽호가 말없이 머리만 끄덕였다. 그의 얼굴도 이제는 심각해져 있었다. 두위에게서 감염되기라도 한 듯 한동안 묵묵히 천장만 바라보고 있던 그가 어두운 얼굴로 조용히 말했다.

"나는 이해할 수 없다. 대체 그의 검법이 나의 그것과 어째서 그렇게 비슷할 수 있는 건지……."

"깨달음의 길이 같았기 때문일 거다."

두위의 말에 팽호가 머리를 끄덕였다. 그도 내내 그런 생각을 해왔던 모양이었다.

"참으로 묘한 일이다. 그는 정말 타고난 자질이 있는 자였던 게 틀림없다. 귀문칠절 중에서도 최상승의 검초를 스스로 생각하고 만들어 냈다니……."

적어도 초인으로 불릴 만큼 절정의 무공을 지닌 자들이라면 모두가 타고난 자질이 남다른 바가 있기 마련이다. 이룡운은 그들 중에서도 특출한 존재였음이 틀림없었다. 조금만 더 시간이 있었거나, 주위 환경이 뒷받침해 주었더라면 그는 스스로 종사의 반열에 들었을 만한 인물이었다.

"아깝다."

팽호가 한숨을 쉬고 말했다. 그런 이릉운이 두위의 칼에 죽었다는 것은 정말 아까운 일이 아닐 수 없었다. 하지만 어쩔 수 없다. 거기까지가 그가 타고난 운명이라고 해야 할 것이다.

두위가 멍한 눈빛으로 허공을 바라보았다. 이릉운을 살려준 것에 대한 미련 따위는 이제 없었다. 그가 아쉽게 여기는 것 또한 오직 팽호와 같을 뿐이다.

이릉운은 이제 다시는 강호에 모습을 나타내지 않을 것이 분명했다. 그는 죽은 것이다. 그래서 그의 검법이, 그의 재능이 하루아침 이슬처럼 그렇게 함께 사라졌다는 건 안타깝기 짝이 없는 일이었다.

"그나저나 이제는 어떻게 할 셈이냐?"

잠자코 있던 장 노대가 부리부리한 눈으로 두위를 바라보며 물었다.

"한번 내디딘 걸음이다. 멈출 수 없지."

두위가 나지막이 대답해 주고 나서 다시 생기를 되찾은 눈길로 팽호와 장 노대, 양사명, 장가구 등을 차례차례 돌아보았다.

"지난 일 년여 동안 너희들도 모두 많이 달라졌다. 이제는 강호에서 너희를 두려워하지 않는 자가 없겠는걸?"

"대무광이든, 진사후든 아무도 겁나지 않는다. 나는 이제 너도 두렵지 않아!"

"형도 무시무시해졌던데 뭐. 하하, 우리 다섯 명이 똘똘 뭉쳐 있으면 정말 천하무적일 거야. 어떤 놈들도 감히 덤벼들지 못할걸?"

장가구가 호기롭게 소리치자 양사명도 어깨를 으쓱거리며 뽐냈다. 그들에게서는 넘치는 자신감이 보였다. 좋은 일이었다.

“반천수는?”

두위가 문득 물었다. 양사명이 눈살을 찌푸리고 머리를 외로 꼬았다. 그는 반천수에 대해서 무언가 잔뜩 못마땅해하고 있는 듯했다.

“쳇, 그는 언제나 제멋대로 행동하니 놔둬. 우리와 어울리는 것이 아무래도 자신의 우아한 체면에 해가 된다고 생각하는 모양이야.”

“쓸데없는 소리!”

두위가 꾸짖어주고는 팽호에게 시선을 주었다. 팽호가 무표정한 얼굴로 간단하게 대답해 주었다.

“할 일이 있다고 했다. 그걸 끝내면 찾아오겠다고 했으니 그럴 거다.”

두위는 반천수에게 무언가 말 못할 사정이 있는 모양이라고 짐작했다. 그놈은 언제나 무언가를 감추고 있지 않으면 불안해서 못 견디는 놈이라는 생각이 들었다.

반천수는 오늘날까지 누구에게도 자기 자신을 낱낱이 드러내 보인 적이 없었다. 하지만 말 못할 사정이야 사람마다 다 있기 마련이다. 그걸 꽤씸하게 여기기에는 반천수에게 든 정이 너무 크고 깊었다. 두위는 자기와 마찬가지로 첫사랑을 잊지 못해 괴로워하는 그놈을 미워할 수가 없었다.

“그래. 온다고 했으니 언젠가는 찾아오겠지…….”

중얼거리고 다시 창밖의 어둠 속에 시선을 주었던 그가 무심한 얼굴로 모두에게 말했다.

“이제 너희들 모두 어디에 내놔도 제 몫을 하고도 남을 만큼 훌륭해졌으니 여기서 각자 제 갈 길을 찾아가는 게 좋겠다.”

“뭐야? 형은 지금 뭐라고 하는 거야?”

“뭣이? 이제 와서 우리를 배신하겠다는 거냐? 그건 용서 못해!”

“흥! 너 혼자서 좋은 일을 독차지할 속셈이라면 가만두지 않겠다!”

두위의 말을 들은 양사명과 장가구가 얼굴마저 붉히며 버럭 소리쳤고, 장 노대도 눈을 부릅뜨고 대들 듯 상체를 기울여 왔다. 오직 팽호만이 차가운 눈길로 말없이 노려보았을 뿐이다.

“내 길은 아직도 멀었고 험하다. 나는…….”

“제기랄, 그만둬!”

두위가 뭐라고 변명을 하려 하자 장가구가 악을 쓰듯 외치고 벌떡 일어섰다. 두위를 노려보는 그의 눈길이 험악해져 있었다.

“너는 벌써 잊은 거냐? 이 년 전, 항주 서호변의 악왕묘에서 너는 나와 팽호를 고용했다. 설마 이제 와서 돈을 주기가 아까워진 건 아니겠지?”

“맞다! 그해 겨울에 텅 빈 만금루로 혼자서 돌아왔을 때를 잊었단 말이냐?”

장가구의 말이 끝나기 무섭게 장 노대 또한 분한 숨을 씩씩거리며 자리를 박차고 일어섰다. 양사명도 지지 않고 소리쳤다.

“형은 거기서 나와 장 노대를 데려가겠다고 분명히 말했어!”

“우리가 너를 따라가겠다고 한 건 혼자 일을 하는 것보다 너와 함께 하는 게 훨씬 나을 거라고 생각했기 때문이었다. 그런데 이제 와서 우리를 떼어놓으려는 건 약속 위반이야! 너는 책임을 져야 한다!”

장 노대가 다시 소리쳤다.

두위가 무겁게 한숨을 쉬었다. 그들이 정말로 돈을 원해서 자신을 팔려고 하는 게 아님을 누구보다 잘 알고 있기 때문이다.

두위는 장 노대 등이 생떼 쓰듯 억지를 부리고 있는 마음을 충분히 이해했다. 그들은 모두 외로운 사람들이다. 한 번 맺은 정을 잃고 싶지 않은 것이다. 하지만 두위에게는 그들의 그런 단순한 마음이, 뜨거운 우정이 무거운 짐이 되기만 했다. 그들을 사지(死地)로 끌고 들어가고 싶지 않았던 것이다.

"나는 내 복수를 하려는 것뿐이다. 명예도 되지 않고 돈도 되지 않는다."

"우리는 처음부터 그런 것과는 인연이 없는 놈들이다. 바라지도 않아. 다만 신나고 통쾌하게 살고 싶을 뿐이다. 샌님처럼 조심조심 노심초사하면서 쩨쩨하게 살고 싶지 않단 말이다."

"장가구의 말대로야. 우리 비위에는 네가 가장 맞다. 천하를 넘보는 짓 따위는 다 쓸데없어. 그래서 뭘 어쩔 건데? 설마 황제라도 되려는 건 아니겠지? 강호를 발 아래 두고 으스대면 기분이 좋아지나? 나는 그런 건 시켜줘도 싫다. 골치 아프잖아. 답답하고."

장 노대가 생각만 해도 질린다는 듯 머리마저 설레설레 흔들었다.

"너는 정말 천하의 한 조각을 차지하고 세력의 균형을 이루다가 장차는 대무광처럼 천하를 넘볼 생각이 없는 거냐?"

잠자코 있던 팽호가 불쑥 나서서 물었다. 두위가 대답하기도 전에 양사명이 말을 가로채고 나섰다.

"글쎄, 천하를 차지해서 뭐 할 건데? 반란이라도 일으켜서 황제가 된다면 그건 신나는 일이겠지. 하지만 그러지도 못할 걸 까짓 천하제일인은 해서 뭐 해. 기껏 대무광 꼴이 되려고? 그가 지금 어떻게 하고 있는지 알면서도 그래."

그들은 모두 대무광이 진사후에 의해 군웅성 안에 유폐되었다는 소문을 들어 알고 있었다. 무언가 사정이 있을 테지만 중요한 건 그게 아니었다. 천하제일인으로 군림하면서 만인의 숭앙을 받던 그가 지금은 초라한 늙은이가 되어서 하루하루 겨우 목숨을 연명하고 있다는 그 사실이 중요했다.

군림이라는 건 그처럼 결국 허망할 뿐이다. 그것보다는 신나는 인생을 살고 싶다. 팽호를 제외한 나머지 사람들은 한결같이 그런 생각을 갖고 있었다.

장 노대가 홍! 하고 코웃음을 치고 양사명의 말을 받아 팽호에게 핀잔을 주었다.

"우리가 처음부터 두위를 따라 이 일에 팔을 걷어붙이고 나선 건 군웅성을 무너뜨리기 위해서 아니었냐? 그놈들이 으스대면서 우리를 사람 취급 하지도 않는 꼬라지가 영 눈꼴시었기 때문이지. 그런데 우리도 그놈들과 똑같이 되자고? 또 다른 군웅성을 세우고 그 안에서 세상을 내려다보며 거만을 떨고 있으면 그게 그렇게 통쾌할까?"

"음……."

팽호가 깊이 눈살을 찌푸렸다. 장가구도 거들고 나서서 더욱 그를 몰아세웠다.

"너도 네 사부의 복수를 하기 위해서 나섰다면서? 그런데 이제는 꿈이 더 커진 거냐? 어, 그건 장한 일인걸. 하지만 난 군웅성과 원한 맺은 일이 아무것도 없다. 그러니 골치 아프게 복수 따위를 생각할 필요도 없지. 난 두위가 좋다. 귀역에 있을 때부터 그랬어. 그러니 그를 따를 뿐이다. 뭐, 그렇지 않고는 별로 할 일이 없는 탓이기도 해. 그러니 네가 정 군림천하하고 싶다면 제발 나를 끌어들이지는 말아라. 나는 천하를 내 마음 내키는 대로 떠돌면서 자유롭게 살다가 죽을 작정이니까."

장가구의 말은 평소의 그답지 않게 차분하고 조리가 있었다. 그가 이처럼 자신의 생각을 당당하게 말할 수 있게 되었다는 건 역시 그만큼 안목이 높아졌다는 것이었다. 두위는 그게 기뻤다. 그는 지난 일 년 동안 생사의 고비를 넘나들며 험한 일을 많이 겪더니 비로소 어른다워진 것이다.

"어쩔 수 없는 놈들이다."

팽호가 어깨를 으쓱해 보이고는 풀썩 자리에 주저앉았다. 양사명이 다시 그에게 못을 박듯 말해 주었다.

"우리가 은근히 붙잡아오던 풍 노야를 뿌리치고 귀역에서 나온 건 단순히 두위를 만나기 위해서가 아니야. 풍 노야도 너처럼 재기를 꿈꾸고 있고, 그래서 대무광과 군웅성에 맺힌 한을 푼 다음에 다시 천하를 호령하고 싶어한다. 그게 마음에 들지 않았기 때문이지."

"맞다. 우리에게 그런 생각이 있었다면 너와 손을 잡기보다 귀역에 남아 있으면서 풍 노야를 도와줬을 거다. 그쪽이 훨씬 가능성이 있어 보이거든. 그러니 너도 우리를 꼬드기려 하지 말고 풍 노야와 손을 잡아라. 그게 네 배짱에 맞을 거다."

장가구가 눈을 부라리며 으름장을 놓듯 말했다. 팽호가 슬며시 그의 시선을 외면하고 말았다.

"이제 다 끝났나?"

두위가 웃으며 말했다. 열띤 분위기를 이쯤에서 가라앉힐 필요가 있었던 것이다.

"한참 떠들었으니 다시 배들이 고파졌을 거다. 뭘 좀 더 시켜서 먹고 마시자. 내일 일은 내일 생각하면 되는 거야."

*   *   *

　반천수는 백운장이 빤히 보이는 둑길 위에 배를 깔고 납작 엎드려 있었다. 오랫동안 그렇게 움직이지 않았으므로 온몸이 저려왔다. 하지만 그는 더 이상 움직일 수 없었다. 그들에게 들킬 것을 두려워해서였다.

　'제기랄, 그 늙은 놈은 정말 날이 밝은 다음에야 떠나려는 걸까?'

　그런 생각이 그를 초조해지게 했다. 하지만 그렇지는 않을 거라는 믿음이 있었다. 날이 밝으면 사람들의 눈이 많아진다. 그것을 무릅쓰고 호금위의 무사들에게 에워싸여서 거들먹거리며 백운장을 떠날 리가 없는 것이다.

　반천수는 장학우가 곧 백운장을 나올 것이라고 믿고 기다렸다. 그것도 은밀함을 유지하기 위해서 몇 명씩 짝을 이루어 각기 다른 곳으로 떠날 것이다. 어쩌면 장학우는 혼자서 행동할지도 몰랐다. 아니, 두어 명의 호위를 달고 있어도 상관없다.

　반천수는 오직 그때를 기다리며 팔다리가 뻣뻣해지는 걸 꾹 참고 있었다. 그리고 시간은 드디어 그에게 원하던 것을 가져다 주었다.

　눈앞의 어둠 속에서 백운장의 굳게 닫혔던 문이 열리는 게 보였다. 다섯 놈이 처음으로 나와서 재빨리 몸을 날려 달마저 기운 어둠 속으로 사라져 갔고, 잠시 사이를 두었다가 다시 다섯 놈이 다른 방향을 보고 몸을 날려 사라져 갔다.

　반천수는 자신의 예상이 맞아 떨어졌다는 데에 기쁨을 느꼈다. 그가 더욱 안력을 돋우고 백운장에서 빠져나오고 있는 한 놈 한 놈을 자세히 살펴보았다. 모두 호금위의 무리들이 틀림없었다. 몸을 날려 사라져 가는 신법이 하나같이 뛰어났던 것이다.

그렇게 몇 차례에 걸쳐서 서른 명이나 되는 놈들이 빠져나갔다. 그리고 드디어 그가 기다리고 있던 장학우가 천천히 걸어나왔다.

반천수는 저도 모르게 마른침을 꿀꺽, 삼켰다. 긴장이 온몸의 혈관을 팽창시키며 달려갔다. 역시 예상한 대로였다. 장학우의 곁에는 두 명의 호위가 붙어 있을 뿐이었다. 그들이 반천수로부터 불과 십여 장 떨어진 거리를 두고 둑길을 훌쩍 날아 넘어 천화평 속으로 달려갔다.

비로소 반천수가 천천히 몸을 일으켰다. 한 번 매섭게 장학우 등이 사라진 어둠을 노려본 그가 힘껏 땅을 박찼다.

"이건 정말 재미있는 구경이 되겠어."

어둠 속에서 섭월령이 낮게 중얼거리고 일어섰다. 그녀 또한 반천수가 움직이기만을 기다리며 숨을 죽이고 있었던 것이다.

새벽이 밝았을 때쯤 장학우와 두 명의 호위는 백운장에서 백 리는 떨어진 양화진(陽華津)에 이르러 아침 식사를 하고 있었다. 그들은 배를 타고 강을 건너려는 게 분명했다.

장학우 일행은 매화나무 몇 그루가 가지마다 푸른 매실을 탐스럽게 달고 있는 뜰을 보며 한가한 모습으로 식사를 하고 있었다. 누가 보더라도 부잣집 늙은이와 그를 모시고 여행길에 나선 두 명의 하인들로 보이는 그런 행색이었다.

그들이 식사를 거의 마쳤을 때 주가 안으로 반천수가 들어섰다. 옷자락이 이슬에 젖어 있는 것이 새벽길을 내내 걸어온 자라는 것을 금방 알 수 있게 해주었다.

장학우의 호위들이 눈길을 주었다. 반천수는 얼굴에 흙을 문질러서

원래의 용모를 적당히 훼손시키고 있었다. 게다가 등에 봇짐 하나를 짊어지고 있어서 영락없이 여기저기 떠돌며 장사를 하는 그저 그런 자의 모습이었다.

주가 한쪽에는 일찍 배를 타려는 상인들 십여 명이 모여 앉아 바쁘게 식사를 하고 있었는데, 반천수가 그들 속에 끼어드는 행동이 자연스러웠으므로 그때까지 그를 주시하던 호위들이 시선을 거두었다.

식사를 끝낸 장학우 일행이 느긋하게 차를 마시고 있었고, 한쪽의 상인 무리들도 거의 식사가 끝나갈 때쯤 주가의 점원이 큰 소리로 외치며 들어섰다.

"배가 왔습니다! 악양(岳陽)으로 가실 분들은 서두르세요!"

행여 자리를 잡지 못할 새라 상인들이 먼저 우르르 뛰어나갔고, 반천수도 그 속에 섞여서 주가를 나갔다. 그러면서 힐끔, 장학우 일행을 훔쳐보았다. 그들도 자리에서 일어서고 있는 중이었다.

강물을 가득 덮은 물안개가 춤을 추듯이 일어서서 바람을 따라 흐르고 있었다. 나루에는 돛을 내린 배 한 척이 정박해 있었는데, 족히 오십여 명은 탈 만해 보였다. 사람들이 수부(水夫)가 내려준 목판을 딛고 다시 우르르 배 위로 올라갔다.

양화진에서 이른 아침 배를 탄 사람은 스무 명 남짓이나 되었다. 흡족한 도사공의 콧노래를 따라 닻이 올려지고 돛을 활짝 편 배가 천천히 강심을 향해 나아갔다.

악양까지는 물살을 타고 꼬박 하루 길이다. 움직일 곳이 마땅치 않은 배 안에서의 하루는 지겹기 짝이 없는 일이다. 그것을 잘 알고 있는 사람들은 한쪽에 모여서 골패를 하거나, 뱃전에 편하게 누워 잠을 청하기도 했다.

　배는 어느덧 강을 따라 삼십여 리를 내려왔고, 해가 머리 위에 솟아올랐다. 그때쯤 웃고 떠들던 사람들도 시들해 져서 구석에 앉아 졸거나 아예 선실에 내려가 새우잠에 곯아떨어졌다. 갑판 위에는 장학우와 그의 호위 두 명이 남았을 뿐이었다.

　배에 오른 이래 선실 구석에만 앉아 있던 반천수가 갑판으로 나온 것도 그때쯤이었다.

　마침 하류에서 마주 올라오고 있는 커다란 배 한 척이 곁을 스쳐 지나갔으므로 큰 물결이 일어서 목선이 좌우로 심하게 흔들렸다. 반천수가 중심을 잃고 넘어져 몇 바퀴 구르다가 갑판 난간에 부딪치고 신음 소리를 냈다.

　장학우의 호위 두 명이 난간을 꽉 붙잡고 있었는데, 반천수는 그들과 지척에 이르러 있었다. 배는 여전히 파도치는 물결 위에서 기우뚱거리며 흔들리고 있어서 몸을 바로 세우기가 여간 어렵지 않았다. 난간에 등을 기대고 앉아 있던 반천수가 팔을 뻗어 함께 굴러온 자신의 보따리를 집었다.

　구르는 바람에 그렇게 된 듯 보따리를 묶어두었던 매듭이 느슨하게 풀어져 있었다. 그 사이로 검의 손잡이가 얼핏 보였다. 그리고 반천수의 손이 슬그머니 그것에 가 닿았다. 흔들리는 몸을 바로 세우는 데 정신이 팔려서 아무도 그런 반천수의 손에 시선을 주지 않았다.

　문득 살기를 느꼈기 때문일까? 역시 난간을 붙잡고 서 있던 장학우의 눈길이 반천수에게 향했다. 그리고 그 순간 벌떡 일어난 반천수의 손이 허공을 가리켰다.

　번쩍―!

뜨거운 빛 한줄기가 뱃전에 튀어 오르는 물보라를 뚫고 비스듬히 뻗어 나갔다. 그 끝에 호위 한 놈의 목이 놓여졌다. 그자의 목이 매끈하게 잘려져 미끄러질 때에야 비로소 상황을 알아챈 나머지 한 놈이 으앗! 하고 놀란 외침을 터뜨리며 옆으로 훌쩍 뛰었다.

창백한 검기 한 가닥이 무지개처럼 뻗어와 쓸고 지나갔다. 난간이 반듯하게 잘려 무너졌고, 붉은 피가 허공에 확 피어올랐다. 비명을 지를 새도 없이 목을 잃은 자의 몸뚱이가 비틀, 하더니 제 머리통을 뒤따르듯 강물 위로 떨어져 갔고, 배를 길게 베인 자가 갑판 위에 나뒹굴며 이리저리 굴러 다녔다.

울컥울컥 솟구쳐 나오는 선혈이 튀어 오르는 강물과 섞이며 갑판을 붉게 물들여 갔다.

눈 깜짝할 사이의 일이었다.

소리없이 검을 뽑아 들고 몸을 일으킨 것과 동시에 후려친 한 번의 검격에 군웅성이 자랑하는 호금위의 호위 두 명이 상대를 제대로 보지도 못하고 꺾인 것이다.

배의 흔들림이 차차 가라앉아 갔다. 반천수가 검을 늘어뜨린 채 우뚝 서서 장학우를 쏘아보고 있었다. 아직도 난간을 붙잡은 채 서 있는 장학우의 늙은 얼굴에는 표정이 없었다. 그가 반천수를 물끄러미 바라보았다. 아직도 눈앞에서 벌어진 일이 어떻게 된 건지 알지 못하고 있는 듯한 그런 모습이었다.

"그렇군. 너였구나."

반천수의 검기에 잘려진 난간이 덜렁거리다가 기어이 강물 위에 떨어져 철썩! 하는 소리를 냈다. 그 소리를 들은 장학우가 음, 하는 신음을 흘리고 나서 비로소 그렇게 말했다. 일 년 전, 두위 일행을 뒤쫓아서 이름없는 낡은 장원에 뛰어들었을 때를 기억해 낸 것이다. 그곳에서 흑천의 살수들을 상대했고, 동건유와 팽호를 혼내주었다. 그리고 눈앞의 요상하게 생긴 놈을 보았다.

"동건유의 사주를 받은 것이냐?"

"틀렸소."

"그럼 풍해산이 직접 보냈느냐?"

반천수가 흰 이를 드러내고 소리없이 웃었다.

장학우는 그 웃음이 눈부시다고 생각했다. 그가 주름진 얼굴을 찌푸리고 혀를 찼다. 요괴 같은 놈이라는 생각을 지울 수 없었던 것이다.

"이상하군. 풍해산이 이처럼 서두를 리가 없는데……."

"산 자는 느긋할지 몰라도 죽은 자는 그렇지 못한 모양이오. 빨리 원한을 풀고 명부에 들고 싶을 테니까."

"죽은 자라고? 그건 더 이상하군."

장학우가 머리를 갸웃거렸다. 갑판어 엎어져 숨이 멎어 있는 수하의 모습이 자꾸만 눈에 거슬려서 마음을 불편하게 했다.

"나는 한 사람의 복수를 하려는 것뿐이오. 귀역과는 아무 상관도 없소."

"그렇군. 노부가 잘못 짚었던가 보다 그런데 누구의 복수를 할 작정이냐? 나에게 원한을 품은 자가 한둘이 아닐 터. 짐작할 수 없구나."

"양괴 하후곤."

"어허?"

반천수의 스산한 말을 들은 장학우의 눈이 부릅떠졌다.

"그가 죽었단 말이냐?"

"흥!"

더 말할 것 없다는 듯 검을 세운 반천수가 매서운 눈길로 노려보았
다. 불시에 들이쳐 두 놈을 해치워 버리고 나자 용기가 크게 일었다.
장학우가 그런 반천수를 물끄러미 바라보더니 휴, 하고 길게 탄식했다.

"생사를 다투며 싸웠던 자이고, 서로 지독하게 미워했던 사이지만
죽었다는 소식을 들으니 안타깝지 않을 수 없구나. 옛것들이 자꾸만
사라져 가는 것이 서러운 거지. 하지만 강물은 어느 한순간도 멈춰 있
지 않는 법. 옛것은 가고 새것이 그 자리를 대신하는 것은 막을 수가
없다."

장학우가 쓸쓸하게 중얼거렸다. 그의 모습이 더욱 늙어 보였다. 거
푸 한숨을 쉬던 장학우가 지그시 반천수를 바라보며 다시 말했다.

"음괴 섭월령이 그렇게 했겠지? 천하에서 그를 죽일 수 있는 사람은
그 요녀뿐일 테니까."

"틀렸소."

"응?"

"그는 나의 이 검에 찔려 죽었소. 그리고 음괴 또한 그렇게 되었으
니 이제 당신만 남았을 뿐이오."

"어허? 네가 음양쌍괴를 한꺼번에 죽였다고?"

장학우가 버럭 소리쳤다. 반천수가 거짓말로 자신을 희롱한다고 여
겼다.

"더 시간을 끌어봐야 당신을 도와줄 사람은 아무도 없소."

반천수가 차가운 웃음을 매달고 이죽거렸다. 과연 배는 강 한복판에
유유히 떠 있었고, 이곳에는 대여섯 명의 뱃사람과 이십여 명의 승객들
이 있을 뿐이다. 그들이 선실에서 감히 나오지 못하고 머리만 내민 채
두려워 떨고 있었다.

"좋다. 하지만 한 가지 알 수 없는 게 있다. 너는 양괴를 네 손으로 죽였다면서 어째서 또 그의 복수를 해줘야 한다는 거지? 그렇다면 너는 스스로 목숨을 끊는 게 옳지 않으냐?"

"그는 나의 사부요. 그리고 당신을 죽여 한을 풀어달라는 유언을 했소."

"뭣이? 그렇다면 너는 네 손으로 사부를 죽였단 말이냐!"

장학우가 노기를 잔뜩 띠고 소리쳤다. 반천수의 말대로라면 그건 부모를 죽인 것과 같은 패륜이다. 결코 용서받을 수 없는 짓인 것이다.

"에잇!"

그때의 일을 떠올리며 말하는 동안 불 같은 분노가 새롭게 솟구쳤다. 반천수가 더 참지 못하고 날카롭게 외치며 달려들었다. 눈부시게 번쩍이는 검광이 사면팔방을 가득 메우고 우박처럼 떨어져 내렸다.

"금수(禽獸)만도 못한 놈! 이놈!"

분기탱천한 장학우도 버럭 소리치며 마주 손을 뻗어냈다. 그는 더 이상 초라한 늙은이가 아니었다. 내력을 잔뜩 담고 부풀려진 옷자락이 사납게 펄럭였다. 막중한 암경이 노인의 볼품없는 손끝에서 줄기줄기 뻗어 나가 반천수를 두드렸다.

땅땅땅땅—!

반천수의 검이 노인의 수강(手罡)에 부딪칠 때마다 요란한 쇳소리가 터져 나왔다. 사방으로 팅겨져 나가는 기파의 줄기들이 우르릉거리는 소리를 내며 대기를 흔들었다. 파도치듯 밀려가는 그것의 여력을 견디지 못하고 우지끈거리며 난간들이 무너져 내렸고, 갑판이 곧 갈라질 듯 삐걱거렸다.

"제법인걸?"

겁에 질려 우왕좌왕하거나 주저앉아 부처님, 보살님을 불러대는 사람들 속에서 낮은 중얼거림이 흘러나왔다. 섭월령이었다.

그녀는 반천수와 마찬가지로 상인처럼 꾸미고 있었다. 바지저고리를 입었고, 머리에 건(巾)을 썼으며, 검댕이 칠을 한 얼굴 때문에 아무도 그녀를 알아보지 못했던 것이다.

반천수의 검법은 지난겨울, 흑룡보의 폐허에서 보았을 때보다 더욱 심오해져 있는 것 같았다. 검봉의 매서움이 바늘 끝 같았고, 검격의 치밀함이 세그물[細網]처럼 빈틈이 없었다. 더욱 놀랄 일은 그의 고강한 내력이었다. 반천수는 장학우의 웅장한 내력에 맞서서 조금도 밀리지 않고 있었던 것이다.

섭월령은 저놈 또한 두위와 마찬가지로 지난겨울 사이에 무섭도록 달라졌다는 걸 확인할 수 있었다. 장강의 뒷물결이 앞 물결을 밀어낸다는 말이 절로 실감이 되었다.

"제법이구나!"

장학우의 외침 소리가 쩌르릉 울려 나왔다. 공력이 실린 그 음성이 강물마저 출렁이게 했다.

좁은 갑판 위에서 늙고 젊은 두 사람의 싸움이 한 치의 물러섬도 없이 계속되었다. 초수가 거듭될수록 반천수의 검은 눈부신 변화를 더해갔고, 장학우의 장력 또한 그 웅장함을 더해갔다.

서로가 내력을 남김없이 끌어올려 일장, 일검에 실어 쳐냈다. 대체로 비슷한 무공 수위를 지닌 자들이 부딪친다면 적수공권보다 병장기를 지닌 자가 이롭기 마련이었다. 그러나 반천수와 장학우의 싸움은 꼭 그렇지만도 않았다.

"이얍!"

초조해진 반천수가 찢어지는 듯한 기합성과 함께 맹룡출해(猛龍出海)의 수법으로 몸을 뽑아 올리며 빛살 같은 검기를 뿌려댔다. 한줄기 맹렬한 검기가 공기를 찢자, 짜자작' 하고 벼락 치는 듯한 파공성이 났다.

"너는 과연 양괴의 진전을 모두 물려받았구나!"

놀란 장학우가 소리치며 급히 몸을 회전시켰다. 바람개비처럼 맴돌아 나가는 곳마다 갑판의 판자들이 회오리쳐 뻗어 나가는 그의 기력을 감당하지 못하고 조각조각 부서져 날아올랐다. 배가 곧 가라앉을 듯 심하게 출렁거리며 요동을 쳐댔다.

장학우의 태음보력(太陰寶力)은 과연 신공 중의 신공이라고 할 만했다. 양괴 하후곤의 일원지기(一元之氣) 역시 그에 못지않은 신공이었지만 이처럼 부드럽고 질긴 진기의 유동(流動)에 이르러서는 태음보력의 활력에 미치지 못하는 바가 있었다.

그 장학우의 태음보력이 한줄기 지력(指力)에 실려서 그물처럼 이리저리 펼쳐지며 반천수의 검기를 붙잡아갔다. 한 번 그것에 얽혀 버리면 빠져나올 수 없으리라는 걸 느낀 반천수가 재빨리 검을 물리고 왼손을 뻗어 마주 지력을 뽑아 찔러갔다.

한줄기 강맹하기 짝이 없는 지력이 곧장 장학우의 태음보력에 부딪쳐 갔다. 양괴가 평생의 절학이라고 자랑해 마지않던 일원지(一元指)였다.

꽈앙—!

두 사람의 지력이 서로 격돌하자 폭음과 함께 격렬한 기류의 파동이 사방으로 방사되어 나갔다. 그것에 부딪친 선실이 기어이 견디지 못하고 우지끈거리며 부서져 내렸다. 갑판의 상판(上板)들은 모조리 가루가 되어 부서져서 간신히 골조(骨組)만 남았을 뿐이다.

"고얀 놈!"

칠십 년 고된 수련을 하여 쌓아온 자신의 내력으로도 반천수를 누르지 못하자 노화가 치솟은 장학우가 목이 터져라고 고함을 지르며 맹렬하게 쌍장을 뻗어냈다. 반천수도 물러서지 않고 좌장에 양괴의 모든 내력을 실어 그로부터 전해 받은 천뢰종기(天雷從氣)를 뿌렸다.

꽈아앙―!

두 사람의 장력이 격돌하자 조금 전보다 더 크고 격렬한 파동이 일었다. 어마어마한 두 진기의 격돌로 인해 하늘이 어두워졌고, 머리 위에 있는 태양마저 그 빛을 잃은 듯 느껴졌다.

그 엄청난 힘에 나뭇조각을 잇대어 만든 목선은 더 이상 견디지 못했다. 굵은 돛대가 태풍을 만난 듯 씨이이, 하는 휘파람 소리를 내며 휘어지더니 기어이 뚝 꺾여 미골(尾骨)을 뚫고 처박혔다.

이내 곳곳에서 우지끈우지끈 부서지는 소리가 났다. 선체가 쩍쩍 갈라져 강물을 무섭게 빨아들였다. 그러자 더 견딜 수 없게 된 사람들이 아우성을 치며 물에 뜰 만한 것 하나씩을 안고 앞을 다투어 강물로 뛰어들었다.

배는 중심을 잃고 기울어 가며 제자리에서 어지럽게 맴돌았다. 이대로 싸움을 계속하다가는 두 사람 모두 물에 빠져 낭패를 면치 못할 것이 분명했다.

"나도 이제 죽을 때가 되었나 보다."

자신의 늙었음을 한탄한 장학우가 더 망설이지 않고 몸을 날렸다. 여기저기 어지럽게 흩어져 맴돌고 있는 판자 쪽 하나를 딛고 선 그가 출렁거리는 강물을 향해 장력을 쳐냈다. 그러자 그를 태운 널판 조각이 미끄러지듯 건너편 강둑을 향해 쏘아져 나가는 것이었다. 오래전,

달마(達磨) 조사가 펼쳐 보였다는 일위도강(一葦渡江)의 절정 경신공부
가 바로 저와 같았을 거라는 생각이 들 만큼 기묘한 수법이었다.

"도망가지 못한다!"

버럭 외친 반천수도 몸을 날려 널관 조각 위에 내려섰다. 그 또한 장
학우가 했던 것과 같은 방법으로 미끄러지듯 강물을 가로질러 멀어져
갔다.

"대단하다. 대단해!"

그때까지도 몸을 숨기고 태연히 구경하고 있던 섭월령이 혀를 내두르
며 감탄했다. 장학우의 솜씨야 이미 겪어보았으므로 그 무서움을 잘 알
고 있었지만, 반천수가 보여준 무위(武威)는 새삼 그녀를 놀라게 했다.

"괴물이 또 한 놈 생겨났다."

그녀가 어두워진 얼굴로 그렇게 중얼거렸다. 그러는 동안 배는 완전
히 가라앉아 소용돌이만 남겼고, 섭월령의 모습도 사라지고 보이지 않
았다.

＊　　　　＊　　　　＊

"두위가 많이 변했어."

저만큼 앞서서 성큼성큼 걸어가고 있는 그의 뒷모습을 흘겨보던 장
가구가 그렇게 소곤거렸다. 팽호가 머리를 끄덕였다.

"당연한 일이지. 그는 이제 누구도 감당할 수 없는 고수가 되었다.
무엇이든 한 가지 일에 매진하여 지극한 성취를 이룬 자는 다른 사람
이 넘볼 수 없는 깨달음을 얻었다고 해야 할 것이다. 그러니 달라지지
않는다면 그게 오히려 이상한 거지."

“그리고 보니 너도 많이 달라졌다. 제기랄, 다들 전혀 다른 사람이 된 것 같으니 재미가 없다.”

장가구는 아직 서툴고, 그래서 실수도 많이 했고 겁없이 날뛰었던 그때가 그리워졌다. 다른 사람들이 보았더라면 걸렁대는 건달 이상도 이하도 아니었겠지만, 그렇게 호기를 부리며 큰소리쳐 대던 때의 정이 더 인간다웠지 않았나 하는 생각도 들었다.

하지만 지금은 그렇지 못했다. 우선 두위부터가 만만하게 여겨졌던 그때의 그 두위가 아니었던 것이다. 그에게서는 이제 넘보기 힘든 무게감이 느껴졌다. 그가 이룬 성취가 그를 그렇게 만든 것이다.

장가구는 그게 두위뿐 아니라 자신들 모두에게 찾아온 변화라는 것을 알았다. 팽호는 물론, 장 노대와 양사명까지도 예전의 그 만만한 모습은 찾아볼 수 없었다. 그것은 자신도 마찬가지일 거라고 여겼다. 다만 본인이 느끼지 못하고 있을 뿐이다.

“역시 지닌 바에 따라서 저절로 변할 수밖에 없는 게 사람인가 보다.”

“짐승들도 마찬가지다. 우두머리가 된 놈은 그전의 모습과는 전혀 달라진다. 의젓하고, 은연중 권위와 용맹을 드러내게 되지.”

곁에서 따라 걸으며 그들의 대화를 엿듣던 장 노대가 끼어들어 그렇게 말했다. 팽호가 다시 머리를 끄덕였다.

“옳다. 그것이 지식이 되었든, 권력이나 돈이 되었든 상관없이 힘을 갖게 된 자는 변하기 마련이다. 또 그래야 정상이지.”

“하긴…….”

장가구가 비로소 수긍했다. 이제는 저마다 절기를 지녀서 아무것도 두렵지 않은 절정의 고수들이 되었다. 그런데도 옛날처럼 건들거리거나 가볍게 군다면 그건 덜떨어진 팔푼이라고 해야 옳을 것이다.

그들은 두위가 대무광을 만난 이후 지금과 같이 큰 그릇으로 변하게 되었다는 것을 알지 못했다. 단지 그의 무공이 절정의 수위에 이르자 인품마저 크고 대범하게 변했다고 여길 뿐이다.

하지만 두위가 지금과 같이 과묵해진 데에는 대무광과 성수괴의 당문군의 희생에서 받은 영향이 컸다. 그러므로 대무광의 심득이 그에게 전해졌다는 세간의 말이 전부 과장은 아니었다.

두위의 가슴속에는 아직도 그때 대무광이 했던 오묘한 말들이 뚜렷이 남아 있었다. 그리고 그들이 몸소 보여준 신의와 희생의 정신이 깃들어 있었다. 한 번 높은 산의 정상에 올라서 본 사람은 세상을 보고 생각하는 마음이 달라지기 마련이다.

두위는 삶과 죽음이 공존하던 영취봉의 그 동굴 속에서 대무광이라는 높은 산을 보았고, 그것을 가슴에 담았다. 그러니 달라지지 않는다면 그게 더 이상한 일이다.

"이봐, 배고프다. 뭘 좀 먹고 쉬었다 가자!"

저만큼 뒤처져서 따라오던 양사명이 그렇게 소리치고 걸음을 빨리해서 다가왔다.

"염병할. 네놈은 어째 뱃속에 걸귀를 키우고 있는 놈 같다. 허구한 날 틈만 나면 먹는 타령이니."

"놔둬. 크느라고 그런다. 많이 먹어야 빨리 크지."

장가구의 핀잔을 받아서 장 노대 또한 웃으며 놀려댔다. 양사명이 발끈해서 그들을 노려보았다.

"그럼 당신들은 그동안 못 얻어먹어서 아직도 그렇게 애들 같은 모양이군?"

"허허허……."

장가구는 끙, 하고 외면했고, 장 노대가 쓴웃음을 웃고 말았다. 언제나 말로 해서는 이 당돌한 어린놈을 당할 수 없었다.

그렇게 해서 그들 다섯 사람은 호북과 호남의 경계 지점에 있는 석수현(石首縣)에서 다시 하루를 보내게 되었다.

그들은 현성(縣城) 밖 오 리쯤에 있는 송림원(松林園)으로 향했다. 그곳은 호북과 호남을 잇는 길목에 있는 요충인 탓에 늘 오가는 사람들이 넘쳐 났으므로 당연히 그들의 주머니를 노리는 주가(酒家)와 청홍루(靑紅樓)며, 여각(旅閣) 등도 번창했다.

호북과 호남을 왕래하는 사람들은 급한 일이 없는 한 송림원에서 하루를 쉬며 노독을 달래는 게 관습처럼 되다시피 했다. 그곳에는 언제나 넘쳐 나는 술이 있었고, 기름진 음식과 교태 넘치는 기녀들의 웃음이 있기 때문이다.

"나는 술도 밥도 다 싫다! 지분 냄새가 그리워 몸살이 날 지경이란 말이다!"

이름난 여각인 소상원(瀟湘園)에 자리를 잡자마자 장가구가 그렇게 소리치고는 양사명의 소맷자락을 잡아끌며 재빨리 일행에서 떨어져 나갔다. '어어?' 하고 짐짓 당황한 듯한 몸짓을 해 보이던 양사명이 못 이기는 척 장가구에게 이끌려 사라졌다.

"저런 못된 것들! 형님을 똥 친 막대기만큼도 안 여긴다!"

계산을 하고 늦게 올라온 장 노대가 자신만 따돌리고 꺼져 버린 그들을 욕하며 씩씩거리다가 술이나 마시자며 팽호를 이끌고 또 나갔다. 누구도 두위에게 함께 가자는 말은 하지 않았다. 그들은 어느새 웃고 놀려대는 중에도 은연중에 두위를 무서워하게 된 것이다.

제3장 벼가 가는 길

내가 가는 길

강호는 언제나 부대끼고 출렁거리면서도 제 갈 길을 잊지 않고 흘러간다
저 도도한 장강과도 같다. 때로는 격류가 되고, 때로는 잔잔한 물결이 되어서 쉬지 않고 흐른다
하지만 결코 제 길을 잊지 않는다

다음날, 날이 밝고 한참이 지나서야 장가구와 양사명이 어슬렁거리며 여각으로 돌아왔다. 얼굴이 부스스하고 옷차림이 아직도 흩어져 있는 것이 난봉꾼의 기색이 완연했다.

"썩을 놈들. 진이 빨려서 뒈진 줄 알았더니 용케 살아왔구나. 축하한다."

장 노대가 눈을 흘기며 핀잔을 주었다. 평소 같으면 열을 내며 달려들었을 그들이었지만 그날 아침에는 아무 소리도 하지 못하고 묵묵히 밥만 퍼 먹었다.

그들이 늦게 돌아왔으므로 길을 떠나는 것도 늦었다.

서둘러 여장을 챙기고 여각을 나서려는데 말발굽 소리가 들려왔다. 앞쪽에서 뽀얀 먼지를 날리며 여섯 필의 건마(健馬)가 바람처럼 달려오고 있었다. 하나같이 가슴이 떡 벌어지고 털에 윤기가 자르르 흐르는

것이 보기 드문 준마(駿馬)들이었다.

"기다리시오!"

선두에서 급하게 말을 몰아 달려오던 자가 두위 일행을 향해 손을 높이 들어 흔들며 우렁찬 목소리로 외쳤다. 두위가 눈살을 찌푸렸다.

"뭐야? 설마 아침부터 시비를 걸려는 놈들은 아니겠지?"

"흥! 뭔가 찔리는 데가 있는 모양이구나. 화대는 제대로 주고 나온 거냐? 잔뜩 재미만 보고는 또 슬쩍 도망쳐서 너를 잡으려고 오는 자들인지도 모르겠다."

장가구가 중얼거리자 곁에 있던 장 노대가 재빨리 말을 받아서 또 비아냥거렸다. 그는 아무래도 지난밤에 자신만 쏙 빼놓고 재미를 보고 온 그가 못마땅한 모양이었다.

"알았소, 알았어. 다음에는 당신도 꼭 끼워줄 테니까 제발 그만 좀 하시구려."

장가구가 지겹다는 듯 머리를 흔들며 투덜거렸다. 그러는 사이 여섯 필의 건마는 눈앞에 다가들었다. 기수들이 고삐를 잡아채자 말들이 일제히 앞발을 들고 번쩍 일어서며 우렁찬 소리로 울어댔다. 질풍처럼 달려들던 말을 한순간에 잡아 세우는 그들의 기마술이 고명하기 짝이 없었다.

선두에 있던 사십 대의 장한이 말에서 훌쩍 뛰어내렸다. 다른 사람에게는 눈길 한 번 주지 않은 채 두위에게 다가온 사내가 포권한 손을 절레절레 흔들었다.

"당신이 두위, 두 대협이지요? 이렇게 뵙게 되어 영광이오."

"대협이라니?"

두위가 눈살을 찌푸리고 사내를 노려보았다.

"대협이라는 말을 함부로 하지 마오. 나는 그런 사람이 아니오."

사내가 머리를 뒤로 젖히고 호탕하게 껄껄 웃고 나서 다시 정중하게 포권하고 한 자 한 자 힘주어 말했다.

"천만의 말씀이외다. 의와 협을 잊지 않고 몸소 행하는 자를 대협이라고 부르오. 당신은 은인과 부모의 원한을 잊지 않고 어려운 복수의 길에 뛰어들어 기어이 이릉운을 죽였소. 이것은 과연 협객의 협(俠)을 몸소 보여준 쾌거올시다. 또한 한 번 맺은 약속은 목숨을 걸고라도 반드시 지키려고 하니 이것이 의(義)가 아니면 무엇이겠소? 그러니 내가 대협이라고 부르는 것이 당연하오."

"당치 않소!"

사내의 청산유수 같은 말을 듣고 있던 두위가 완강하게 머리를 흔들었다.

"사사로운 원한을 풀었을 뿐이오. 그러니 당신은 그렇게 부를 것 없소."

"어쨌든 좋소. 소생은 철기방(鐵騎幇)의 총관(總管)인 진삼산(振三山) 원길(元佶)이라고 하외다."

사내가 비로소 자신을 소개하며 정중하게 붉은 배첩 한 장을 내밀었다. 거기에는 방주(幇主) 영적신(英勣申)이라는 이름이 금 글자로 선명하게 적혀 있었다.

"방주님께서 여러 장사들을 방으로 초청하셨소이다. 바쁘시지 않다면 꼭 방문하여 주시기 바랍니다."

사내가 부리부리한 눈으로 모두를 바라보고 나서 정중히 머리를 숙이고 말했다. 장가구 등은 어리둥절한 눈으로 그런 사내와 공손히 손을 모으고 늘어서 있는 장한들을 바라브기만 했다. 팽호가 차가운 눈길로 원길이라는 사내를 이리저리 뜯어보다가 두위에게 낮게 속삭였다.

"영적신은 금사철권(金砂鐵拳)으로 이름 높은 고수다. 그의 철기방 또한 호남무림에서는 무시할 수 없는 방회지. 그가 호의를 가지고 청했으니 나쁜 일은 없겠다."

두위는 제 스스로 판단하기 귀찮아질 때는 팽호에게 맡겨두고 따르는 편이었다. 이번 일에도 그는 그렇게 하기로 했다.

두위가 머리를 끄덕이자 원길의 표정이 밝아졌다. 그가 한 손을 번쩍 들었다. 다섯 명의 장한들이 자신들이 타고 왔던 말을 끌고 와 두위 일행의 손에 고삐를 넘겨주고 한쪽으로 물러섰다.

"제가 모시겠습니다."

말에 훌쩍 올라탄 원길이 박차를 가하여 달려나갔다. 그 뒤를 두위 일행을 태운 다섯 필의 건마가 바람처럼 뒤쫓았다.

철기방은 야트막한 야산 하나를 통째로 차지하고 길게 담을 두르고 있었는데, 작은 성을 보는 것 같았다. 곳곳마다 높은 망루가 세워져 있고, 담 위에는 펄럭이는 깃발 아래 무장한 사내들이 경계를 서고 있는 것이 자못 대적(大敵)을 앞에 두고 있는 것처럼 긴장감마저 엿보였다.

웅장한 자태를 가지고 있는 정문은 깊고 넓은 해자(垓子) 건너에 있었다.

"열어라!"

진삼산 원길이 마상에서 우렁차게 소리쳤다. 누대(樓臺)에서 고개를 내밀고 바라본 자가 원길과 두위 일행을 확인하고 사라졌다. 그리고 곧 높이 올려 세워졌던 조교(助橋)가 굵은 쇠줄에 매달려 내려왔다. 그것을 지켜보고 있던 팽호가 낮게 속삭였다.

"심상치가 않다."

"대단한 세력가인 모양이군."

두위가 엉뚱한 소리로 답했다. 팽호는 생전 처음 보는 철기방의 삼엄한 경계가 마음에 걸렸는데, 두위는 시큰둥할 뿐이었다. 그는 오히려 이처럼 위세를 떨치고 있는 철기방에 대해서 호기심이 발동한 모양이었다.

두터운 성문이 활짝 열렸다. 원길이 말을 달려 해자를 건너 성문 안으로 들어갔고, 그 뒤를 망설임없이 두위가 따랐다. 그들이 모두 안으로 들어가자 등 뒤에서 무거운 소리를 내며 육중한 성문이 굳게 닫혔다.

성문 안은 탁 트인 광장이었고, 그 맞은편에 내성(內城)의 담이 늘어서 있었다. 담 너머로 높이 솟아 있는 전각의 지붕들이 빽빽하게 보였다. 밖에서 보던 것보다 더 넓은 성곽 구조였다.

원길이 손님들과 함께 돌아왔다는 보고를 받았던지 내성 안에서 십여 명의 사람들이 우르르 달려나오고 있었다. 늙은이들은 모두 근엄해 보였고, 젊은이들은 하나같이 영기 발랄하고 씩씩해 보였다.

"오시느라고 고생하셨소이다."

원길과 두위 일행이 광장을 달려 그들 앞에 말을 세우자 반백의 머리를 한 초로인이 나서서 포권했다.

"태상장로이신 무애자(無哀子)이십니다."

원길이 두위 일행에게 그렇게 노인을 소개했다. 그가 누구인지는 알지 못했으나 철기방의 태상장로라니 소홀히 대할 수가 없었다. 두위와 팽호 등도 말에서 뛰어내려 정중히 포권하고 마주 인사했다.

"아직도 무슨 일인지 영문을 모르겠습니다."

"허허, 나쁜 일이라면 어찌 영웅들을 이처럼 모실 수 있겠소? 호협한 그 기상을 높이 산 방주님께서 꼭 한 번 뵙고 싶다 하셔서 모신 것이니 염려할 것 없소이다."

두위 일행을 안심시킨 노인이 함께 마중 나온 사람들을 차례로 소개했다. 세 명의 노인은 철기방의 장로들이었고, 나머지 영준한 청년들 중 네 명은 방주인 금사철권 영적신의 제자들이었으며, 두 명의 청년은 방주의 두 아들이었다.

"두 대협을 뵙게 되니 무상의 영광이로소이다!"

소개를 마치자 청년들이 일제히 외치며 허리를 깊이 꺾어 인사했다.

두위는 방 중의 중요한 인사들이 이처럼 모두 나와서 자신을 환영해 준다는 데에 더욱 어리둥절해졌다. 일면식도 없는 자를 맞이하는 방주의 예우가 지나쳤던 것이다.

원길이 두위와 무애자에게 인사하고 돌아갔고, 두위 일행은 태상장로라는 노인의 안내를 받아 내원으로 향했다.

산자락을 이용하여 꾸민 내원은 긴장감이 서려 있는 밖의 모습과는 달리 깊은 산중의 절간인 것처럼 아늑한 정취를 가지고 있었다. 두위 일행이 객청에 인도되어 자리 잡자 낭하를 따라 급히 걸어오는 발자국 소리가 들려왔다.

곧 육십 대의 풍채가 헌앙한 노인이 세 명의 아리따운 낭자들과 함께 객청으로 들어섰다.

"하하하, 이거 급히 모시느라고 실례가 이만저만이 아니외다. 노부가 직접 맞이하지도 못했으니 말이오!"

노인이 들어서자마자 껄껄 웃으며 큰 소리로 말했다. 무애자가 급히 일어나 읍했고, 객청 한쪽에 늘어서 있던 여섯 명의 사내들이 일제히 무릎을 꿇었다.

"됐다, 됐어. 너무 번거롭게 굴지 마라. 손님들 놀라실라."

손을 흔들어 그들을 내쫓은 노인이 급히 다가와 두위의 손을 덥석 잡았다.

"잘 오셨소. 그러잖아도 내 못난 자식들이며 제자 놈들에게 늘 두 대협의 기상을 본받으라고 일렀다오. 꼭 한 번 만나서 교분을 나누고 싶었던 차에 이곳에 왔다는 기별을 받고 더 참을 수 없어서 이처럼 모시게 했으니 너무 나무라지 마오."

노인이 붙잡은 손을 흔들어대며 그렇게 넉살을 떨었다. 부리부리한 눈에 은빛 수염, 넉넉한 풍채와 호방한 웃음이 노인을 돋보이게 했다.

"이쪽은 노부의 못난 여식들이라오."

노인이 비로소 뒤에 다소곳이 서서 힐끔힐끔 두위 일행을 훔쳐보고 있던 세 아가씨를 소개했다. 가장 어려 보이는 아가씨는 이제 겨우 열대여섯 살쯤 되어 보였고, 가장 성숙해 보이는 아가씨가 스물서넛쯤 되어 보였는데, 하나같이 자태가 곱고 아름다웠다.

그 아가씨들이 날아갈 듯 절을 올리는 데에 이르러서는 두위의 얼굴이 붉어지고 말았다. 그가 쩔쩔매며 손을 마구 흔들었다.

"과하오, 과해. 소생은 아직 젊은데 이렇게까지 격식을 차릴 필요 없소."

"하하하, 저년들이 평소 흠모하던 두 대협을 직접 보게 되니 황홀해서 염치를 잊은 모양이오. 내게는 뻣뻣하게만 굴던 년들이 저렇게 넙죽넙죽 엎드려 대니 말이외다."

금사철권 영적신이 손뼉을 치며 웃었다. 아가씨들이 불에 덴 듯 빨개진 얼굴로 어쩔 줄 몰라 했다. 그러면서도 제 아버지를 매섭게 흘겨보거나 입술을 삐죽이는 것이 여간 귀엽지 않았다.

철기방주는 두위 일행을 극진히 환대했다. 낮부터 시작된 연회가 밤이 깊어서야 끝났다. 각자 시종의 시중을 받으며 따뜻한 물로 목욕하고 정해진 방에 들어가 누웠다.

두위는 이곳에 와서 지낸 한나절이 꿈결인 것만 같았다. 비단 휘장을 두르고 금침(衾枕)이 깔린 폭신한 침상에 누워보는 게 얼마만인지 생각도 나지 않았다. 지나친 환대를 받았다는 부담감도 들었고, 이유가 뭘까, 하는 의문도 새록새록 들었다.

처음 보는 자를 아무 까닭 없이 이처럼 극진하게 대접할 리는 없었다. 어쩌면 방주가 어려운 부탁을 하려고 그러는 건지도 모른다고 생각했다.

“너는 벌써 강호에 유명한 인사가 되었다. 이제는 아무도 너를 함부로 대하지 못하겠는걸?”

연회 중에 팽호가 은근히 속삭여 주던 말이 떠올랐다.

“많은 사람들이 네 행보를 지켜보고 있다. 만에 하나 네가 이 대협을 죽인다면 기다리고 있었다는 듯 사마가 창궐하여 강호를 어지럽힐 것이다.”

문득 유옥령의 말도 생생하게 떠올랐다. 자신을 막아섰던 그녀가 표독한 얼굴로 그렇게 말했을 때만 해도 과연 그럴까? 하는 의문이 들었을 뿐 그 말을 믿기 어려웠다. 그런데 이제는 확연히 느낄 수 있었다.

'무언가 강호에 이상한 바람이 불기 시작했다.'

마음이 무거워졌다. 그것이 위험한 바람일 것이라는 느낌이 든 까닭이다.

강호가 어지러워지는 게 꼭 자신 때문이라고는 할 수 없을 것이다. 그럴 때가 되었기 때문에 그럴 뿐이다. 하지만 그 출발이 자신으로부터 시작되었다면 역시 한 가닥 책임을 면치 못할 일이다.

두위는 철기방주인 금사철권 영적신에게서 그가 들떠 있다는 것을 느꼈다. 무언가 일을 저지르려는 자에게서 흔히 볼 수 있는 그런 흥분이었다. 어쩌면 영적신도 다른 많은 고수들처럼 그동안 군웅성의 위용에 눌려 제대로 기를 펴지 못하고 살아온 사람인지도 몰랐다.

이제 군웅성과 초인들에 대한 두려움이 사라지자 마음껏 자신의 날개를 펴보려고 획책하는 것이라면 그는 몸을 도사리고 있던 효웅(梟雄)일 것이다.

그런 자들이 강호 도처에 수없이 있을 것이다. 그리고 이제 일제히 자기 목소리를 내며 일어서기 시작한다면 걷잡을 수 없는 혼란이 초래될 게 뻔했다. 각처에서 효웅과 호걸들이 일어나 쟁패를 할 것이고, 어둠 속에서 이를 갈고 있던 자들이 제각기 묵은 원한을 들먹이며 날뛸 것이다.

그런 혼란의 시간이 지나면서 그들 사이에 서서히 세력의 판도가 정해질 것이고, 그런 다음에는 그동안 기득권을 누리고 있었던 기존의 세력들과 부딪칠 게 뻔했다. 많은 사람들이 충돌하게 되는 것인만큼 그 싸움은 참혹하고 처절할 것이다.

두위의 얼굴이 어두워졌다. 내 한 몸 지키기도 힘들 때에는 강호의 일을 생각할 여유가 없었다. 하지만 이제는 그럴 수가 없었다. 자신도 모르는 사이에 어느덧 풍운의 중심에 서게 되었다는 것을 느꼈기 때문이다.

"그게 강호야. 바람 죽은 호수처럼 고요하기만 해서는 살아갈 멋도, 맛도 없는 곳이지."

멍하니 천장만 바라보고 있던 두위가 문득 그렇게 중얼거리고는 벌떡 뛰어 일어났다.

'강호는 언제나 부대끼고 출렁거리면서도 제 갈 길을 잊지 않고 흘러간다. 저 도도한 장강과도 같다. 때로는 격류가 되고, 때로는 잔잔한 물결이 되어서 쉬지 않고 흐른다. 하지만 결코 제 길을 잊지 않는다.'

그런 생각이 그를 사로잡았다.

장강도 때로는 둑을 무너뜨리고 어지럽게 쏟아져 논밭과 마을을 집어삼킨다. 하지만 결국은 다시 제 길로 돌아가기 마련이다. 두위는 강호도 그와 같다고 생각했다. 그러니 너무 걱정할 것 없다. 평화가 끝났으니 혼란이 오는 건 당연한 이치 아닌가.

그것을 받아들이지 못하거나, 받아들이려고 하지 않는 사람들이 걱정하고 두려워할 뿐이다. 마음을 열고 받아들인다면 그러한 혼란마저도 전체의 한 부분으로 보이게 될 것이다.

"그 혼란도 서서히 가라앉겠지. 그러면 강호는 다시 제 길로 돌아와 유유히 흐른다."

영적신의 극진한 환대 속에서 이틀이 지났다. 그동안 방주는 자신의 일에 대해서 한마디도 꺼내지 않았다. 이제는 두위가 궁금증 때문에 못 견딜 지경이 되었다. 내일은 꼭 이 일에 대한 까닭을 물어보리라고 작정한 그가 침상에 누워 잠을 청할 때였다.

"대협, 주무십니까?"

문득 방문 밖에 여린 그림자 하나가 어른거리더니 그렇게 낮은 음성으로 부르는 소리가 들렸다. 놀란 두위가 침상에서 뛰어내려 와 옷매무시를 고치고 앉았다. 낯익은 낭자가 소리없이 방문을 열고 조심스럽게 들어왔다.

영소심(英素心). 두위는 그녀의 이름을 기억하고 있었다. 방주의 세 딸들 중 맏이인 그 처녀였던 것이다.

아가씨가 수심이 깃든 얼굴로 두위를 그윽이 바라보았다.

"이 야심한 시간에 어인 일이시오?"

두위가 짐짓 안색을 굳히고 딱딱한 어조로 물었다. 다들 잠들었을 시간에 사내 홀로 누워 있는 침실로 다 큰 아가씨가 겁없이 찾아 들어오느냐는 책망이기도 했다.

"큰 실례인 줄 알면서도 어쩔 수 없었답니다."

소심이 감히 얼굴을 들지 못하고 머뭇거리며 겨우 말했다. 고개를 숙이고 있는 목덜미가 붉게 물들어 있었다. 무언가 할 말이 있는 모양이었다.

가슴 앞 옷자락을 움켜쥐고 조심스럽게 다가온 소심이 두위를 마주하고 앉아서도 여전히 얼굴을 들지 못했다.

물끄러미 그녀의 고운 이마와 볼을 바라보던 두위가 숨을 들이켜 마음을 진정시키고 낮게 말했다.

"나에게 할 말이 있는 것 같은데?"

"대협."

소심이 용기를 내어 그렇게 부르고 두위를 똑바로 바라보았다.

"실례된 말씀입니다만 아침이 오기 전에 이곳을 떠나실 수는 없겠습니까?"

"응?"

"지금 곧 가시는 게 좋겠습니다. 제가 무사히 나갈 수 있도록 안내해 드리겠습니다."

두위를 바라보는 그녀의 얼굴에 간절함이 가득했다. 곧 울음이라도 터뜨릴 듯 젖은 눈으로 빤히 바라보며 입술을 잘근잘근 깨물고 있는 것이 안타까워 보이기까지 했다.

"대체 무슨 영문인지 모르겠소이다."

"늙으신 제 아버님을 위해서 드리는 말씀이랍니다."

"어허."

두위가 난감하다는 얼굴로 혀를 찼다.

"자세한 사정은 차차 아시게 될 것입니다. 지금은 일일이 말씀드릴 수가 없군요. 하지만 제가 나쁜 마음이 있어서 드리는 말씀이 아니라는 것은 믿으셔도 됩니다. 만일 제가 대협을 기만하려는 마음이 눈곱만큼만 있어도 저는 천벌을 받아 온전히 죽지 못할 것이고, 죽어서도 정처없는 귀신이 되어 이승과 저승 사이를 떠돌게 될 것입니다."

소심이 이제는 열에 들뜬 듯한 음성으로 그렇게 맹세했다. 무언지 몰라도 그녀에게는 간절하고 절박하기 짝이 없는 일이 목전에 닥친 게 분명했다. 두위는 그 일이 바로 자기에게 달려 있다는 것을 느꼈다.

"나는 영문을 모르겠소. 방주께서는 나와 일행들을 극진히 대해주는데 아가씨는 갑자기 찾아와 어서 떠나라고 등을 떠미니 대체 누구의 생각이 옳은 건지 어지럽기만 하오."

"저는 세상의 도를 잘 알지 못합니다. 하지만 생령들을 가엾게 여기고 기업을 소중히 여기며 가족을 평안하게 하는 것이 옳다는 것은 압니다. 무엇이 큰 도이고, 무엇이 아녀자의 좁은 소견인지는 모르겠으나 적어도 피를 흘리는 것보다 참고 양보하는 것이 낫다는 믿음을 가지고 있답니다."

"음……."

열정을 가지고 있는 소심의 말을 듣던 두위가 길게 한숨을 쉬었다. 사정을 낱낱이 알 수는 없으나 그녀가 품고 있는 뜻이 옳다는 느낌이 왔다. 하지만 그녀의 말만을 듣고 도망치듯 떠난다는 것은 여태까지 성심성의껏 대해준 방주에 대해서 지나치게 무례한 짓이라는 생각 때문에 망설일 수밖에 없었다.

두위가 어떻게 해야 좋을지 머뭇거리는데 문밖에서 기침 소리가 나더니 한 사람이 선뜻 들어섰다.

"아, 아버님!"

그를 본 소심이 새파랗게 질린 얼굴로 일어서서 어쩔 줄을 몰라 했다. 두위도 마치 나쁜 짓을 하다 들킨 사람처럼 어색하고 당황하여 얼굴을 붉혔다.

"방주님이 이 야심한 시간에 어인 일로……."

"음……."

영적신이 노기가 가득한 얼굴로 소심을 노려보며 침음성을 흘렸다. 두려움으로 몸을 떨던 소심이 그 자리에 엎드려 기어이 흐느끼기 시작했다.

"아버님. 소녀는, 소녀는 다만 아버님과 형제들의 안위가 걱정되어서……."

"듣기 싫다!"

영적신이 수염마저 부르르 떨며 버럭 소리쳤다. 여태까지 온화하고 친밀한 모습만을 보여주었던 그가 그렇게 화를 내자 살벌한 기운이 감도는 것이, 전혀 다른 사람이 되기라도 한 것처럼 무섭기까지 했다.

"일찍 잃은 어미를 대신하여 동생들을 거두는 것을 불쌍히 여겨 귀여워해 주었더니 이제는 아비가 하고자 하는 일마저 가로막고 나설 셈이냐?"

영적신의 엄한 꾸짖음에 소심은 눈물만 뚝뚝 떨어뜨릴 뿐 감히 고개를 들지도 못했다.

"추태를 보여 미안하오."

영적신이 가까스로 노여움을 감추고 두위에게 말했다.

"늦은 밤이지만 잠이 오지 않아 뜰을 산책하던 중에 두 형제의 방에 불이 켜져 있는 것을 보았소. 두 형제도 노부와 같이 잠을 자지 못하고 있다는 걸 알고 반가운 마음이 들었소이다. 함께 대작하며 밤을 새울까 하여 찾아왔다가 방문 밖에서 딸년이 하는 말을 듣게 되었소이다. 일부러 엿들으려던 것은 아니었으니 오해는 하지 말아주었으면 좋겠소."

"그런 것은 아무래도 상관없습니다. 저는 대체 방주님께 무슨 일이 있는 건지 아직도 모르고 있다는 게 마음에 걸릴 뿐입니다. 게다가 아가씨의 말을 듣고 보니 의문이 더 커져서 혼란스럽습니다."

"음, 본래는 좀 더 환대를 베풀고 나서 천천히 말할 작정이었소이다만 일이 이렇게 되었으니 심중을 털어놓지 않을 수 없구려."

낮게 탄식하고 난 영적신이 다시 잔뜩 화가 난 얼굴로 소심을 내려다보며 크게 꾸짖었다.

“아직도 물러가지 않고 있단 말이냐? 네가 정녕 죽고 싶은 게로구나!”

소심이 창백해진 얼굴로 영적신을 바라보고 두위를 바라보다가 마지못한 듯 일어섰다. 방을 나가면서도 다시 한 번 두위를 돌아보았는데, 눈물이 뚝뚝 떨어지는 얼굴에 처연한 빛이 가득했다. 그녀는 말은 못하고 눈빛으로만 간절히 자신의 뜻을 전하고 있었다.

“곱게만 키웠더니 저 나이가 되도록 철이 들지 않았다오. 여식의 추태를 용서해 주시오.”

영적신의 말이 간곡했지만 두위의 마음은 다 풀어지지 않았다. 눈으로 호소해 오던 그녀의 간절함이 마음에 꺼림칙한 앙금으로 남아 있던 것이다.

“제게 하실 말씀이 뭔지 솔직하게 말해 주셨으면 합니다.”

“좋소. 내가 이처럼 두 형제와 그대의 일행들을 청하게 된 일을 오늘 밤 다 털어놓으리다.”

영적신이 의자를 끌어당겨 두위를 마주 보고 앉았다.

*　　　　*　　　　*

“두위가 철기방에서 벌써 사흘째나 묵고 있다고?”

열화신장(烈火神掌) 양목철(梁木徹)이 우렁우렁한 음성으로 말했다. 대전 안에 웅웅거리는 메아리가 남을 만큼 기력이 충만한 음성이었다.

양목철은 두어 단 높은 곳에 설치된 태사의에 앉아서 부리부리한 눈을 부릅뜨고 있었고, 십여 명의 수하들은 대전 양편에 줄지어 서 있었는데 감히 숨조차 크게 쉬지 못했다.

“그렇습니다. 극진한 환대를 받고 있다고 합니다.”

“음, 영적신 그 교활한 늙은이가 정녕 제 무덤을 파고 있구나.”

양목철의 눈이 금방이라도 불길을 토해낼 듯 무섭게 이글거렸다.

“더 이상 참을 것 없습니다. 당장 들이쳐서 개미새끼 한 마리 남기지 말고 모조리 죽여 없애야 합니다!”

곰 같은 체구에 박박 얽은 검은 얼굴의 장한이 썩 앞으로 나서며 양목철 못지않게 우렁찬 음성으로 소리쳤다. 양목철이 자신의 오른팔이라고 늘 말하는 흑모철추(黑貌鐵鎚) 강정(姜井)이었다.

깍지동이 같은 허리통과 굵은 팔뚝에서 알 수 있듯이 그는 타고난 힘이 항우(項羽)에 비견되는 자였다. 팔십 근이나 되는 한 개의 커다란 쇠망치를 무기로 썼는데, 호남무림에서는 그 병기의 특이함과 괴력으로 널리 알려진 자였다.

“저에게 허락해 주십시오! 그 쥐새끼 같은 늙은 놈의 머리통을 박살내고 딸년들을 잡아다가 가랑이에 끼고 말겠습니다!”

두터운 제 가슴을 탕탕 두드리며 호기를 부리는 그를 물끄러미 바라보던 양목철이 피식 웃었다.

“네놈은 철기방주의 딸년들이 탐나서 그러는 게로구나?”

“아니, 뭐, 꼭 그런 것이 아니라⋯⋯.”

강정이 뒤통수를 긁적이며 두터운 입술만 빨 뿐 제대로 변명도 하지 못하고 우물거렸다. 그것을 지켜보던 모든 사람이 실소를 금치 못했다.

“강정의 말에도 일리가 있습니다.”

세 가닥 염소수염을 기른 깡마른 청년이 앞으로 나서서 말했다. 화려한 비단옷을 입었고 문사건을 쓴 것이 제법 글줄깨나 읽은 선비 티를 내려고 애쓰는 자였다. 역시 양목철이 자신의 왼팔이라고 자부하는 쌍절서생(雙絶書生) 우문한(于文瀚)이라는 자였다.

생긴 것은 쥐새끼 같았지만, 서른 남짓한 나이에 걸맞지 않게 가슴 속에 천 가지 계교를 품고 있었고, 한 쌍의 판관필을 잘 써서 쌍절서생으로 불리는 자였다.

그가 가볍게 기침을 하여 좌중의 이목을 모으고 느긋하게 말했다.

"두위라는 자가 그 동료들과 함께 철기방에 있다고 하지만 아직 영적신, 영 늙은이와 한패가 되었는지는 확실치 않습니다. 그자가 마음을 정하기 전에 우리가 먼저 강력하게 들이쳐서 위세를 떨친다면 그자는 철기방의 늙은이를 위해서 위험을 무릅쓰려 하지 않을 것입니다."

"만약 한패가 되었다면?"

양목철이 은근한 음성으로 물었다. 우문한의 입가에 여유있는 미소가 떠올랐다.

"더욱 선공을 해야겠지요. 그들이 우리에게 대적할 궁리를 짜내기 전에 기습해서 기선을 제압한다면 우왕좌왕하다가 스스로 괴멸되고 말 것입니다. 영 늙은이가 제 분수를 모르고 빌미를 제공해 주었으니 오히려 잘된 일이 아닌가 합니다."

우문한의 말을 들으면서 양목철은 내심 철없는 놈들이라고 혀를 찼다. 우문한 또한 철기방주의 세 딸들 중 맏이인 소심이라는 낭자를 탐내고 있다는 것을 잘 알고 있기 때문이다. 강정이나 우문한은 이번 일을 자신들의 야욕을 채울 좋은 기회로 여기고 있는 게 틀림없었다.

한 번 그들을 흘겨본 양목철이 눈길을 좌중으로 돌렸다. 한쪽 줄 가운데 묵묵히 서 있는 노인이 눈에 들어왔다. 장로인 목염자(木焰子) 좌필(左弼)이라는 자였다.

"좌 장로의 생각은 어떠시오?"

양목철의 지적을 받은 노인이 탐스럽게 늘어진 은빛 수염을 쓸고 나서 점잖게 말했다.

"저 두 사람의 말에도 일리가 있습니다. 허나……."

"허나는 무슨 놈의 허나! 하면 하는 거고 말면 마는 거지 꼬리를 끌게 뭐 있소! 사내는 언제나 딱부러져야 하는 법이오!"

강정이 눈을 부릅뜨고 으르렁거리듯 쏘아붙였다. 그는 늘 자신의 성급함에 제동을 걸고 나서는 노인에 대해서 못마땅해하고 있었다.

강정이 뭐라고 하든 상관 않겠다는 듯, 노인이 여전히 느릿느릿 말했다.

"두위라는 자는 이미 그 강함이 입증되었고, 그의 동료라는 자들도 하나같이 범상치 않으니 역시 신중하게 생각해야 할 것입니다. 철기방이 그동안 힘을 축적해 왔다고 하나 아직 우리 흑호장(黑虎莊)에 비하자면 부족한 바가 있습니다. 영 방주도 그 점을 잘 알고 있기에 두위 일행을 끌어들이려는 것입니다."

"그럼 어떻게 하는 게 좋겠소?"

양목철이 다소 짜증기가 섞인 음성으로 채근했다. 좌 노인이 이리저리 말을 돌리기만 할 뿐 결론을 내지 않고 있기 때문이었다.

"하지만 더 시간을 끌고 있다가는 그들의 기세만 살려주는 꼴이 될 수 있으니……. 다소 위험을 무릅쓰더라도 역시 한 번 시험해 보는 게 좋겠지요."

"결국 저들 두 사람의 말대로 하자는 게 아니오?"

양목철이 혀를 차고 눈을 흘겼다. 노인의 신중함은 때로 짜증스럽기까지 했다. 하지만 그런 사람도 곁에 있어야 한다는 것을 그는 잘 알고 있었다. 언제나 지나치지 않도록 적당히 제동을 걸어주는 역할을 하는 사람도 필요한 것이다.

결론은 내려졌다. 양목철이 태사의를 박차고 일어섰다.

"선봉을 강정이 맡고 좌 장로가 후미를 맡으시오. 나와 우문한은 중앙에 있겠소!"

결정한 이상 실행은 빠를수록 좋다. 양목철이 지금의 이 자리에 있기까지 목숨의 위험을 무릅쓰고 수많은 싸움을 해오면서 터득한 일이었다. 기습의 묘용은 역시 은밀한 접근과 질풍같이 들이치는 데에 있다. 그것만 잘 지키면 열에 여덟, 아홉은 성공하기 마련이다.

흑호장(黑虎莊)은 등장한 지 얼마 되지 않았지만 호남무림에서 무시할 수 없는 강자로 부각된 세력이었다. 그들의 세력 범위 안에서만은 호남의 패자로 군림하고 있는 하후명의 철웅보도 양보하는 바가 있을 정도였다.

그 흑호장이 들어선 곳은 오래전부터 철기방이 터전으로 삼고 있던 석수현(石首縣)에 이웃해 있는 남현(南縣)이었다.

양목철이 문호를 열었을 때 영적신은 이웃에 작은 장원 하나가 생겼나 보다 하고 무심히 여겼다. 그런데 그들은 최근 몇 년 사이에 무섭게 성장하더니 드디어는 철기방의 영역까지 잠식해 들어왔다. 그리고 이제는 철기방의 기반 모두를 위협하는 존재가 되었다.

사람들은 이제 공공연히 영적신과 양목철을 호남의 권장이사(拳掌二師)라고 부르며 꺼려했다. 영적신에게는 그것마저 못마땅한 일이었다. 육십 평생을 고되게 연마해서 이룬 자신의 금사철권이 근본도 알 수 없는 자의 보잘것없는 장법(掌法)과 나란히 불려진다는 것이 수치스럽기까지 했던 것이다.

하지만 막상 부딪쳐 보자 양목철의 쇄금장(碎金掌)은 과연 무시할 수 없는 것임을 절감할 수 있었다. 장력의 패도적인 기운이 자신의 금사철권에 못지않았고, 수법의 기묘함에 있어서는 오히려 철권의 비수(秘手)를 능가하는 점마저 있었던 것이다.

그들은 한 번도 마음 놓고 힘을 모두 끌어내 싸우지 못했다. 대대적인 분쟁에는 언제나 군웅성의 이름을 앞세운 철웅보가 개입했고, 그들의 완력 앞에 무릎을 꿇는 수모를 당해야 했다. 그것은 곧 호남무림에서의 매장을 의미했으므로 눈치를 보지 않을 수 없었다.

그런데 이제는 아무도 군웅성을 두려워하지 않게 되었다. 초인이라는 자들에 대해서도 마찬가지였다. 백운장주 이릉운의 덧없는 죽음은 사람들로 하여금 그들, 초인에 대해서 가지고 있던 신비감을 잃게 했다. 그러자 그들은 결코 넘볼 수 없는 절대자가 아니라 그저 조금 더 강한 자들에 지나지 않게 되었다. 힘과 세력을 모아 대항한다면 이길 수도 있다는 자신감이 생겼던 것이다.

영적신은 이때를 놓칠 수 없다고 단단히 벼르고 있었다. 몇 해 전 양목철에게 당했던 수모를 잊을 수 없기 때문이다.

삼 년 전이었다. 큰아들 화걸(樺傑)이 동생들과 함께 제 어미의 기일을 맞아 성묘를 다녀온 적이 있었다. 십여 명의 수하들과 장로 한 명을 대동하고서였다.

무덤은 남현 근처에 있었으므로 흑호장의 영역에 들어갈 수밖에 없었다. 그때까지만 해도 철기방과 흑호장은 서로를 경계하고 있었을 뿐 노골적으로 적의를 드러내지 않았으므로 말썽만 일으키지 않는다면 영역을 넘나드는 일을 눈감아주곤 했다.

일은 화걸 일행이 성묘를 마치고 돌아오는 길에 터졌다. 마침 사냥을 나왔던 흑호장의 강정, 우문한 일행과 마주쳤던 것이다.

그들은 상대가 철기방의 대공자와 그 동생들이라는 것을 알고도 길을 비켜주지 않았다. 대공자 화걸은 적지 않게 당황했다.

"하하, 이처럼 귀한 손님들이 무더기로 찾아왔으니 흑호장의 경사라고 아니 할 수 없소이다. 대공자께서는 어째서 장에 들러 잠시 쉬어가지 않는 것이오?"

"사사롭게 나선 길이고, 방 중에 처리해야 할 일들도 있으므로 급히 돌아가느라 미처 인사를 드리지 못했소. 너그럽게 용서해 주시기 바라오."

우문한이 쥐새끼 같은 눈을 이리저리 굴리며 손을 홰홰 내저었다.

"별말씀을. 강호가 몇 년째 태평성세를 누리고 있는데 무슨 급한 일이 있겠소이까? 그러지 말고 소생을 따라 장으로 가 한 며칠 푹 술에 절어서 즐겨봅시다."

"정 그러시다면 따로 날을 잡아서 제가 우문 형을 초대하겠으니 그때 마음껏 회포를 풀어보면 어떻겠소?"

말을 하면서도 화걸은 내심 초조함으로 발을 구르고 있었다. 우문한이나 강정이 누이동생들을 힐끔힐끔 훔쳐보고 있었는데 그 시선에서 욕념이 느껴졌던 것이다.

당시 화걸의 큰누이인 소심은 열아홉 살의 화사한 나이였고, 둘째 아화(娥華)가 열일곱 살로 봉오리가 벌어지기 시작하는 꽃처럼 아름다움이 반짝거릴 나이였다.

막내인 소운(小蕓)은 불과 열두 살의 어린 나이에 지나지 않았지만 벌써 미태가 흐르기 시작하고 있었으므로 사람들은 그들 세 자매를 일러 상강삼화(湘江三花)라고 부르며 그 아름다움을 칭송해 마지않았다.

소문으로만 들었던 그 세 자매를 눈앞에 두고 보자 여색을 밝히기로 유명한 우문한의 눈이 뒤집히지 않을 수 없었다. 강정 또한 살아오면서 이처럼 아름다운 소저들은 처음 보는지라 한눈에 반해서 어떻게든 빼앗을 작정을 했다.

우문한이 그들을 붙잡아둘 무언가 적당한 구실을 생각해 내느라고 잠시 침묵하는 사이에 성미 급한 강정이 참지 못하고 앞으로 나섰다.

"그럼 너는 돌아가고, 저기 아가씨들은 여기 남아서 우리와 함께 놀면 되겠다."

그가 본색을 드러내자 우문한이 멋쩍은 듯 웃으며 눈치를 보았다. 화걸이 눈을 부릅뜨고 그런 강정에게 호통 쳤다.

"그게 무슨 말이오! 호걸로 자처하는 자로서 차마 입에 담지 못할 말이니 어서 거두시오!"

"뭣이라고? 네깐 놈이 호걸이 뭔지 알기나 한단 말이냐? 자고로 호걸은 술과 계집을 눈앞에 두고 물러서는 법이 아니다!"

발끈해서 외친 강정이 그대로 말을 달려 화걸의 무리에 부딪쳐 갔다. 앗! 하고 놀라는 사이에 벌어진 일이었다. 급히 앞을 막아서던 철기방의 수하 두 명이 강정이 휘두르는 쇠망치에 맞아 비명도 지르지 못하고 말에서 떨어져 죽었다.

"모두 들이쳐라!"

그것을 보고 있던 우문한이 흑호장의 수하들에게 소리치고 역시 말을 몰아 달려들었다. 일이 이렇게 되었으니 모두 죽여 버리고 시치미를 뗄 수밖에 없다고 여긴 것이다.

강정의 쇠망치는 그 악명만큼이나 무시무시했다. 자루 끝에 긴 쇠사슬을 달아 넓게 휘둘렀는데, 붕붕거리고 바람을 가르는 소리가 흉맹하기 짝이 없었다. 화걸이 검을 뽑아 들고 맞섰지만 감히 쇠망치의 소용돌이를 뚫고 들어갈 엄두를 내지 못했다.

“하하, 검법이 고명하다고 소문난 철기방의 대공자도 별것 아니구나!”

한껏 기가 산 강정이 비웃었다. 화걸은 이제 서른을 갓 넘긴 사내였다. 마음속에 참을 수 없는 노여움과 함께 호승심이 크게 일었다. 그가 이얏! 하는 기합성을 터뜨리며 말 머리를 틀어 곧장 강정에게로 부딪쳐 들어갔다.

송 장로는 우문한의 판관필을 맞아 이쪽을 돌아볼 새 없이 싸우고 있었고, 흑호장의 수하들은 활을 쏘고 창을 찔러대며 철기방의 무리들을 마음껏 희롱했다. 철기방의 장한들은 한편으로 아가씨들을 보호하고 한편으로 적을 맞아 싸워야 하는 이중의 부담을 지고 있었으므로 움직임이 원활하지 못했다.

“받아랏!”

놀림을 당한 화걸이 흥분하여 쇠망치의 범위로 뛰어들어 오자 내심 쾌재를 부르던 강정이 버럭 호통을 쳤다.

그의 쇠망치가 쉭! 하는 바람 소리를 내며 머리 위로 떨어졌다. 화걸이 급히 몸을 기울여 그것을 피하며 더욱 파고들었다. 하지만 그 단순한 수법은 그를 끌어들이기 위한 강정의 속임수였다. 화걸이 아차, 하고 뉘우쳤을 때는 이미 그의 검이 쇠사슬에 단단히 얽혀든 뒤였다.

놀란 화걸이 급히 검을 던져 버리고 말에서 굴러 떨어졌다. 그와 거의 동시에 허공을 한 바퀴 맴돌아 온 쇠망치가 말의 머리통을 박살 내놓았다. 몸을 굴리는 화걸의 눈앞에서 강정을 태운 말이 앞발을 높이 들고 울부짖었다.

"아—!"

그가 절망에 찬 탄성을 터뜨렸다. 미처 손써 볼 새도 없이 짓밟아오는 말발굽에 어깨를 찍혔던 것이다. 그와 함께 강정의 쇠망치가 떨어졌다.

퍽!

단단한 머리통이 마른 박이 쪼개지듯 산산이 부서져 흩어졌다. 골편과 뇌수가 사방으로 튀었다.

"오라버니!"

그것을 본 세 자매가 찢어질 듯 비명을 터뜨리며 화걸을 불렀으나 그는 이미 영영 대답할 수 없는 사람이 된 뒤였다.

필사적으로 항거하던 송 장로 또한 마음이 흩어져 손발이 어지러워졌다. 우문한의 판관필이 그런 송 장로의 가슴을 사정없이 뚫어버렸다.

남은 자들은 네 명의 장한뿐이었는데, 그들의 온몸에는 크고 작은 상처들이 무수히 나 있었다. 가까스로 버티고 있을 뿐, 이미 투지를 잃은 기색이 역력했다.

"저기 큰아가씨는 이 형님 차지다."

우문한이 느긋한 얼굴로 소심을 가리키며 말했다. 강정 또한 소심을 점찍어두고 있었지만 우문한이 그렇게 말하니 고집을 부릴 수 없었다. 그가 잔뜩 낯을 찡그리고 투덜거렸다.

"빌어먹을. 늦게 태어난 게 잘못이니 할 수 없지. 대신 나머지 두 계집은 모두 내 차지요."

그들은 철기방의 장한들이 하나씩 죽어가는 것을 지켜보며 느긋하게 서로 지껄였다.

"멈추어라!"

멀리서 벼락이 떨어지는 듯한 고함 소리가 들려왔다. 깜짝 놀라 돌아본 그들의 눈에 산비탈을 무섭게 달려 올라오고 있는 십여 필의 흑마가 보였다. 철기방이 자랑하는 철기들이었다.

"영적신이다!"

먼저 그를 알아본 우문한이 새파랗게 질린 얼굴로 소리쳤다. 가장 앞서서 미친 듯 달려오고 있는 한 필의 흑마 위에서 눈을 부릅뜬 채 이를 갈고 있는 노인은 철기방의 방주 영적신이 분명했다.

"제기랄, 너무 느긋하게 굴었다!"

뒤늦게 그를 확인한 강정도 소태 씹은 얼굴이 되어서 발을 굴렀다.

영적신의 금사철장은 장주인 양목철도 꺼려할 만큼 대단한 절기였다. 그 영적신을 따라 장창을 번쩍이며 밀물처럼 밀려들고 있는 자들 또한 무적기마(無敵騎馬)로 불리는 철기대였다.

우문한 등은 가벼운 차림으로 사냥에서 돌아오던 길이었으니 중무장한 그들과 부딪쳐서 득될 게 하나도 없었다. 게다가 철기대를 본 수하들은 벌써부터 전의를 잃고 동요하고 있었다.

"할 수 없다. 달아나자!"

우문한이 그렇게 소리치고 말 머리를 돌려 냅다 달아나기 시작했다. 그 뒤를 강정과 흑호장의 장정들이 구르듯 뒤따랐다.

"큰놈을 잃었지만 다행히 세 딸만은 무사히 구해올 수 있었네. 처참하게 죽은 자들을 수습하여 방으로 돌아온 나는 분해서 잠을 이룰 수 없었지. 다음날 방의 장정들을 모두 이끌고 흑호장으로 쳐들어갔네."

"음……."

두위의 얼굴에 드리워진 분노의 그늘이 점점 짙어져 갔다.

"놈들은 장원을 굳게 지키기만 할 뿐 싸우려 하지 않더군. 나는 장원의 문 앞에서 우문한과 강정을 내놓으라고 고래고래 소리쳤지. 돌아온 대답이 뭐였는지 아나?"

"뭐였습니까?"

"바로 이것일세."

영적신이 그때의 일을 생각하고 솟구쳐 오른 분을 참지 못하겠다는 듯 자신의 가슴 앞 옷자락을 거칠게 잡아뜯었다.

"아!"

그의 가슴에 뚜렷이 새겨져 있는 검붉은 손자국을 본 두위가 놀람의 탄성을 터뜨렸다. 마치 문신을 새겨 넣은 듯 선명하게 찍혀 있는 손자국이었다.

"흑옥수(黑獄手)!"

"바로 그렇다네. 그 악마의 흑옥수일세."

"그런데 어찌……."

죽지 않고 여태까지 살아 있었느냐는 말은 차마 꺼낼 수 없었다. 그런 두위의 마음을 안 듯 영적신이 허탈한 웃음을 떠올리고 자조적으로 말했다.

"그자의 경지가 아직 십성에 이르지 못했던 거겠지. 아니면 노부의 명줄이 질기거나."

흑옥수는 과거 사파삼비 중 일비로 불리던 흑사대제 구양적의 독문수법(獨門手法) 중 하나였다. 장법의 무서움은 그것의 지독함에 있었는데, 한 번 수인(手印)이 찍힌 자는 온몸의 경혈이 서서히 말라가 열흘 뒤에는 목내이(木乃伊:미라)처럼 끔찍한 모습이 되어 죽게 된다. 그 즉시 죽지 않고 온갖 고통에 시달리며 서서히 죽어간다는 것이 그 장법의 지독함이었다.

흑사대제가 활동하던 당시에 사람들은 그 흑옥수를 구양적만큼이나 혐오하고 두려워했다. 사람들은 흑사대제가 대무광에게 패해 사라진 뒤 흑옥수도 사라졌을 것으로 믿고 안도의 숨을 내쉬었다. 그런데 그것이 눈앞에 다시 나타난 것이다.

"장원의 문이 활짝 열리더니 양독철 대신 음침한 인상의 늙은이 한 명이 태연하게 걸어나왔네. 어리둥절해 있는 노부에게 그 늙은이가 말하더군. 내 일장을 받아내면 네가 원하는 대로 해주마."

권법이라면 일가를 이루었다고 자부하는 영적신이었다. 정체를 알 수 없는 늙은이의 말이 가소롭게 들렸다. 하지만 말에서 뛰어내려 마주 섰을 때에야 영적신은 그렇지 않다는 것을 느끼고 정신이 번쩍 들었다. 피처럼 붉게 물들어가는 노인의 눈동자를 본 것이다.

'흑사대제 구양적!'

영적신의 머릿속에 떠올리고 싶지 않은 그 이름이 떠올랐다. 살수를 펼치려고 할 때마다 눈동자가 붉게 변하는 것이 그의 특징이라는 말을 익히 들어왔기 때문이다. 게다가 눈앞에 서 있는 깡마른 늙은이의 온몸에서 스멀스멀 흘러나오고 있는 사악한 기운은 영적신의 숨을 막히게 했다.

더 이상 기세의 싸움에서 밀리기 전에 전력을 다해 선공하는 것이 유리하겠다고 판단한 영적신은 육십 평생 쉬지 않고 연마해 온 자신의 내공을 모두 끌어올렸다. 한 번으로 끝낼 작정이었다.

이얍! 하는 우렁찬 기합성과 함께 영적신은 금사철권 중 가장 강렬한 수법인 일뇌열해(一雷裂海)를 쏟아냈다. 그의 두 주먹에서 쏟아져 나온 양강지기(陽剛之氣)가 용암처럼 밀려들어 갔다.

화르륵—

허공에 두 가닥의 불줄기가 뻗어 나갔다. 부딪치는 모든 것을 태워 버리고 말 것만 같은 엄청난 열기가 이글거렸다.

"히히, 제법이다."

음침하게 웃은 노인이 한 손을 가볍게 내밀었다. 영적신은 검은 안개 같은 것이 노인의 깡마른 손바닥을 감싸고 일렁이는 것을 보았다. 마음속에 불길한 생각이 들었다. 하지만 이미 내친걸음이었다. 물러설 수도 없었다. 영적신은 진원지기마저 남김없이 끌어내 쌍권에 더욱 기력을 불어넣었다.

쉬이이이—

어둠 속에서 축축한 땅에 배를 붙이고 소리없이 다가드는 뱀을 밟은 것 같은 끔찍한 느낌이 온몸을 옥죄었다. 모든 감각과 신경의 올들이 소스라치게 놀라 곤두서는 그 느낌이 영적신을 사로잡았다.

자신의 장력을 거슬러 다가드는 한줄기 사악한 그 무엇. 눈부신 태양 빛 아래 늘어진 그림자 같은 것. 그것이 가슴에 와 닿았다. 서늘하고 축축했다. 그리고 이내 온몸에 얼음을 채워 넣은 듯한 싸늘함이 찾아왔다.

"으헉—!"

그 낯선 느낌은 곧 고통으로 뒤바뀌었다. 영적신은 자신의 체면마저 잃은 채 가슴을 움켜쥐고 땅 위에 쓰러져 뒹굴었다. 온몸이 얼고 마비

되어 가는 고통보다 참을 수 없는 것은 공포심이었다.

'흑사대제 구양적!'

꺼져 가는 의식 속에서 오직 그 이름만이 선명하게 떠올랐다.

"그럼 그 늙은이가 구양적이었단 말입니까?"

두위가 놀라서 물었다. 영적신이 아직도 그때의 공포를 잊지 못하고 있는 듯 창백해진 얼굴로 거칠게 숨을 몰아쉬다가 겨우 대답했다.

"아닐세. 나중에야 나는 그 늙은이가 누구인지 짐작할 수 있었다네. 그자는 구양적의 사사령(四邪靈) 중 한 명이 분명할 걸세."

"사사령……."

처음 들어보는 말은 아니었다. 구양적에게는 그의 분신이나 같은 네 명의 악령들이 그림자처럼 붙어 있다고 들었다. 사람이되 사람이 아니고, 형체가 있으되 느낄 수만 있을 뿐 볼 수 없다고 전해지는 사파 최대의 신비인들. 그중 한 명이 삼 년 전 모습을 드러낸 것이다.

"틀림없을 걸세. 오직 그 사사령만이 구양적의 절기를 나누어 물려 받았다고 하니까 말일세."

"하지만 구양적이 대무광에게 패하여 달아났을 때 그의 사사령들 또한 모두 죽었다고 하지 않습니까?"

"그렇지. 사실일 걸세."

"그런데 어떻게 그들이 다시 나타날 수 있단 말입니까?"

"아마도 구양적은 죽지 않았을 것이네. 어디엔가 숨어서 재기를 노리며 사사령을 다시 만들어냈는지도 모르지. 내 짐작이 맞을 걸세."

말을 하는 동안 영적신의 얼굴이 점점 두려움으로 새파랗게 질려갔다.

“그들이 모습을 드러냈다는 것은…… 어쩌면 구양적이 다시 활동을 시작한 건지도……. 그건, 그건 정말…….”

“음…….”

두위가 침음성을 흘렸다.

구양적은 사파를 대표하던 절대자였다. 마도를 대표했던 구지신마와 어깨를 나란히 했을 만큼 무서운 지존(至尊)이었던 것이다. 영적신의 짐작대로 그런 구양적이 죽지 않고 살아나 다시 활동을 시작한 거라면 심각한 일이었다.

두위는 비로소 영적신이 왜 자신을 이 일에 끌어들이려고 하는지 이해할 수 있었다. 흑호장이 구양적과 관련이 있고, 사사령 중 적어도 한 명이 그곳에 숨어 있다면 영적신으로서는 죽었다 깨어나더라도 자식의 복수를 해줄 수 없었다.

더구나 그는 당시 괴늙은이에게 입은 내상을 치료하느라고 가진 모든 것을 써버렸다. 겨우 목숨을 연명할 수는 있게 되었지만 영영 무공을 쓸 수 없는 몸이 되고 말았다. 하지만 장남의 억울한 죽음에 대한 복수만은 반드시 해주어야 했다.

차일피일 기회가 오기만을 기다리며 노심초사(勞心焦思)하던 그에게 두위가 석수현에 왔다는 것은 하늘이 내려준 복이었다.

두위는 영적신의 뜻을 이해할 수 있게 되었다. 또한 소심이 자기에게 이곳을 떠나 달라고 애원하던 그 마음도 함께 이해되었다.

그녀는 당시 그곳에 있었기에 괴노인에게 당하는 아버지를 똑똑히 보았다. 그리고 그 두려움이 아직도 남아 있었다. 영적신이 아무리 애쓰고, 철기방의 힘을 모두 동원한다고 해도 그런 괴인이 흑호장에 있는 이상 이길 수 없다는 생각이 그녀를 두렵게 했으리라.

소심은 아버지를 잃고 싶지 않았고, 형제들이 죽는 것을 더 이상 보고 싶지 않았으며, 철기방이 사라지는 것을 원치 않았다. 이대로 있으면 적어도 지금처럼 안락하게 살 수 있다는 믿음. 그것은 소심의 간절한 소망이기도 했다. 그런데 두위가 왔다. 그리고 아버지가 들떠 있는 것을 보았다. 그것이 그녀를 불안하게 했다.

'두위가 떠나면 된다. 그러면 아버지는 복수를 포기할 것이고, 평생을 노력해 세운 기업이 유지될 것이다. 형제들 또한 죽지 않고 평화롭게 살 수 있다.'

그녀의 머릿속에는 오직 그런 생각밖에 없었다. 서로 피를 흘리고 싸워서 죽이고 죽는 것을 다시는 보고 싶지 않았다.

"철기방을 치겠다고?"

어둠 속에서 웅웅 울리는 음성이 들려왔다. 양목철이 마른침을 꿀꺽 삼켰다.

"미련한 놈."

"예?"

"고작 영가의 세 계집 때문에 그분의 일을 그르칠 셈이냐?"

"그런 것이 아니라……."

양목철이 우물쭈물할 뿐 말하지 못했다. 어둠을 타고 둥둥 떠 있는 두 개의 붉은 불빛을 본 것이다. 괴인의 눈이 더 붉어지면 살아날 수 없다는 것이 양목철에게 두려움을 가져다 주었다.

"너는 설마 약속을 잊은 건 아니겠지?"

"그, 그럴 리가……."

양목철의 머릿속에 이 징그럽기만 한 괴인을 처음 만나던 때가 떠올렀다. 삼 년 전이었다. 공교롭게도 영적신이 철기대를 이끌고 쳐들어 왔던 그날 괴인이 찾아왔다. 그리고 양목철에게 자신의 말을 따르면 장차 천하를 나누어 주겠다고 말했다.

양목철은 깡마른 괴인의 볼품없는 모습에 내심 비웃음을 흘렸다. 장원 밖에서는 영적신이 길길이 날뛰며 고래고래 소리를 지르고 있었다. 당장이라도 담을 허물고 짓쳐들어 올 듯해서 여간 급한 상황이 아니었다.

정체를 알 수 없는 괴인과 태연하게 노닥거릴 만큼 한가롭지 못했던 그는 순간적으로 교활한 생각을 떠올렸다.

"당신이 과연 그렇게 큰소리를 칠 수 있을 만큼 되는지 보여주시오."

양목철이 바깥을 가리키며 의심하는 눈초리를 보냈다. 괴인이 더 말하지 않고 자리에서 일어섰다.

잠시 후 그가 나갔을 때처럼 머리를 끄덕거리며 유유히 돌아왔을 때 장원 앞은 개미새끼 한 마리 없이 깨끗해져 있었다. 양목철은 그 즉시 괴인에게 머리를 숙이고 그의 뜻에 따를 것을 맹세했다.

"숨 쉬는 것마저 감추고 때를 기다려라. 곧 천하쟁패의 시기가 도래할 것이다. 그때 너희들은 사령천의 전위(前衛)가 되어서 호남무림을 장악하게 될 것이다. 그리고 그것을 발판으로 삼아 천하를 손에 넣는다."

괴인은 음사(陰邪)한 얼굴과 음성으로 그렇게 말했다. 그리고 장원의 신당(神堂)에 어둠이 되어 머물기 시작했다. 이후로 결코 그의 모습을 볼 수가 없었다. 하지만 신당에 깃들어 있는 음사한 기운은 날이 갈수록 짙어졌다. 이제는 귀령(鬼靈)들이 우글거리는 지옥의 입구처럼 변해 버려서 누구도 근처에 가까이 가려고 하지 않았다.

그 후로부터 양목철은 항상 무언가 거대한 기운이 자신을 감시하고 있는 느낌을 떨쳐 버릴 수 없었다. 그의 머릿속에는 흑사대제 구양적이라는 이름이 공포로 각인되었다. 그리고 자신이 그의 그늘에 들었다는 것을 때로는 기쁨으로, 때로는 두려움으로 간직한 채 살아갈 수밖에 없었다.

그가 흑사대제의 분신이라고 믿고 있는 괴인이 어둠 속에서 눈빛을 더욱 번쩍이며 노려보았다. 양목철은 숨을 쉴 수조차 없었다. 지나친 긴장으로 손발이 묶인 듯 꿈쩍하지 못하게 되었다.

"곧 하후명의 철옹보가 무너지게 될 것이다. 그러면 비로소 네가 움직일 때가 온다. 그때까지는 꿈쩍하지 말아라."

양목철은 성급했던 자신의 행동을 뉘우쳤다.

"하오나 수하들은 이미 들떠서 출전 준비를 마쳤습니다. 그들에게 뭐라고……."

"닥쳐!"

괴인의 날카로운 호통이 양목철의 말을 끊었다. 음산한 기운이 소용돌이치며 밀려들어 그를 감싸고 일렁거렸다. 뼛속에까지 스며드는 한기에 양목철이 부르르 떨었다.

"내가 네놈의 수하들을 모조리 죽여 버려야 잠잠할 것이냐?"

"아, 아닙니다. 제가 그들을 해산시키겠습니다."

양목철이 이마에 흐르는 진땀을 닦을 생각마저 잊은 채 머리를 조아리고 급히 뛰어나갔다. 뒤에서 음침한 웃음소리가 들려왔다.

'저 괴물의 공력은 처음 이곳에 왔을 때보다 배는 더 높아졌다.'

양목철이 내심 머리를 저으며 투덜거렸다. 괴인은 지난 삼 년 동안

조용한 신당에 틀어박혀서 사공(邪功)을 극성까지 연마한 게 틀림없었
다.

*　　　　*　　　　*

"그런 일이 있다면 내가 빠질 수 없지."

장가구가 이를 부드득 갈고 벌떡 일어섰다. 장 노대의 얼굴에도 분
한 기색이 가득했다.

"세상에 그런 놈들이 다 있단 말이냐? 아무리 강호의 도의가 땅에
떨어졌다고 해도 그럴 수는 없다!"

"형, 더 망설일 것 없소. 당장 쳐들어갑시다. 그런 개 같은 놈들은
모가지를 끊어주는 게 세상에 덕을 베푸는 일이 될 것이오!"

양사명도 분을 참지 못하고 치를 떨었다. 두위는 그가 영적신의 둘
째 딸인 아화와 지난 며칠 동안 매우 친밀하게 지냈다는 것을 알고 있
었다. 두 사람이 다정한 모습으로 산책을 하거나 차를 마시며 웃는 것
을 몇 번이나 보았던 것이다. 그새 단단히 정이 든 게 틀림없었다.

"너는?"

두위가 잠자코 있는 팽호에게 물었다. 팽호의 눈살이 살짝 찌푸려
졌다.

"느낌이 좋지 않다."

"저런 썩을 놈. 매번 그 소리지."

장가구가 팽호를 향해 하얗게 눈을 흘겼다. 하지만 두위는 누구보다
팽호의 느낌을 존중해 주었다. 그의 느낌이라는 것이 매우 정확하다는
것을 잘 알기 때문이다.

　장가구의 투정을 무시한 채 팽호가 곰곰이 무엇을 생각하다가 신중하게 입을 열었다.

　"그 깡마른 괴인이라는 놈이 아무래도 마음에 걸린다."

　"빌어먹을. 그걸 말이라고 하는 거냐? 아, 그놈이 흑사대제 구양적의 분신이라는 사사령 중 한 놈이라잖아! 그러니 당연히 꺼림칙할 수밖에! 누구나 다 아는 그 따위를 마치 네놈 혼자서만 알고 느끼는 양 거들먹거리지 마라!"

　장가구가 기어이 팽호에게 시비를 걸고야 말겠다고 작정한 것처럼 따지고 들었다. 당장 들이쳐서 한껏 피 맛을 보고 싶은데 발목을 붙잡는 팽호가 얄미워 못 견디겠는 모양이었다.

　그런 장가구에게 일일이 대꾸하는 것이 바보 같은 짓이라는 걸 잘 아는 팽호는 아예 그를 무시해 버리기로 작정했다.

　"너는 뒷일이 아무래도 걱정스러운 모양이군?"

　두위가 웃으며 말했다. 팽호는 역시 제 마음을 앞질러 읽을 줄 아는 사람은 두위뿐이라는 생각에 빙긋 웃었다.

　"흑호장에 사사령이 모두 모여 있을 리는 없을 것이다. 하지만 이번 일로 그들과 씻을 수 없는 원한을 맺게 된다. 그들 뒤에 버티고 있을 흑사대제의 존재마저 염두에 둬야지."

　팽호의 걱정은 바로 그것이었다. 그제야 그의 심중을 알게 된 장가구가 머쓱해진 얼굴로 입을 다물었다. 성급히 화를 낸 것을 무안해하는 기색이 역력했다.

　"썩을 놈…… 진작 그렇다고 말을 해줬어야지."

　장가구가 풀 죽은 음성으로 투덜거렸다. 두위의 얼굴도 심각해졌다. 그들은 모두 흑사대제 구양적이 죽었는지 살았는지 알지 못했다. 들리는 소문에는 그 마귀가 대무광에게 패해 회복할 수 없는 중상을 입고 간신히 달아났다고 했다. 그러니 사람들은 모두 그가 어디선가 죽었을 것이라고 믿을 뿐 눈으로 그의 주검을 본 사람은 없었다.

"만일 그 흑사대제가 풍 노야처럼 살아 있다면 이건 보통 문제가 아니다."

팽호가 다시 짧게 결론만 말했다. 그것이 그가 말하는 버릇이었다. 설명을 싹 배제한 채 결론부터 말했으므로 종종 장가구 등으로부터 오해를 사고 핀잔도 받았던 것이다. 하지만 지금은 팽호의 말뜻을 모두 잘 이해할 수 있었다.

"게다가 사사령이 모습을 드러냈으니 이건 흑사대제가 왕년의 힘을 대부분 되찾았다는 뜻이기도 하겠군. 어허, 천하가 또 한 번 시끄러워지겠는걸?"

장가구가 의젓하게 팽호의 말을 받아 대신 설명했다.

"어쩌면 흑호장이라는 곳이 흑사대제가 강호에 은밀히 숨겨두고 있는 세력 중 한 곳일지도 모른다. 그렇다면 쉬운 일이 아니지."

장 노대도 눈살을 찌푸린 채 덧붙였다. 양사명이 발끈해서 주먹을 쥐고 뛰어 일어났다.

"제기랄! 나는 흑사대제인지 개뿔인지 알지도 못하고 알고 싶지도 않다! 그렇게 겁나면 모두 여기 가만히 엎드려 있어! 나 혼자서 그 개 같은 두 놈의 모가지를 가져오겠다!"

씩씩거리던 그가 두위를 향해 한껏 인상을 썼다.

"형도 두려운 거요? 내 일이 아니니 비겁하게 모른 척하고 말 거요?"

"그럼 우리 둘이서 산보 삼아 한번 갔다 와볼까?"

두위가 씩 웃으며 칼을 쥐고 일어섰다. 양사명이 와! 하고 환성을 터 뜨리고는 펄쩍 뛰어 두위의 목에 매달렸다.

"하긴, 언제까지 피해갈 수 있는 일도 아니지."

망설이기만 하던 팽호도 어쩔 수 없이 그의 협봉검(狹鋒劍)을 들고 일어섰다. 그러자 기다리고 있었다는 듯 장 노대와 장가구도 그들의 칼을 찾아 들었다. 장가구가 제일 먼저 자리를 박차고 뛰어나갔고, 양 사명이 기다리라고 소리치며 그 뒤를 따랐다.

"저거, 저것 좀 봐. 염병을 떨고 있다. 제기랄, 눈꼴시어서 봐줄 수 가 없군."

장가구가 잔뜩 인상을 구긴 채 뒤를 가리키며 너스레를 떨었다.

"놔둬. 아직 어린애잖아. 뭐, 부럽긴 하지만 어쩌겠어?"

장 노대가 웃으며 그런 장가구의 어깨를 두드렸다.

"제기랄, 언놈은 꽃 같은 낭자가 걱정해 주고, 언놈은 들어오고 나가 도 개 한 마리 쳐다보지 않으니…… 세상 참 더럽다."

그래도 마음이 풀리지 않은 장가구가 발 아래 침을 뱉으며 여전히 투덜댔다.

그들은 이미 해자를 가로지른 조교를 건너와 있었는데, 양사명은 여 전히 성문 앞에서 그를 뒤따라온 아화와 손을 맞잡은 채 이마를 맞대 고 뭐라고 소곤거리고 있었다. 아마도 몸조심하라는 당부의 말과 걱정 하지 말고 기다리라는 따위의 말을 주고받을 것이다. 그 모습이 여간 다정해 보이지 않는 것이어서 장가구와 장 노대의 질투를 불러일으켰 다.

"속 뒤집어진다. 먼저 가자!"

장가구가 참지 못하고 말 배를 걷어찼다. 그를 태운 말이 허공에 높이 발을 들고 히히힝, 하는 우렁찬 울음을 터뜨리고는 쏜살같이 내달았다. 그 뒤를 장 노대가 바짝 따랐고, 팽호와 두위도 더 기다리지 않고 말을 몰아 달려나갔다.

과연 철기방이 자랑하는 명마 중의 명마들다웠다. 단숨에 백 리를 치달려왔는데도 지친 기색은커녕 아직도 힘이 남은 듯 푸르륵거리며 발굽으로 땅을 긁어댔다. 고삐를 챈 주인을 원망하는 것 같았다.

남현까지는 이제 백여 리가 남았을 뿐이다. 대낮에 들이쳐서 소란을 떤다면 애꿎은 백성들이 놀랄 것이니 새벽녘에 급습하자는 팽호의 말에 따라서 그들은 천천히 말을 몰아갔다. 저녁 무렵에 남현에 들어가 술과 음식을 배불리 먹으며 푹 쉬고 새벽에 한바탕 싸움을 할 작정이었다.

그들이 현성의 망루에 밝혀진 횃불이 바라보이는 언덕에 이르렀을 때까지 양사명은 뒤쫓아오지 않았다. 정인을 뒤에 남겨두고 오려니 아무래도 발걸음이 더뎌지는 모양이었다.

인근의 한량들 사이에 쾌활림(快活林)으로 불리는 언덕에는 크고 작은 주가며 기루, 도박장과 여각들이 즐비하게 들어서서 늦은 밤인데도 불야성을 이루었다. 남현이 제법 큰 현인데다가 동정호를 가까이 두고 있는 교역처(交易處)여서 언제나 흥청거리는 탓이었다.

두위 등은 그곳에서도 가장 크고 화려한 춘몽주루(春夢酒樓)에 들었다. 이층의 창가에 자리를 잡고 앉으니 어둠 속에 넓게 펼쳐져 있는 들과 그 너머의 산봉우리들이 어슴푸레하게 보이는 것이 제법 감흥이 일었다. 보름을 이틀 넘긴 달이 여전히 밝았으므로 운치가 더했다.

"달이 밝으니 일하기도 좋다."

두위의 말에 장가구 등이 흰 이를 드러내고 웃었다. 몸으로는 여유를 부리고 있었으나 그 눈 속에 깃들어 있는 긴장을 감추지 못하고 있었다. 상대가 사령천의 방수(傍手)인 것이 확실하니 그럴 만도 했다.

"이 싸가지없는 놈은 혼자서 큰소리는 다 쳐놓고 정작 일을 하려고 하니까 겁이 나서 달아났다 보다."

장가구가 창밖을 힐끔거리며 투덜댔다. 양사명이 아직도 오지 않고 있다는 것에 신경이 쓰인 것이다. 이곳이 흑호장의 턱밑이기 때문이다. 장가구는 양사명이 혼자 떨어져서 따라오다가 혹시 변이라도 당하지 않은 건지 걱정하지 않을 수 없었다.

"이래서 애들은 한시도 눈에서 떼어놓을 수 없다니까."

그때 양사명은 정말로 곤란한 일을 겪고 있었다. 장가구의 걱정은 기우(杞憂)만은 아니었던 것이다.

"흥! 장주님도 이젠 나이가 들었나 보다."

흑모철추 강정이 발 아래 탁한 가래침을 뱉고 투덜거렸다.

"장주님 나름대로 깊은 생각이 있는 거다. 그러니 투정만 부릴 게 못 돼."

말 머리를 나란히 하여 가던 쌍절서생 우문한이 제법 점잖은 말로 타일렀다.

그들은 한바탕 신나는 싸움을 할 생각에 들떠 있다가 갑자기 태도가 변하여 해산을 명령하는 장주 양목철의 처사에 크게 실망하고 장을 나온 길이었다. 평소 수족처럼 부리던 열 명의 수하들을 거느린 채였다.

위세를 올리는 수하들의 호위 속에서 한껏 으스대며 저잣거리를 배회하는 것이 강정의 유일한 취미였다. 사람들이 모두 겁에 질린 얼굴을 한 채 쩔쩔매는 모습을 보며 통쾌함을 느끼기 좋아하는 것이다. 그럴 때면 자신이 천하에서 가장 위풍당당한 사람이 된 듯한 착각에 빠져 황홀해지는 건지도 몰랐다.

우문한은 강정의 그런 취향을 잘 이해하고 있었으므로 자칫 난동을 부릴지도 모르는 그를 꾀어 장원에서 데리고 나왔다. 현성 북쪽에 있는 쾌활림으로 데려가 한바탕 마음껏 휘젓고 잔뜩 취하게 할 작정이었다.

강정은 한 번 비위가 틀리면 물불을 가리지 않는 흉포한 성격이라 그대로 놓아둘 수가 없었다. 장원 안에서 난동이라도 부리면 우선 장주의 노여움을 사게 될 것이려니와 신당에 머물고 있는 괴인의 손에 어떤 해를 당할지 알 수 없었기 때문이다.

단순무지한 강정과는 달리 영악한 우문한은 장주 못지않게 괴인에 대한 두려움을 깊이 가지고 있었다. 내심으로는 흠모하는 마음이기도 했다. 그는 할 수만 있다면 괴인의 눈에 들어서 그의 제자가 되고 싶다는 야무진 꿈을 감추고 있었다.

끊임없이 투덜거리는 강정을 어르고 윽박지르며 얼마쯤 왔을까. 앞서 쾌활림으로 보냈던 수하 두 놈이 급하게 말을 몰아 돌아오는 게 보였다. 말 목을 껴안듯 몸을 찰싹 붙인 채 연신 채찍을 휘두르고 있는 것이 무언가 급한 일을 당한 모양이었다.

"뭐야? 채신머리없이 웬 호들갑들이냐!"

강정이 말 등에서 버럭 소리쳤다. 급히 다가온 놈들이 흥분하여 한목소리로 떠들었다.

"수상한 놈입니다! 쾌활림으로 향하는 길에 만났는데, 철기방의 말을 타고 있었습니다! 한 놈입니다!"

"뭐야? 철기방? 그것도 혼자서!"

강정이 버럭 소리쳤다.

"틀림없습니다. 말의 가슴팍에 찍힌 화인(火印)을 똑똑히 보았습니다!"

"이봐, 형. 철기방이라는데?"

강정이 우문한을 돌아보며 어이없다는 투로 말했다. 우문한이 얼굴을 잔뜩 찌푸렸다. 삼 년 전 그 일이 있은 이후 영적신의 철기방은 흑호장의 영역 안으로는 절대로 들어오지 않았다. 그런데 수하의 말을 들어보건대 철기방 중에서도 십여 필 밖에 없다고 알려진 오추마(烏雛馬)를 탄 자가 불쑥 나타난 것이다.

철기방의 말들은 모두가 명마로 꼽혔다. 그중에서도 방주가 애지중지한다는 십여 필의 오추마는 다른 말들과 달리 가슴에 화인을 찍어서 구분했다. 방주나 그의 두 아들과 제자들이 아니면 감히 타볼 엄두도 내지 못한다는 명마였던 것이다. 그런데 그것을 탄 놈이 이곳에 왔다는 건 심상치 않은 일이었다.

"어쩌면 영 늙은이의 아들놈인지도 모르겠다. 잘됐어! 단단히 화풀이를 하자!"

미처 말리고 어쩌고 할 새도 없이 강정이 급히 말을 몰아 달려나갔다. 우문한은 혀를 차면서도 수하들을 재촉하여 그 뒤를 따를 수밖에 없었다.

아무래도 조금 전에 마주쳤던 두 놈이 마음에 걸렸다. 불쑥 숲 속에서 뛰어나와 앞을 가로막고 사납게 흘겨보더니 아무 말 없이 말을 몰아 오던 길로 되돌아 달려갔던 것이다. 처음에는 별 싱거운 놈들도 다 있다고 여겼을 뿐이다. 하지만 어두운 오솔길을 혼자서 터벅터벅 가다 보니 왠지 자꾸만 뒤통수가 당겼다.

"산적들이었나?"

머리를 갸웃거리며 중얼거린 양사명이 피식 웃었다. 그렇다면 우스운 일이었던 것이다. 그는 다시 아화 낭자와 작별하던 때를 떠올렸다. 그녀는 자신에게 붙잡힌 손을 뺄 생각도 못한 채 얼굴만 붉히고 있었는데, 눈에 눈물이 그렁거렸다.

그런 아화의 볼을 사랑스럽게 쓰다듬어 주다가 왈칵 끌어당겨 가슴에 안았다. 당황하던 그녀가 어느덧 가슴에 얼굴을 묻고 울먹였다.

"무사히 돌아오서야 해요."

그때의 모습을 떠올리자 온몸이 뜨거워졌다. 그렇게 사랑스럽고 귀여운 소저를 욕보이려 했다는 놈들에 대한 분노가 더욱 치솟았다.

"제기랄, 어디서 또 술이나 퍼마시고 있겠지."

기다려 주지 않고 가버린 장가구 등에 대한 야속함이 화로 변했다. 그들이 미적거린다면 자기 혼자서라도 흑호장의 담을 뛰어넘어 들어가 강정과 우문한이라는 놈들의 목을 따버리고 말겠다고 단단히 결심했을 때였다.

"게 섯거라!"

문득 등 뒤에서 우레가 치는 듯한 고함 소리가 들려왔다. 어? 하고 놀란 양사명이 말을 멈추고 뒤돌아보았다. 나뭇가지 사이로 달빛이 비쳐들고 있는 저만큼의 어둠 속에서 한 괴한이 말을 몰아 맹렬히 달려오는 게 보였다.

그의 모습이 언뜻언뜻 달빛에 드러났다. 험악하기 짝이 없는 얼굴이었다. 헝클어진 머리카락이 곤두섰고, 시커먼 얼굴에 박혀 있는 두 개의 눈이 충혈된 채 이글거리고 있었다. 그를 본 순간 양사명은 마치 야차(夜叉) 하나가 비수 같은 이빨을 드러내고 쫓아오는 것 같은 끔찍함을 느끼고 저도 모르게 부르르 몸을 떨었다.

그새 십여 장 안으로 다가온 자가 허리춤을 더듬으며 다시 으르렁거렸다.

"철기방의 쥐새끼가 감히 겁도 없이 어슬렁거리다니! 네놈의 머리통을 부수고 골을 파먹고 말 테다!"

발끈한 양사명이 몸을 우뚝 세우고 마주 소리쳤다.

"저런 두억시니 같은 놈이 있나! 이놈! 이 공자님께서 바로 도깨비를 전문적으로 때려잡는 술사라는 걸 모르는 모양이구나!"

"헤헤, 가소로운 놈. 어디 대갈통이 박살나고서도 그런 소리를 하나 보자."

다가온 자의 손에 어느덧 긴 쇠줄을 달고 있는 커다란 쇠망치가 들려 있었다. 그것을 본 양사명이 억! 하고 놀랐다.

"이제 보니 네가 바로 흑모철추 강정이라는 놈이로구나!"

"오라, 이 어르신을 제대로 알아볼 줄 아는 놈이었구나! 그렇다면 더 여러 소리 할 것 없다. 어서 대갈통을 내밀지 않고 뭐 하고 자빠졌는 거냐!"

강정이 눈을 부라리며 짐승 같은 송곳니를 드러내고 으르렁거렸다. 그 모습이 다시 보고 싶지 않을 만큼 흉측한 것이어서 양사명은 저도 모르게 가슴이 서늘해졌다. 이처럼 울창한 숲 속의 오솔길에서, 그것도 한밤중의 흐린 달빛 아래 마주 서게 되자 더욱 끔찍해 보였다.

"히히, 어린놈이 어르신을 보더니 오금이 저려 꼼짝하지 못하는구나."

양사명을 손가락질하며 웃던 강정이 표정을 더욱 무섭게 하며 소리 쳤다.

"영 늙은이의 겁없는 자식놈이 틀림없으렷다! 그렇다면 너를 붙잡아 서 네 누이 두 명과 바꾸자고 해야겠다!"

골을 파먹겠다는 마음이 바뀐 모양이었다. 그 말에 양사명이 번쩍 정신을 차렸다. 강정이 말하고 있는 게 아화 낭자와 막내인 소운이라 는 것을 안 것이다. 눈앞의 짐승 같은 놈이 바로 제 주제도 모르고 아 화와 소운 두 낭자를 탐내는 자라는 것을 알자 분노가 걷잡을 수 없이 치솟았다.

"죽일 놈!"

부르짖은 양사명이 말 배를 박차 갑자기 들이닥치며 이를 부드득 갈 았다.

이런 곳에서 죽이고 말겠다고 마음먹었던 강정이라는 자를 불쑥 만 나게 된 것도 다 하늘의 뜻인 것처럼 여겨졌다. 양사명은 내 손으로 원 수를 죽여주면 아화가 더욱 기뻐할 것이라는 생각에 조금 전의 두려움 은 까맣게 잊고 투지를 불태웠다.

핏―

그가 손목을 뒤집었다 싶은 순간 창백한 빛줄기 한 가닥이 어둠을 끊어내며 쏘아져 나갔다. 불과 서너 장 앞에서 던져 낸 비도(飛刀)였다. 빗나갈 리가 없었다. 이 한 대면 놈의 멱줄을 뚫어놓기에 충분하다고 여겼던 양사명의 얼굴이 일그러졌다.

땅!

갑자기 눈을 찔러오는 시린 빛에 당황한 강정이 엇! 하고 놀람이 외 침을 터뜨리면서도 본능적으로 손을 휘둘렀다. 쇠망치 끝에 길게 매달려 있던 철삭(鐵索)이 파도가 치듯 꿈틀 하고 움직이더니 비도를 가볍게 퉁겨냈다.

'고수다!'

그 한 번의 솜씨가 양사명에게 경각심을 갖게 했다. 강정은 무지하게 생긴 것과는 달리 반응이 빠르고 정확한 고수였던 것이다.

엉겁결에 양사명의 비도를 퉁겨낸 강정도 놀라기는 마찬가지였다.

'저런 어린놈이 이와 같은 비도술을 지니고 있을 줄이야!'

그가 두근거리는 가슴을 억누르며 망치를 쥔 손에 더욱 힘을 주는데 다시 두 개의 비도가 어둠을 뚫고 쏘아져 들어왔다.

싯, 싯!

짧고 격한 파공성이 귓전을 때렸다. 이제 양사명은 십여 걸음 앞에까지 밀려들어 와 있었다. 그 거리에서 날리는 비도는 더욱 그 기세가 맹렬하고 빨랐다. 강정이 굴러 떨어지듯 말을 버리고 땅 위에 내려섰다.

"어딜 달아나려고!"

허리를 잔뜩 굽힌 채 쇠망치를 끌그 숲 속으로 달려 도망가는 강정의 등을 향해 양사명이 다시 한 자루의 비도를 날리며 버럭 소리쳤다. 뒤도 돌아보지 못하고 허둥지둥 도망가는 강정의 꼴이 마치 놀란 곰 한 마리가 꽁지를 빼는 것 같아서 이제는 한 가닥 남았던 두려움마저 사라져 버렸다.

강정이 등에도 눈이 달린 것처럼 교묘하게 나무를 안고 돌아갔다.

퍽!

동시에 양사명이 던진 비도가 나무 둥치에 깊이 박혀 버리고 말았다.

말에서 냉큼 뛰어내린 양사명도 힘껏 땅을 차고 강정을 뒤쫓아 숲으로 뛰어들었다. 그는 오직 강정을 죽일 생각에만 사로잡혀 숲 속으로 쫓아 들어가지 않는다는 금기를 까맣게 잊고 있었다.

어두웠다. 울창한 나뭇가지 사이로 한 가닥 달빛이 간신히 스며들어 주위를 어렴풋이 비춰주었는데, 그 어둠 속에 우뚝 서 있는 강정의 커다란 몸이 으스스한 귀기를 띠고 있었다.

"흐흐, 잘도 쫓아왔겠다?"

그가 어둠 속에서 흰 이를 드러내고 웃었다. 흠칫 놀랐던 양사명이 다시 부드득 이를 갈았다. 눈에서 불길이 토해졌다.

쉭—

와락 덮쳐 가며 손목을 뿌려 한 개의 비도를 날렸다. 번쩍이는 그것이 곧장 강정의 미간 속으로 파고드는 것 같았다. 그러나 강정 또한 만만한 자가 아니었다. 커다란 덩치와는 어울리지 않게 눈이 빨랐고, 그것을 쫓는 몸 또한 민첩하기만 했다.

그가 가볍게 머리를 기울여 비도를 귀 밑으로 흘려보냈다.

퍽!

비도가 다시 곁의 나무 둥치에 깊이 박혀 버리고 말았다. 그때야 양사명은 내심 '아차!' 하고 성급하게 굴었던 것을 후회했다. 이처럼 나무가 빼곡한 숲 속에서는 회선비의 절기를 마음대로 펼칠 수 없기 때문이다.

양사명의 눈에 어린 당황한 기색을 읽은 강정이 쇠망치를 쥔 채 성큼성큼 다가왔다. 어둠 속에서 거무튀튀한 빛을 내며 번질거리는 그것이 더욱 끔찍해 보였다.

"어디, 가진 재주를 몽땅 쏟아내 보아라."

“칫!”

분한 숨을 불어낸 양사명이 독 오른 눈으로 강정을 노려보았다. 규화로부터 회선비의 절기를 전수받기 전에도 자신의 비도술은 무적이었다고 중얼거리며 스스로에게 용기를 불어넣었다.

붕, 붕—

십여 걸음 앞까지 다가온 강정이 쇠망치를 거꾸로 쥐고 길게 늘어져 있던 철삭을 짧게 잡아서 풍차처럼 휘돌리기 시작했다. 번쩍이는 눈으로 양사명을 뚫어질 듯 쏘아보는 것이 그가 비도를 날릴 것을 경계하는 게 역력했다. 그러면서 한 발자국씩 조심스럽게 다가오고 있었다.

핏, 핏—

몸을 낮추고 틈을 엿보던 양사명이 강정의 발 하나가 땅에서 떨어진 순간을 노려 다시 손목을 떨쳤다. 번쩍이는 두 개의 빛줄기가 뇌전처럼 뻗어 나갔다. 하지만 그것은 더욱 맹렬하게 휘돌리는 강정의 철삭을 뚫지 못했다. 쨍강거리며 새파란 불똥을 날리고 어둠 속으로 튕겨져 나간 비도들이 다시 나무 둥치에 박혔고, 강정이 이때라는 듯 으헝! 하는 고함을 터뜨리며 우르르 달려들었다.

“으헛!”

막 철삭을 휘둘러 양사명의 머리통을 깨뜨리려던 그가 놀란 비명을 터뜨리고 펄쩍 뛰어 물러섰다. 그의 오른쪽 가슴에 비도 한 자루가 깊이 박혀들었던 것이다. 소리도 없이 날아온 그것은 양사명이 다급할 때마다 암수로 쓰던 흑비(黑匕)였다. 앞서 던져 냈던 두 개의 비도 뒤를 소리도 흔적도 없이 따라온 그것을 강정은 미처 눈치 채지 못했다.

하지만 목줄기를 꿰뚫리는 대신 가슴에 맞은 것은 역시 그의 반응이 놀랄 만큼 신속했기 때문이었다. 코앞에 밀려든 흑비를 느낀 그가 본

능적으로 몸을 뒤로 물렸고, 무릎을 펴서 움찔하고 몸을 솟구친 탓에
가슴으로 흑비를 받아낼 수 있었던 것이다.

　"이, 이런 약아빠진 놈!"

　자신의 가슴을 물끄러미 내려다보던 강정이 버럭 소리쳤다. 다행히
근육과 살을 뚫고 박혔을 뿐 힘줄은 무사했다. 신경을 건드리는 고통
쯤이야 아무렇지 않게 참아 넘길 수 있다.

　세 걸음을 물러섰던 그가 왼손에 쥐고 있던 거대한 철추(鐵鎚)를 힘
껏 내던졌다. 쉬아앙! 하는 요란한 파공성이 밀려들었을 때 철추는 이
미 양사명의 이마 앞에 쇄도해 들고 있었다. 양사명이 급히 몸을 기울
이며 옆으로 펄쩍 뛰었다.

　쉿쉿쉿―

　그러는 중에도 손목을 떨쳐 다시 세 개의 비수를 한꺼번에 던져 내
는 솜씨가 눈부셨다. 그는 이미 언제, 어떤 자세에서도 마음먹은 대로
비도를 던져 낼 수 있는 지경에 이르러 있었던 것이다.

　꽝!

　빗나간 철추에 맞은 나무 둥치가 박살나며 우지직거리고 꺾여 넘어
갔다. 강정이 철추를 회수해 들일 새도 없이 왼손을 들어 얼굴을 가렸
다. 픽, 픽, 픽! 하는 끔찍한 소리가 터져 나왔다. 두 개의 비도는 고스
란히 팔뚝에 꽂혔고, 한 개는 배에 박혀들었다.

　"음―"

　강정이 처음으로 고통스런 신음을 흘렸다.

　몸에 무려 네 개나 되는 비도를 박고 있으면서도 그는 꿈쩍도 하지
않았다. 잘 발달된 근육과 두터운 살집이 천연의 갑옷처럼 충격을 최
소화해 주고 있었던 것이다.

길이가 짧고 얇은 비도로는 단번에 치명적인 요혈을 맞추어야만 한다. 그렇지 않으면 강정 같이 몸집이 크고 힘이 좋은 자에게는 크게 위력적이지 못하다. 양사명은 위기를 느꼈다. 이런 식으로 마냥 비도를 날릴 수도 없는 것이, 이제 몸에 지니고 있는 게 몇 개 남지 않았기 때문이다.

강정도 그것을 눈치 챘다. 몸 안 이곳저곳에 비도를 차고 있다고 하더라도 스무 개를 넘기기 힘들 것이다. 더구나 재빨리 손에 쥐기 위해서는 한정된 곳에 비도를 감추고 있을 수밖에 없으니 그 수가 더 줄어든다.

양사명이 벌써 열 개의 비도를 아까운 줄 모르고 던졌으므로 그에게 남아 있는 것은 고작 두세 개에 불과할 것이라는 대충의 짐작이 섰다. 사실 양사명은 이제 네 개의 흑비만을 남겨두고 있을 뿐, 가지고 있던 것을 다 쓴 뒤였다.

흑비는 그 자체로서는 크게 위력을 발휘하지 못한다. 비록 소리가 없고, 형체를 감출 수 있다고 해도 손목을 터는 순간 상대에게 의도가 발각되기 때문이다. 그러므로 흑비는 보통의 비도를 날릴 때 교묘하게 섞어서 뿌리는 것이다.

"왜? 이제 더 이상 던질 게 없는 거냐? 흐흐, 거기 돌멩이라도 주워서 던져 보지?"

강정이 손목에 박혀 있는 비도를 뽑아 팽개치며 이죽거렸다. 칼끝이 팔뚝의 뼈에 박혀 있었으므로 불로 지지는 듯한 고통이 그를 움찔거리게 했지만 강정은 태연하기만 할 뿐, 신음 소리 하나 흘리지 않았다. 지독한 놈이었다.

손목을 돌려보던 그가 눈살을 찌푸렸다. 움직일 때마다 찌르르한 통

중이 정수리로 치받쳐 올라왔기 때문이다. 하지만 아직도 왼손을 쓸 수 있다는 것. 그것이 강정에게는 다행이고, 중요할 뿐이다.

그가 다시 철삭을 붕붕 돌리며 이제는 두려움없이 다가왔다. 양사명은 회선비를 쓸 수 없다는 게 이처럼 절망으로 느껴진 적이 없었다. 자신의 장점을 버리고 상대가 의도하는 대로 끌려든 꼴이 되었다는 게 못 견디게 원망스러웠다. 자기 자신의 경솔함에 대한 원망이었다.

"안 되겠다. 나가서 찾아봐야겠어."

장가구가 참지 못하고 엉덩이를 들썩거렸다. 이렇게 늦도록 양사명이 오지 않고 있다는 것은 도중에 무언가 일이 생겼다고밖에 볼 수 없었다.

"조금만 더 기다려 보자."

팽호가 심각해진 얼굴로 말했다. 그 또한 불길한 느낌을 지울 수 없었지만 설마, 하는 믿음도 아직 남아 있었다. 양사명의 회선비가 얼마나 위력적이고 무서운 것인지 잘 알기 때문이다. 그런 절기를 지니고 있는 양사명이 쉽게 위험에 빠질 리 없다고 믿었다.

어느새 분위기가 무거워졌다. 모두는 묵묵히 술을 마실 뿐 침묵을 지켰다. 시간이 이때처럼 답답하고 지루하게 느껴진 적이 없었다.

문득 주루 밖이 왁자한 소리들로 시끄러워졌다. 벌떡 일어난 장가구가 낭하로 뛰어나가 난간 밖으로 머리를 삐죽 내밀고 아래층을 살펴보았다. 십여 명의 장한들이 의기양양하게 들어서고 있었다. 그 가운데 우뚝 서서 눈을 부라리고 있는 시커먼 놈 하나가 눈에 확 들어왔다.

강정과 그의 수하들을 본 주객들이 지레 질려서 꽁지를 말고 구석으로 달아나고 있었고, 아무 잘못 없이 장한들에게 두드려 맞은 점소이

몇 명이 죽는다고 비명을 질러대며 나뒹굴고 있었다. 안쪽에서 루주가 급히 뛰어와 굽실거리며 연신 손을 비벼댔지만, 그 또한 한 놈이 내지르는 발길질에 가슴을 걷어차이고 탁자 위에 처박혔다.

맨 뒤에서 어슬렁거리며 들어온 우문한이 두리번거리다가 이층에서 내려다보고 있는 장가구와 눈이 마주쳤다. 그가 쥐눈을 더욱 가늘게 뜨고 소리없이 웃어 보였다.

'이상한 놈들이다.'

머리를 갸웃거린 장가구가 우문한에게 한껏 인상을 한 번 써 보이고는 난간을 떠났다.

"어디에나 껄렁거리는 시러베 잡놈들이 있기 마련이다. 신경 쓸 것 없어."

장가구의 말을 들은 장 노대가 심드렁하게 말했다. 이처럼 주루며 도박장 등이 밀집해 있는 곳이라면 제법 어깨에 힘을 주고 거들먹거리는 꼴같잖은 놈들이 꼭 있다. 상대해 줄 가치도 없는 그런 건달 몇 놈이 이 늦은 밤에 찾아와 소란을 떠는 거라고 여겼다.

"그러데 말이야, 그 시커먼 놈은 정말 무서워 보이거든? 게다가 어디서 한바탕 했는지 옷 여기저기가 피로 얼룩져 있더란 말씀이야. 흑선풍(黑旋風) 이규(李逵) 같은 놈이더라니까."

"호들갑은······."

장 노대가 눈을 흘겼다.

그때 쿵쿵거리며 이층 계단을 거칠게 밟고 올라오는 발자국 소리가 들렸다. 이층의 주청에 있던 자들이 일제히 계단 쪽을 바라보며 웅성거렸다. 늦은 밤이라 한가한 시간이었음에도 불구하고 아직 주청에는 십여 명의 취객들이 남아 있었는데, 그들이 일제히 억! 하는 비명을 지르며 벌떡 일어섰다. 두위가 입에 가져가던 술잔을 멈추고 눈살을 찌푸렸다.

"썩 꺼지지 못해!"

앞서 올라온 장한이 탁자 하나를 뒤엎어 버리며 버럭 소리쳤다. 취기가 싹 가서 버린 주객들이 엎어지고 자빠지며 와 하고 몰려 나가느라고 이층의 주청도 아래층에 이어서 아수라장이 되어버렸다.

이제 남은 것은 구석의 탁자를 차지하고 앉아 있는 두위와 팽호 등이 있을 뿐이다. 쿵쿵거리는 무거운 발걸음 소리와 함께 강정의 큰 몸이 불쑥 들어섰다. 그가 핏발 선 눈을 뒤룩거리며 두위 일행을 노려보았다. 살기가 풀풀 날렸다.

"어떤 놈이 두위냐!"

강정이 버럭 소리쳤다. 팽호의 낯빛이 싸늘해졌다. 장 노대와 장가구가 어이없다는 얼굴로 강정을 물끄러미 바라보았다. 그들에게서 아무런 반응이 없자 더욱 기고만장해진 강정이 우쭐거리며 흐흐, 웃었다. 어느새 십여 명의 장한들이 텅 빈 주청을 가득 메우고 있었고, 우문한도 이층으로 올라와 있었다.

강정이 두위 등을 손가락질하며 우문한을 돌아보고 큰소리쳤다.

"봐, 허우대뿐인 놈들이라니까? 이 어르신을 한 번 보더니 오금이 저려서 꼼짝도 못하잖아."

"그래도 조심해. 두위라는 자는 고수다."

우문한이 두위를 눈여겨 바라보며 타이르듯 말했다. 하지만 그 말은 한껏 오만해져 있는 강정을 오히려 충동질하는 것이나 다름없었다. 강정이 무섭게 인상을 쓰고 두위 등을 노려보며 소리쳤다.

"소문은 언제나 과장되기 마련이야. 난 믿을 수 없어!"

"에라, 이 주둥아리를 찢어 죽일 놈아!"

더 참을 수 없게 된 장가구가 버럭 소리치고 일어났다. 박도를 움켜
쥔 손을 부르르 떠는 것이 금방이라도 들이쳐서 머리통을 쪼개 버릴
기세였다. 우문한이 눈을 가늘게 뜨고 그런 장가구를 바라보며 머리를
갸웃거렸다. 이상하다고 여기고 꺼려하는 기색이 언뜻 떠올랐다.

"뭐라고? 이런 호로자식이!"

강정도 지지 않고 소리치며 허리에 두르고 있던 철추를 풀어 들었
다.

"알았다. 저놈이 바로 흑모철추 강정이다."

팽호가 턱으로 가리키며 낮게 말했다. 그 말이 장가구의 분노에 불
을 지폈다.

"저놈이 바로 그 쳐 죽일 놈이라고?"

힘들게 찾아갈 것도 없이 잘됐다는 듯 장가구가 박도를 휘두르며 냅
다 달려들었다.

"모가지를 길게 늘여라!"

호통과 함께 번쩍이는 그의 박도가 벼락처럼 떨어졌다. 기세의 사나
움이 겪어보지 못한 것이다. 강정이 크게 놀라 물러서며 철추를 휘둘
러 코앞에 떨어지는 박도를 후려쳤다. 쩡! 하는 쇳소리가 크게 울렸다.
장가구가 의외라는 듯 엇? 하고 놀라며 주춤 멈추었다. 그의 박도가 곧
부러질 듯 크게 휘어지며 웅웅, 울었던 것이다. 강정의 철추에 실린 힘
은 장가구를 놀라게 할 만했다.

강정 또한 놀라기는 마찬가지였다. 여태까지 자신의 철추와 정면으
로 부딪치고서도 무사한 자를 보지 못했던 것이다. 단번에 칼이 부러
져 버리거나, 손목이 마비되어 병장기를 놓치고 쩔쩔매는 자들뿐이었

다.

'어? 이건 아까 그놈과는 딴판인데?'

양사명의 비도를 쉽게 제압했다는 것이 그에게 오만한 마음이 들게 했다. 그는 양사명이 숲 속으로 끌려 들어온 탓에 제대로 솜씨를 발휘하지 못했다는 것을 몰랐다. 만약 탁 트인 공간에서 맞섰더라면 회선비의 절기에 뒤통수를 꿰뚫리거나 목젖에 비수를 박게 되었을 것임을 짐작할 수조차 없었던 것이다.

양사명을 이기고 나서, 하나를 보면 열을 알 수 있듯이, 두위 무리가 다 그렇고 그런 놈들일 뿐이라고 믿었다. 두위조차도 운이 좋아서 이릉운을 이겼을 뿐, 실제로는 별것 아닌 놈인 게 분명하다고 멋대로 단정해 버렸다.

그런데 이제 장가구의 박도와 한 번 부딪쳐 보자 그런 생각이 싹 가셨다. 이건 보통 놈이 아니라는 긴장이 팽팽하게 살아 일어섰다.

"제법인데?"

자신의 박도를 한 번 훑어보고 씩 웃은 장가구가 제대로 된 싸움을 해보겠다는 듯 좌우의 탁자들을 걷어차 공간을 넓혔다.

"잠깐만 기다려 봐라."

탐색을 하듯 부리부리한 눈을 이리저리 굴리고 있는 강정을 향해 그렇게 말한 장가구가 술병을 집어 들고 벌컥벌컥 마셔댔다. 목젖이 꿈틀거리며 몇 번 오르락내리락하는 사이에 한 병의 독한 화주가 바닥났다. 그것을 던져 버린 장가구가 꺼억, 하는 트림을 하고 배를 두드리며 히죽히죽 웃었다. 강정이 어이없다는 얼굴로 멍하니 바라보았다.

"그럼 어디 한번 놀아볼까?"

손바닥에 퉤퉤, 하고 침을 뱉은 장가구가 그것을 바지 자락에 썩썩 문지르더니 박도를 움켜쥐었다. 이번에는 조금 전처럼 무작정 달려드는 무식한 짓을 하지 않으려는 듯 머리 위로 치켜든 칼끝을 조금씩 흔들며 신중하게 다가서고 있었다.

장가구와 장 노대는 규화로부터 백열도법이라는 절정의 도법을 전해 받아 지난 일 년 동안 뼈를 깎는 노력으로 연마해 왔다. 두 사람이 전해 받은 도법은 하나였지만, 그들의 병장기가 서로 달랐으므로 초식의 변화와 운용에서는 큰 차이가 났다. 장 노대가 도법의 원래 초식에 충실했다면, 장가구는 자루가 달리고 무거운 박도의 특성을 살려서 단순하지만 더욱 위력적이며 넓은 범위를 제압하는 쪽으로 받아들였다.

그가 다가오는 것을 보던 강정이 여태까지의 교만했던 마음을 버리고 신중한 얼굴로 철추를 들어 올렸다. 왼손으로는 늘어진 철삭을 흔들어 출렁거리게 하는 것이, 철추를 내던지거나 철삭으로 후려치는 수법을 쓰려는 것 같았다.

"나는 말이다, 아직까지 새로 익힌 내 도법을 시험해 본 적이 없거든? 네가 최초로 그것을 맛보는 자다. 그러니 영광으로 알고 죽어라."

장가구가 누런 이를 드러내고 흐흐, 웃었다.

"에잇, 죽일 놈!"

울컥 화가 치민 강정이 더 이상 참지 못하고 쿵쿵거리고 달려들며 철삭을 짧게 말아 쥐고는 망치를 힘껏 휘둘러 내려쳤다. 도리깨질을 하는 듯한 모습이었는데, 커다란 철추가 윙— 소리를 내며 벼락처럼 떨어지는 것이 흉흉하기 짝이 없었다. 과연 그것을 제대로 받아낼 자가 없어 보였다.

장가구가 바닥을 밀듯이 하며 가볍게 미끄러져 들어갔다. 마치 수면 위에 뜬 것처럼 경쾌해 보였다.

씨잉ㅡ!

그의 박도가 흰 빛을 뿌리며 떨어졌다. 일섬단천(一閃斷天)이라는 초식이었다.

두 사람은 서로 상대의 칼과 망치를 무시했다. 오직 부릅뜬 눈을 마주치고 어금니를 소리나게 갈 뿐이다. 무모하게도 목숨을 내던지고서 누가 더 빠른지를 겨루는 것 같기도 했다.

양사명이 얼떨결에 숲으로 뛰어들어 자신의 장점을 버렸듯이, 흥분한 강정도 얼떨결에 철추의 장점을 버린 꼴이 되고 말았다. 자루가 짧고 철삭이 긴 그것은 넓은 공간을 두고 휘젓거나 더욱 좁게 다가서서 망치질을 하듯 거칠게 후려쳐야 제격인 병장기였다. 하지만 그는 장가구의 박도에 맞추어서 길지도, 짧지도 않은 거리를 두고 후려치고 있었다.

그가 세 번 철삭을 말아 쥐어서 짧게 만들었을 때부터 잘못된 선택이었지만 그는 장가구의 박도가 코앞에 떨어지고 있는 그 순간까지도 그것을 깨닫지 못했다.

장가구가 가볍게 손목을 틀었다. 아주 작은 움직임이었으나 그것이 긴 자루를 타고 칼끝에 전해졌을 때는 한 자는 족히 되게 어긋나는 변화의 수법이 되었다.

팅ㅡ!

그의 칼등이 내려쳐 오는 강정의 망치를 때려서 가볍게 퉁겨냈다. 그리고 그 충격을 칼의 탄력으로 흡수해 들이는 것은 미처 알아챌 수도 없을 만큼 빨랐다.

퍽!

강정의 항아리 같은 목덜미에서 둔한 소리가 났다. 장가구의 박도가 살과 힘줄을 끊고 뼈에 박혀드는 끔찍한 소리였다.

한칼이었다.

"끄으으—"

강정의 목에서 비명도 아니고 신음도 아닌 기이한 단말마가 흘러나왔다. 그의 목이 워낙 두터웠으므로 장가구의 박도는 단번에 그것을 자르지 못했다. 하지만 뼈가 절단된 목이 한쪽으로 쩍 벌어져 어깨 너머로 덜렁거리는 것이 더욱 끔찍해 보였다.

장가구가 박도를 뽑아 들고 훌쩍 뛰어 물러섰다. 피 한 방울 묻어 있지 않은 깨끗한 칼날이 불빛을 받아 요사스럽게 번쩍거렸다.

"게 서라!"

장 노대가 버럭 외쳤다. 하지만 제비처럼 날렵하게 몸을 날려 단숨에 난간을 뛰어넘어 사라져 버리는 우문한을 잡을 수는 없었다.

제4장 난맥(亂脈)의 징후(徵候)

난맥(亂脈)의 징후(徵候)

무슨 생각이 들었던지 두위가 번쩍 하고 몸을 날려 뛰어나갔다. 한 번 도약으로 주청을 가로질러 단번에 난간을 뛰어넘어 사라지는 그의 움직임에 팽호가 흠칫, 하고 놀랐다. 하지만 그 또한 검을 움켜쥔 채 두위 못지않은 몸놀림으로 소리없이 뛰어나갔다.

"어, 어? 이봐, 같이 가야지!"

강정의 어깨를 밟고 목을 잘라내고 있던 장가구가 당황하여 소리쳤다. 한껏 위세를 떨며 들이닥쳤던 십여 명의 장한들은 사색이 된 채 떨고 있을 뿐 감히 나서는 자가 없었다.

"서둘러!"

장 노대마저 칼을 움켜쥐고 달려나가자 더 급해졌다.

"제기랄, 이놈은 살가죽마저 질기기가 쇠심줄 같으니 마음에 들지 않는다. 빌어먹을, 개자식. 돼지 같으니……."

그가 강정의 머리채를 움켜쥔 채 씩씩거리고 칼질을 하며 연신 욕을
해댔다.

두위와 팽호는 말 등에 찰싹 엎드린 채 더욱 박차를 가했다. 말이 네
발굽을 놓아 미친 듯 어둠을 뚫고 달려나갔다. 저만큼 떨어진 곳에서
장 노대가 놓치지 않기 위해 필사적으로 따라오고 있었고, 또 그만큼의
거리를 두고 장가구가 역시 바람처럼 뒤따르고 있었다.

철기방이 자랑하는 명마는 과연 그 끈질김과 주력(走力)에 있어서
감탄하지 않을 수 없었다. 일백여 장이나 앞서 달려가고 있던 우문한
의 말을 바짝 따라잡는 데 불과 한 식경 정도의 시간밖에 걸리지 않았
던 것이다.

힐끔 뒤를 돌아본 우문한의 얼굴에 절망이 어렸다. 눈을 부릅뜨고
있는 두위의 이마가 곧 뒤통수에 와 닿을 듯했던 것이다. 팽호의 독사
같이 차갑게 번쩍이는 눈 또한 그를 질리게 했다.

말 등에서 불쑥 몸을 일으킨 두위가 손을 뻗어 허공을 격하고 힘껏
어둠을 후려 팼다. 한줄기 강렬한 진기가 밀려 나가 말 엉덩이를 때렸
다. 빠각―! 하고 뼈가 부서지는 끔찍한 소리가 들리고, 말이 고통스런
단말마를 터뜨리며 주저앉았다.

우문한이 미처 중심을 잡지 못하고 굴러 떨어졌고, 재빨리 뛰어내린
두위의 거친 발길에 가슴을 밟혀 캑캑거렸다.

"양사명을 어떻게 했지?"

"모, 모른다!"

우문한이 새파랗게 질린 얼굴로 악을 썼다. 코웃음을 친 두위가 발
에 힘을 더해 지그시 밟았다. 가슴에서 우지직거리는 소리가 났다. 조

금만 더 힘을 주면 뼈가 산산이 부서져 버리고 말 것이다. 숨조차 쉬지 못하고 컥컥거리며 고통스러워하는 우문한의 눈알이 금방이라도 밖으로 튀어나올 듯했다.

말 위에서 팽호가 싸늘한 눈길로 그런 우문한을 노려보고 있었고, 장 노대와 장가구가 곧 도착했다. 고통 속에서도 우문한은 장가구의 말안장에 걸려 덜렁거리고 있는 강정의 머리통을 보았다. 장가구가 훌쩍 뛰어내리며 소리쳤다.

"그대로 밟고 있어! 저놈도 모가지를 잘라야겠다!"

그가 허리춤에서 번쩍거리는 소도(小刀)를 꺼내 들었다. 조금 전 강정의 목을 잘라낸 바로 그 칼이다. 칼자루에 아직도 마르지 않은 피가 묻어 있었다. 우문한의 얼굴에 떠오른 공포의 기색이 더욱 짙어졌다.

"말해. 양사명을 어떻게 했지?"

두위가 음산한 음성으로 재촉했다. 하지만 우문한은 이를 악물고 머리를 흔들 뿐이었다.

"모른다! 그러니 어서 나를 죽여!"

그는 양사명의 일을 말해 주면 곧 죽게 될 것이라고 생각했다. 이런 상황에서는 끝까지 입을 열지 않는 것이 오히려 살 확률이 높다고 나름대로 계산을 한 것이다. 양사명에 대한 일을 모르는 이상 이자들이 자신을 쉽게 죽이지 않을 것이라고 여겼다.

그러나 타인의 행동을 자신의 생각으로 짐작하는 일은 언제나 틀릴 가능성을 안고 있기 마련이다.

"저런, 개 아들놈이!"

우르르 달려든 장가구가 말리고 어쩌고 할 새도 없이 두위를 밀어내고는 우문한의 가슴에 칼을 콱, 박아버렸다.

“헉!”

우문한의 눈이 찢어질 듯 부릅떠졌다. 그의 머릿속에 이런 개 같은 일이? 라는 생각이 언뜻 스쳐 지나갔다. 쩍 벌린 입으로 울컥울컥 피가 넘어왔다. 아직 숨이 남아 있는 그의 눈에 번쩍이는 장가구의 칼이 보였다. 우문한은 그것이 제 목으로 떨어지고 있는 걸 마지막으로 보았다.

“이, 이런!”

장 노대가 그 어이없는 일에 당황하여 벌어진 입을 다물지 못했다. 강정 때와는 달리 냉큼 머리통을 잘라낸 장가구가 그것을 들고 일어서며 히히, 웃었다. 뚝뚝 떨어지는 피가 바지 자락을 홍건하게 적시고 있었지만 개의치 않는 것이 그를 더욱 끔찍하게 보이도록 했다.

“이런 놈은 말로 어르고 구슬려 봐야 소용없어. 그저 한시라도 빨리 숨통을 끊어버리는 게 세상에 공덕을 쌓는 일이라니까.”

“이 악귀 같은 놈아! 양사명이 어디에 있는지, 어찌 되었는지 알아내지도 못했잖아!”

장 노대가 악을 썼지만 장가구는 태평하기만 했다. 그가 우문한의 머리통을 번쩍 들어 보이며 또 히히, 웃었다.

“어찌 되긴, 두 눈 멀쩡히 뜨고 살아 있겠지. 또 그놈이 살아 있다면 흑호장인가 개집인가 하는 곳으로 끌려갔지 어디로 갔겠어? 그러니 괜히 우물쩍거리며 시간 끌 필요 없다구.”

“허―”

기가 막힌 장 노대가 더 말하지 못하고 혀만 찼다.

“그의 말이 옳다. 때로 장가구는 나마저 놀랄 만큼 머리 회전이 빠르다.”

팽호가 비로소 소리없이 웃으며 머리를 끄덕였다. 우쭐대는 장가구의 모습이 더 이상 끔찍해 보이지 않았다.

그들은 주루로 쳐들어왔던 강정의 모습을 떠올렸다. 그놈의 몸 이곳저곳에 부상의 흔적이 있던 걸로 미루어 양사명과 한바탕 싸움을 한 게 틀림없었다. 어찌 된 일인지 알 수는 없지만, 양사명이 그놈에게 당한 게 분명했다.

이미 일이 그렇게 되었으니 어쩌면 양사명은 죽었을지도 몰랐다. 그렇다면 흑호장으로 찾아가 복수를 해주지 않을 수 없다. 그렇지 않고 그가 살아 있다고 해도 역시 흑호장으로 찾아가야 한다. 살아 있다면 양사명은 그곳으로 끌려갔을 게 틀림없기 때문이다.

그런 것을 한순간에 생각해 내고 과감히 행동해 버린 장가구가 오히려 돋보였다. 두위가 우쭐거리는 장가구의 어깨를 두드려 주었다.

"이번 일로 양사명이는 너한테 꼼짝하지 못하게 될 거야. 네가 혼자서 그놈이 벼르고 있던 복수를 다 해줘 버렸으니까 말이다."

"히히, 그럼 이제부터는 나를 형님으로 모시라고 해야겠는걸?"

그들은 모두 양사명이 죽었을 거라고는 전혀 생각하지 않았다. 그건 생각하기도 싫은 일인 것이다.

내친 김에 그대로 흑호장을 들이치기로 하고 급히 말을 몰았다.

저 멀리 흑호장의 지붕들이 보이는 곳에 이르렀을 때 팽호가 슬그머니 대열에서 벗어나 엉뚱한 곳으로 달려갔다.

"뭐야, 달아나는 거냐?"

장가구가 소리쳤다.

"놔둬. 그는 뒷일을 대비하려는 거다."

　두위의 말을 들은 장가구가 인상을 쓰고 말 머리를 틀었다. 장 노대가 급히 그의 고삐를 가로채며 눈을 부라렸다.

　"넌 또 어디로 가려고? 허튼 생각 하지 말고 내 곁에 꼭 붙어 있어라."

　장 노대는 그가 또 무슨 엉뚱한 일을 저지를지 알 수 없어서 마음이 불안했다. 세상모르는 아이 같아서 늘 곁에 두고 지켜보지 않으면 항상 마음이 놓이지 않았던 것이다. 장가구가 신경질적으로 장 노대의 손을 뿌리쳤다.

　"저놈이 뒷일을 대비한다며? 도와주면 더 좋을 거 아냐!"

　더 말하지 말라는 듯 무섭게 눈을 흘긴 장가구가 날쌔게 말을 몰아 팽호의 뒤를 쫓아 사라져 갔다. 멍하니 바라보고 있던 장 노대가 혀를 찼다.

　"대체 천둥벌거숭이 같은 저놈을 어떻게 해야 길을 들이누."

　"그대로 둬. 그가 팽호와 같이 있으면 실수할 일이 없을 거다."

　두위가 웃으며 그렇게 말했다.

　"하긴, 서로 티격태격 싸우기는 해도 그들 두 사람처럼 손발이 잘 맞는 짝은 또 없을 거다."

　머리를 끄덕이며 말한 장 노대도 히죽 웃고 말았다.

　팽호의 냉정함과 장가구의 저돌적인 성격은 서로 조화만 이룬다면 음양을 갖추듯 이상적일 것이었다. 완급(緩急)과 강약(强弱)을 서로가 잘 조절하면서 도움을 주고받는다면 누가 그들을 당하겠는가. 팽호도, 장가구도 서로 그것을 잘 알고 있기 때문에 그렇게 싸우면서도 늘 떨어지지 않고 붙어 있었던 것이다.

　두위와 장 노대는 더 지체하지 않고 흑호장의 정면으로 들이쳐 갔다.

그들이 장원의 굳게 닫힌 대문 근처에 이르자 어둠 속에서 소나기처럼 화살이 퍼부어졌다.

밤에는 소리가 더 멀리까지 들린다. 흑호장의 야간 호장 무사들은 수상한 말발굽 소리를 듣고 벌써부터 긴장하고 있다가 드디어 가까이 다가온 자들이 강정과 우문한이 아니라는 것을 확인하고는 망설이지 않고 활부터 쏘아댄 것이다.

두위가 마상에서 몸을 일으키며 칼을 뽑아 어지럽게 후려쳤고, 장 노대도 그와 같이 했다. 두 사람의 칼이 번쩍거리며 허공에 둥근 궤적(軌跡)을 남겼다. 삼엄한 칼 빛이 마치 우산을 펼친 듯했다. 그것에 부딪친 화살들이 시끄러운 소리를 내며 사방으로 퉁겨져 날았다. 빗방울 하나 스며들지 못할 만큼 엄밀한 강막(剛幕)이었다.

"비켜서!"

문 앞에 이른 두위가 훌쩍 말에서 뛰어내리며 소리쳤다. 온몸의 내력을 두 손에 끌어올린 그가 '이얍!' 하는 우렁찬 외침을 터뜨리며 쌍장(雙掌)을 홱, 뿌렸다. 한 번 끌어올리자 장강의 격류처럼 무섭게 치달려 나온 장력이 두터운 흑호장의 대문에 부딪쳤다.

꽈꽝—!

쌓아놓은 폭약을 일시에 터뜨린 것 같은 폭음이 귀를 먹먹하게 했다. 굳게 닫혀 있던 단단한 대문이 그 한 번의 장력에 박살나 주저앉았다. 두위가 칼을 뽑아 든 채 망설임없이 뛰어들었고, 장 노대 또한 부릅뜬 눈에 살기를 번쩍이며 두위의 왼쪽으로 내달았다.

"막아라!"

뛰어든 자들이 누구인지 확인할 여유도 없었다. 우두머리의 호통이 터져 나오기도 전에 이미 호장 무사들이 병장기를 빼 들고 쏟아져 나오고 있었다.

"쓸데없다! 열화신장 양목철을 나오라고 해라!"

두위가 떡 버티고 서서 소리쳤다. 그는 수괴(首魁)의 목을 원할 뿐, 쓸데없는 살육을 피하고 싶었다. 그러나 그런 마음이 통할 리가 없었다. 여기저기 횃불이 밝혀지고, 안에서 오늘 밤의 수장(守莊)을 책임지고 있는 늙은 장로 목염자 좌필이 수염을 휘날리며 달려나왔다.

"어떤 놈들이 감히 소란이냐!"

그가 한껏 위엄을 갖추고 소리쳤다. 앞서 뛰어나갔던 장 노대는 이미 밀려든 자들을 맞아 그 속에 파묻히듯 한 채 추호의 용서도 없는 칼을 휘두르고 있었다. 그의 칼이 붉은 횃불 빛을 받아 번쩍이며 떨어지고 쓸어갈 때마다 참혹한 비명 소리가 터져 나왔다.

장 노대는 원래 이와 같은 난전을 좋아했다. 다수의 적들 속에 파고 들어 좌충우돌할 때마다 이성을 잃을 만큼 짜릿한 흥분을 느낀다고 늘 말했던 것이다. 그런 그가 지난 일 년 동안 싸움 한 번 하지 못하고 지냈다. 그는 참고 참았던 따분함을 오늘 밤에 마음껏 풀기로 작정한 모양이었다.

두위의 앞으로도 장한들이 겁없이 몰려들었다. 고함을 질러 서로의 기를 북돋아주며 용감하게 달려드는 것이 제법 기세가 살아 있었다. 두위는 몇 놈을 베어 넘기지 않고서는 이자들에게 겁을 줄 수 없겠다고 생각했다.

작정한 그가 마주 달려나가기 무섭게 가장 앞서서 검을 휘둘러오는 자의 목을 노리고 힘껏 칼을 후려쳤다.

그의 칼이 번쩍 한 순간 머리통 하나가 횃불 빛으로 붉어진 하늘로 솟구쳐 올랐다. 죽은 자는 비명조차 지르지 못했는데, 뒤에서 피를 뒤집어쓴 자가 놀라 '으앗!' 하고 째지는 듯한 비명을 터뜨렸다.

그런 다음에는 두위 또한 흑호방의 호장 무사들 속에 파묻혀 버리고 말았다. 번쩍이는 그의 칼 빛과 치솟아오르는 비명 소리, 핏줄기만이 붉게 밝혀진 하늘을 물들였다.

"멈추어라!"

두어 번 숨을 바꾸어 쉬며 지켜보는 동안 아비규환의 아수라장이 되어버렸다. 순식간에 다섯 명의 수하가 두위의 칼에 두 동강이 나 죽어 나자빠지는 걸 본 목염자 좌필의 눈에서 불똥이 튀었다. 언제나 지나치게 신중하다고 핀잔을 받곤 했던 노인도 더 이상 참지 못하고 우렁찬 호통을 터뜨리며 혼란 속으로 뛰어들었다.

그가 쌍장을 휘둘러 위맹한 장력을 쳐내며 다시 버럭 소리쳤다.

"대체 웬 놈이기에 이처럼 날뛴단 말이냐!"

두위의 번들거리는 눈이 곧장 좌필에게 향했다. 순간, 좌필의 등줄기에 소름이 쫙 돋았다.

'끔찍한 놈이다!'

두위에게서 느껴지는 살기가 평생 도검 속을 헤쳐 나온 노인을 놀라게 했다.

"음, 늙은이라고 봐주는 건 없다!"

칼을 곧추세운 두위가 으르렁거리듯 외치며 좌필의 장력 속으로 선뜻 뛰어들었다.

씨이잉—!

내려치는 그의 칼이 비단 폭을 가르듯 좌필의 장력을 서슴없이 쪼개며 떨어졌다. 좌필의 입에서 으헛! 하는 놀람의 외침이 터져 나왔다. 이건 내 상대가 아니라는 생각이 번갯불처럼 스쳐 갔지만 피하기에는 이미 늦었다.

좌필이 급히 운기하여 내력을 끌어들이며 열 손가락을 창처럼 세우고 정신없이 할퀴고 찔러갔다. 그는 두위의 칼 몸을 때리거나 훑어서 방향을 어긋나게 한 다음 가슴 앞 대혈들을 일시에 점해 버리려고 했다. 하지만 그건 그만의 생각일 뿐이었다.

서걱―!

끔찍한 소리가 좌필의 귓속으로 파고들었다. 그는 쩍 벌어진 자신의 가슴을 내려다보았다. 붉은 속살과 매끈하게 잘려진 뼈의 단면이 눈을 가득 채워왔다. 이게 내 몸속인가? 하는 생각이 언뜻 스쳐 지나갔다. 그것이 그가 이승에서 마지막으로 떠올린 생각이었다.

믿었던 목염자 좌필이 두위의 한칼을 견디지 못하고 두 쪽이 나 넘어지는 걸 본 자들이 비명을 터뜨리며 우르르 흩어졌다.

장 노대를 덮어 누를 듯하던 자들도 마찬가지였다. 그들의 두령인 화악쌍검(火岳雙劍) 이령(李翎)이 장 노대의 칼을 세 번도 채 받아내지 못하고 정수리가 쪼개져 쓰러지자 전의를 잃고 모래알처럼 흩어지기 바빴다.

그 무렵 팽호와 장가구는 앞쪽의 소란으로 이목이 집중되어 경계가 느슨해진 뒤쪽 담을 가볍게 날아 넘고 있었다. 그들은 아무 거리낌 없이 전각군(殿閣群) 속으로 스며들었다. 후원의 담을 또 뛰어넘었지만 아무도 앞을 가로막는 자가 없었다. 장원에 있는 자들이 모두 정문 쪽으로 달려나간 건지도 모른다고 생각했다. 아니면 아직도 깊은 잠에 떨어져 있는 것이리라.

"저기!"

장가구가 팽호의 어깨를 두드리며 속삭이듯 말했다. 그가 가리키는 곳을 본 팽호가 말없이 턱을 끄덕였다.

그들은 후원에서도 외진 곳에 와 있었는데, 산비탈을 깎아 만든 게 분명한 동굴을 본 것이다. 입구를 가로막고 있는 석문 앞에 두 명의 장한이 번쩍이는 칼을 세워 들고 경계를 서고 있었다. 뇌옥(牢獄)이었다.

장가구가 망설이지 않고 힘껏 땅을 박찼다. 그의 몸이 어둠을 뚫고 쏜살처럼 쏘아져 나갔다. 두 명의 장한이 장가구를 발견하고 엇! 하는 놀람의 외침을 터뜨렸을 때 장가구는 이미 그들의 코앞에 쇄도해 들고 있었다.

그의 박도가 흰 빛을 뿌리며 떨어져 내렸다. 두 놈은 누구냐! 하고 외칠 새도 없었다. 한 놈이 급히 칼을 휘둘러 박도를 받았고, 한 놈은 제법 날카로운 솜씨로 장가구의 허리를 노리고 칼을 후려쳤다.

쨍―!

낭랑한 쇳소리가 났다. 장가구의 박도가 그것을 받아쳐 온 놈의 칼을 동강 내며 그대로 떨어졌다. 쩍, 하고 뼈가 갈라지는 소리와 함께 선혈이 확 튀었다. 완전히 노출된 장가구의 옆구리를 베어오던 놈의 목줄기에 어느새 다가온 팽호의 검이 깊이 박혀들고 있었다.

꽝!

장가구가 한 발을 번쩍 들어 석문을 차버렸다. 단단한 그것이 그 발길질을 견디지 못하고 요란한 소리를 내며 박살났다. 팽호가 문을 지켰고, 장가구는 구르듯 뇌옥 안으로 뛰어들어 갔다.

석문 부서지는 소리에 놀란 자들이 안쪽에서 허둥지둥 달려나왔다. 장가구의 박도가 그런 놈들을 인정사정없이 쪼개고 갈라 버렸다. 몇 놈이 그렇게 정신을 차릴 새도 없이 죽어 넘어지자 남은 놈들이 뒤돌아서 달려갔다.

"어떤 쥐새끼냐!"

안쪽에서 진기가 충만하게 실린 호통 소리와 함께 붉은 그림자 하나가 쏜살같이 쏘아져 왔다.

휙—

미처 모습을 알아보기도 전에 그자가 던진 장력이 날카롭게 부딪쳐 왔다. 깜짝 놀란 장가구가 급히 박도를 휘둘러 장력을 받아내며 몸을 비켰다. 땅! 하는 요란한 쇳소리가 났다. 괴인의 장력에 부딪친 박도가 요동을 치며 울었다. 손목까지 저르르하게 저려오는 충격이 다시 한 번 장가구를 놀라게 했다.

'이런 곳에 고수가 숨어 있었구나!'

내심 경각심을 가진 그가 눈을 부릅뜨고 바라보았다. 붉은 옷을 입고, 머리카락과 수염마저 불길처럼 붉은 늙은이 한 명이 우뚝 서 있었다. 사악한 눈빛을 번쩍이며 장가구를 노려보는 노인에게서 음산한 기운이 느껴졌다.

"혈사적존(血邪赤尊) 천응교(千鷹僑)!"

노인의 모습을 보고 기억을 더듬던 장가구가 놀라 소리치며 주춤 물러섰다. 붉은 옷이 노인은 과거 흑사대제 구양적을 따르던 사파의 절정고수 중 한 명이었다. 장법이 뛰어났고, 성정이 사악하고 잔인한 데다가 곧잘 사람의 피를 빨기도 하여 흡혈귀(吸血鬼)라고 불리기도 한 마귀였던 것이다.

과거 대무광이 일백영웅들을 이끌고 일통강호를 부르짖으며 십년정벌에 나섰을 때 천응교는 구양적을 도와 대항했다. 하지만 구양적이 대무광에게 중상을 입고 달아나자 사령천은 산산이 흩어지고 말았고,

당시 사령천의 사왕(四王) 중 한 명이었던 천응교는 몇몇 마귀들과 함께 군웅성의 끈질긴 추적을 뿌리치고 사라졌었다. 그 천응교가 오늘 흑호장의 뇌옥 속에 숨어 있다가 모습을 나타낸 것이다.

장가구는 과연 흑호장이 사령천과 깊은 연관이 있다는 것을 알고 더욱 초조해졌다.

"흐흐흐, 네놈이 기특하게도 노부를 알아보았으니 고통없이 죽여주마."

혈사적존 천응교가 음산하게 웃으며 붉은 옷자락을 펄럭였다. 장가구가 더욱 힘을 주어 박도를 움켜쥐고 그런 괴인을 뚫어지게 노려보았다.

"혈사적존이든 개뿔이든 상관없어. 그때는 대무광의 손을 피해 용케 달아났을지 몰라도 오늘은 어림없다!"

불끈 투지를 불러일으킨 장가구가 겁없이 소리쳤다. 이제는 어떤 마귀, 귀신도 두렵지 않았다. 그는 자신의 백열도법에 큰 자부심을 갖고 있었다.

"이것은 풍 노야가 두위에게 전해준 자옥마도(地獄魔刀) 못지않은 마도(魔道)의 절정도법이야. 쉬지 않고 연마한다면 무적도(無敵刀)가 될 수 있다."

처음 도법을 전해줄 때 규화는 그렇게 말했다. 장가구는 그 말 한마디에 커다란 감명을 받았었다. 나도 드디어 절정의 도법을 익힐 수 있다는 감동으로 몸을 떨었던 것이다. 그리고 그것을 십성 익혔다. 그렇다면 눈앞의 늙은이가 아무리 전대의 대마귀라고 해도 해볼 만하다고 생각했다.

“미친놈이었군.”

흐흐, 하고 웃은 혈사적존이 가소롭다는 듯 그런 장가구를 바라보았다.

입으로는 큰소리를 쳤지만 장가구는 내심 잔뜩 긴장하여 적존에게서 눈을 떼지 못하고 있었다. 저 못생긴 늙은이한테 온몸의 피를 다 빨려 죽는다는 건 생각하기도 싫었다.

혈사적존의 몸에서 붉은 기류가 서서히 피어오르고 있었다. 그 속에서 그의 몸이 흐느적거리는 것처럼 흐릿하게 보였다. 장가구의 이마에 땀이 맺히기 시작했다.

우우우—

저 먼 지저에서 들려오는 원귀들의 흐느낌인 듯, 음산한 소리가 뇌옥의 석벽에 부딪쳐 증폭되었다. 그 소리는 혈사적존이 혈망기(血網氣)를 끌어올릴수록 더욱 커져서 이제는 미칠 지경이 되었다. 기혈이 들끓고 머릿속이 멍해졌다. 가슴이 터질 듯 답답해져 갔다.

장가구가 튀어나올 듯한 눈을 부릅뜨고 이를 갈았다.

원귀들의 호곡성 속에 빠드득, 빠드득 하고 이가는 소리가 뒤섞여 더욱 역겨운 소음들로 뇌옥 안이 가득 찼다. 넘쳐 나는 기파와 음파의 진동을 건디지 못하고 석벽이 껍질을 벗듯 쩍쩍 갈라지고, 돌 가루들이 우수수 쏟아져 내렸다.

“으흐흐흐—”

음산한 웃음과 함께 혈사적존이 몸을 날려 부딪쳐 왔다. 돌 가루들을 뚫고 한 덩어리의 혈무(血霧)가 밀려드는 것 같았다. 장가구가 피가 나도록 입술을 깨물었다. 혈관이 금방이라도 터져 버릴 듯 충혈된 눈을 부릅뜬 그가 망설이지 않고 마주 부딪쳐 갔다.

번쩍! 하고 창백한 빛 한줄기가 떨어졌다. 그와 동시에 사악한 혈무 속에서도 붉은 빛줄기들이 쇠뇌처럼 뻗어 나왔다. 십여 가닥이나 되는 그것들이 뻗치는 곳에서 씨이이— 하는 날카로운 휘파람 소리가 났다.

꽝!

두 사람의 칼과 장력이 격돌한 곳에서 엄청난 폭음이 터져 나왔다. 사방으로 방사되어 나가는 기파의 소나기가 뇌전과 같았고, 우르릉거리는 여음(餘音)이 뇌성처럼 휩쓸어 갔다.

짜자자작—!

혈사적존의 장력이 스치고 간 석벽에서 요란한 소리와 함께 불똥이 튕겨져 날았다. 그리고 붉은 혈선이 새겨지는 듯하더니 이내 그 자리가 용암처럼 녹아 흘러내렸다.

“우욱—!”

장가구가 답답한 신음을 흘리며 물러섰다. 삼엄하던 칼 빛이 씻은 듯 가셨고, 혈사적존을 감싸고 있는 혈무가 크게 일렁였다. 그 안에서도 으으음, 하는 미약한 신음 소리가 흘러나왔다.

장가구의 가슴 앞 옷섶이 불에 탄 듯 새까맣게 변해 우수수 부서졌다. 그러자 가슴팍에 새긴 듯 선명하게 찍혀진 붉은 손바닥 자국이 드러났다.

일렁이던 혈무가 조금씩 엷어져 가면서 혈사적존의 모습이 천천히 드러났다. 그는 가슴이 길게 쪼개진 채 비틀거리고 있었다. 그 지경이 되고도 아직 숨이 붙어 있다는 걸 믿을 수 없었다. 원래 몸 안에 피가 없는 자인 것처럼 한 방울의 선혈도 흘러나오지 않아서 벌어진 상처가 더욱 끔찍해 보였다.

“그, 그게, 무슨…… 도법이냐……”

혈사적존이 기력을 쥐어짜서 겨우 물었다. 장가구가 웃으려는 듯 입을 벌렸다. 그러나 울컥울컥 넘어오는 선혈 때문에 웃을 수가 없었다. 그가 한동안 가슴을 문질러 겨우 진정하고 흐흐, 웃었다.

"백열도법이라는 거다. 너 같은 귀신들을 상대하기에 딱 좋은 도법이지."

"그, 그렇군. 너는 구지신마의 진전을…… 받았어……."

혈사적존의 파리해진 입술이 벌어지며 흐흐, 하는 웃음소리가 낮게 흘러나왔다. 그는 자신이 구지신마의 도법에 당했다는 것을 마지막 위안으로 삼으려는 것 같았다.

"사, 사령천은 또다시…… 좌절해야…… 하는가……."

적존이 비통한 얼굴로 중얼거렸다. 그의 눈빛에서 급격하게 생기가 사라지고 있었다.

그 시간에 팽호 또한 뜻밖의 적을 상대하고 있었다. 상대는 늙고 뚱뚱한 중이었는데, 낡은 잿빛 승포 자락을 펄럭이며 달려드는 기세가 흉흉했다. 머리카락이라고는 한 올도 없는 반질반질한 머리통이 횃불 빛을 받아 번쩍거렸다.

"으흐흐흐, 도대체 이 부처님이 얼마 만에 피 맛을 볼 수 있는 거냐!"

펄쩍펄쩍 뛸 때마다 늘어진 볼 살이 출렁거렸다. 비곗덩어리라고 해야 좋을 만큼 비대한 중은 그 몸집에 어울리지 않게 이리저리 뛰는 몸놀림이 가볍고 민첩했다. 중이 솥뚜껑 같은 손을 다시 내뻗었다. 한줄기 막강한 암경이 바윗덩이처럼 밀려들었다.

팽호가 작은 눈을 더욱 가늘게 뜨고 중의 움직임을 낱낱이 살펴보며 슬쩍슬쩍 몸을 움직여 무지막지한 그 장력을 간발의 차이로 비껴냈다.

맞을 듯 맞을 듯하면서 교묘하게 빠져나가는 팽호에게 더욱 화가 난 중이 어헝! 하는 포효를 터뜨리며 두 팔을 활짝 벌리고 몸을 던져 왔다. 자신의 육중한 체구로 비쩍 마른 팽호를 그냥 짓눌러 버리겠다는 듯했다.

팽호가 어지럽게 움직여 그런 중의 저돌적인 공격을 피하면서 싸늘하게 코웃음을 날렸다.

"흥! 누군가 했더니 파육화상(破肉和尙)이었군."

"어허, 이 부처님을 아는 놈이 살겠다고 요리조리 도망 다닌단 말이냐? 게 꼼짝 말고 서 있지 못하겠니!'

화상이 문득 멈추어 서서 눈을 부라리고 소리쳤다. 팽호가 피식 웃으며 손가락으로 화상의 코빼기를 찌를 듯 가리켰다.

"너나 거기 꼼짝 말고 그렇게 서 있거라. 얌전히 있으면 두 눈깔을 파주고 심장에 구멍을 뚫어주마."

화상이 팽호를 멍하니 바라보며 눈을 끔벅였다.

듣고 나니 끔찍하기 짝이 없는 소리였지만 팽호가 워낙 천연덕스럽게 말한 탓에 떼쓰는 아이를 달래는 것처럼 들릴 지경이었다. 화상이 어리둥절해서 팽호를 바라보다가 버럭 고함을 질렀다.

"찢어 죽일 놈! 감히 부처님을 희롱하다니!"

파육화상 적모모(赤牡模)는 잔인하고 무지막지한 손속이 사파(邪派)보다는 마도 쪽의 인물이라고 해야 어울릴 자였다. 하지만 그는 흑사대제 구양적에게 몸을 의탁했고, 혈사적존과 더불어 사령천의 사왕 중 한 명이 되었다.

그가 분노로 몸을 떨자 풀어헤쳐진 승복 사이로 보이는 살집들이 물결처럼 출렁거렸다. 흉성이 완연히 드러난 얼굴로 잡아먹을 듯 팽호를 노려보던 화상이 와락 달려들며 무지막지한 장력을 퍼부어댔다. 우르 룽거리는 뇌음이 허공에 가득 찼고, 어지러운 손 그림자가 밤하늘을 덮었다.

팽호의 눈이 더욱 가늘어졌다. 그 사이로 비수같이 번쩍이는 살기가 쏘아져 나왔다. 입가에 차가운 비웃음이 걸린 순간, 그의 신형이 쐐기가 된 듯 화상의 두터운 장력과 암경을 뚫고 박혀 들어갔다.

피웃—

창백한 검광(劍光)이 눈을 찔렀다. 화상의 얼굴에 언뜻 두려움이 떠올랐다.

"으아악—!"

팽호가 훌쩍 뛰어 물러서는 것과 함께 화상이 붉은 입을 있는 대로 쩍 벌리고 비명을 질러댔다. 그 소리가 어찌나 큰지 팽호가 깜짝 놀라 어리둥절해졌을 정도였다.

"너, 너는, 너는…… 귀문(鬼門)의…….."

화상의 얼굴이 온통 피로 범벅이 되었다. 조금 전까지만 해도 찢어질 듯 부릅뜨고 위협적으로 부라렸던 그의 두 눈은 뻥 뚫린 구멍이 되어 있었다. 그곳에서 선혈이 줄줄이 흘러내려 화상의 턱을 타고 가슴으로 뚝뚝 떨어졌다.

그 고통이 지독할 테지만, 화상은 더욱 큰 놀람 때문에 자신의 고통마저 잊고 있었다. 그가 손가락으로 팽호를 가리키며 턱을 덜덜 떨었다.

"네가 설마, 설마 수라마군 사공휘의…… 전인일 줄이야……."

"더러운 주둥이에 선사(先師)의 존함을 함부로 올리지 말아라!"

　날카롭게 꾸짖은 팽호가 천천히 협봉검을 내밀어 화상의 심장을 찔
러갔다. 화상은 더 이상 대항할 생각을 버린 채 휑하니 뚫린 동공으로
멍하니 허공을 바라보고 있을 뿐이었다. 늘어진 볼의 살집이 끊임없이
경련을 일으키며 푸들푸들 떨리고 있었다.
　팽호의 협봉검이 한 점의 인정도 없이 그런 화상의 심장을 조금씩
뚫어갔다. 그에 따라 화상의 얼굴이 흉하게 일그러져 악귀처럼 변했
다.
　"귀문(鬼門)이, 드디어 귀문이 나타났구나……."
　중얼거리던 화상이 천천히 무릎을 꿇었다. 팽호가 한 발로 그런 화
상의 어깨를 밟고 검을 뽑아냈다. 뜨거운 핏줄기가 확 뿜어져 팽호의
가슴 앞 옷자락을 적셨다. 화상이 고개를 떨어뜨린 채 숨을 멈추었다.
멀리서 본다면 팽호 앞에 무릎을 꿇고 앉아 꾸중을 듣고 있는 것 같은
모습이었다.
　대무광의 십년정벌 기간 중에도 용케 목숨을 보존했고, 군웅성의 추
적을 피해 여태까지 살아왔던 파육화상 적모모의 덧없는 최후였다.

　열화신장 양목철의 얼굴이 어두워졌다. 눈앞에 버티고 서 있는 두위
에게서 과연 이놈은 만만치 않은 놈이라는 느낌을 받았기 때문이다.
　그가 눈앞에 버티고 서서 흉흉한 눈길로 노려보고 있는 두위를 물끄
러미 바라보았다.
　"어떻게 해서 영적신의 말을 듣게 되었지? 그 늙은이가 천금을 주겠
다더냐? 아니면 철기방의 딸년들한테 반하기라도 한 거냐?"
　그가 슬쩍 두위의 심기를 어지럽힐 만한 말을 건네보았다. 두위가
차갑게 웃었다.

"그런 건 상관없어. 다만 너와 네 수하들이 하는 비열한 짓이 마음에 들지 않았을 뿐이다. 살아서 해로운 자들이라면 죽여주는 게 좋은 일을 하는 거지. 너는 내 칼에 죽게 된다."

"그렇군."

양목철이 심각한 얼굴로 머리를 끄덕였다. 두위가 그렇게 말하자 그것이 곧 자신의 운명인 것처럼 여겨졌다.

"건방진 애송이 놈!"

어둠 속에서 그런 호통 소리가 들려왔다. 방향을 종잡을 수 없는 음성이었다. 사방의 어둠이 일제히 입을 열고 말하는 것 같기도 했고, 머릿속에서 저절로 울려나는 소리 같기도 했다. 사악한 기운과 죽음의 냄새가 끈적거리는 음성이기도 했다.

두위가 여전히 양목철을 노려보며 입술만 씰룩거려서 흐흐, 하고 낮게 웃었다. 그는 정체를 알 수 없는 괴인의 존재를 이미 느끼고 있었던 것이다.

"언제쯤 나올까 궁금해하던 중이었지."

어둠 속에서 다시 음침한 음성이 웅웅, 울려 나왔다.

"네가 오늘 밤 나를 불러냈으니 온전히 죽지 못할 것이다."

"그전에 영 방주를 대신해서 빚부터 받아내야겠다."

차갑게 말한 두위가 턱으로 양목철을 가리켰다.

"목을 늘여라."

"무엇이!"

정신을 차린 양목철이 발끈하여 소리치고 어깨를 부르르 떨었다. 살아오면서 이와 같은 모욕을 당해본 적이 없었다. 그것도 많은 수하들이 지켜보는 앞에서였으니 그에게는 이제 죽고 사는 게 문제가 아니었다.

"찢어 죽일 놈!"

양목철이 기력을 한껏 실어서 터뜨리듯 고함을 내질렀다. 필생의 절학으로 간직하고 있는 쇄금장에 온몸의 내력을 집중시킨 그가 살기가 뚝뚝 떨어지는 눈으로 두위를 노려보며 이를 부드득 갈았다.

그가 달리 열화장(烈火掌)이라고 불리는 게 아니었다.

그의 쇄금장은 극양한 장법 중 하나였는데, 맹렬하기가 용광로 속의 불길 같았고, 한 번 화가 나면 물불 가리지 않는 그의 성정과 잘 어울렸다. 그래서 사람들은 그를 일러 열화장이라고 했던 것이다. 게다가, 비록 스스로가 그렇게 떠벌린 것이기는 하지만, 신장(神掌)이라는 거창한 수식이 붙을 만큼 양목철의 장벽은 뛰어난 바가 있어서 절기라고 불릴 만했다.

양목철은 그런 자신의 쇄금장을 십분 믿었다. 여태까지 수많은 싸움을 해오면서 한 번도 실망해 본 적이 없었던 것이다. 맨몸으로 일어선 그가 그 장법 하나로 일가를 이루었고, 드디어는 호남무림의 패자가 될 꿈마저 지닐 수 있게 되었다.

눈앞의 두위가 아무리 초절한 고수라고 해도 자신의 눈으로 직접 확인하지 못한 이상 말 그대로 믿을 수는 없었다. 게다가 이제는 물러서려야 물러설 수도 없는 상황이었다. 수하들이 지켜보고 있고, 어둠 속 어딘가에서 사령 또한 지켜보고 있는 것이다.

여기서 우물쭈물거리는 모습을 보이면 사령천은 자신에게 실망하고 등을 돌릴 게 확실했다. 만일 그들이 철기방과 손을 잡기라도 한다면 그건 더욱 견딜 수 없는 일이다. 그렇게 자존심이 상하는 것보다는 여기서 죽든지, 아니면 보라는 듯이 눈앞의 애송이를 쳐 죽여서 자신의 존재를 과시해 보이는 길밖에 없다고 생각했다.

그렇게 작정한 양목철이 우렁찬 고함을 터뜨리며 한껏 부풀린 쌍장을 일시에 내뻗었다. 이 한 번으로 끝내고 말겠다는 결의를 모두가 느낄 수 있을 만큼 강렬하고 지독한 공세였다.

"엇!"

그것을 본 장 노대가 자신도 모르게 놀람의 외침을 터뜨렸다. 그의 눈에는 두위가 곧 양목철의 쇄금장에 맞아 쓰러질 것만 같아 보였다. 그가 칼을 움켜쥐고 달려나가려고 할 때였다.

번쩍—!

강렬한 빛 한줄기가 눈을 찔렀다. 눈을 뜰 수 없었다. 장 노대가 걸음을 멈추고 있는 대로 낯을 찌푸렸다. 가늘게 뜬 그의 눈에 두위의 칼이 어둠을 가르고 내리 꽂히듯 작렬하는 게 보였다. 금강석처럼 빛나고, 번갯불처럼 맹렬한 칼 빛이었다.

한 번의 도격(刀擊)에 천 가지, 만 가지의 변화가 깃들어 있고, 그것들이 오직 하나의 점(點)으로 집중되어 쏟아지는 무시무시한 일격. 두위가 대천강일도라고 명명한 그만의 도법이었다.

짜아악—!

듣기 역겨운 기음(奇音)이 모두의 머릿속에 박혀들었다.

허공을 불태우며 쏟아져 나왔던 양목철의 쇄금장이 사방으로 뜨거운 열기를 방사(放射)하며 덧없이 흩어져 날았다. 장력의 여력이 미치는 곳마다 도깨비불처럼 새파란 불똥이 날려 어두운 하늘을 화려하게 물들였다.

우르르르—

그제야 먼 하늘 끝에서인 듯 은은한 뇌성(雷聲)이 울려 나왔다. 그리고 양목철의 정수리가 쩍 벌어지고 있었다.

그가 달려나오던 힘을 이기지 못하고 쿵쿵거리며 몇 걸음 더 돌진해
왔는데, 머리통이 이제는 완전히 두 쪽이 되어 양쪽 어깨 너머로 기울
어갔다. 뒤이어 가슴이 벌어지고 몸통이 벌어졌다.

쿵!

양목철이 두위의 서너 걸음 앞에서 발끝에 돌이라도 채인 것처럼 넘
어졌다. 그러자 그의 몸이 완전히 두 조각이 되어 좌우로 쩍 벌어져 널
브러졌다.

"으악—!"

그 끔찍한 모습에 넋이 나가 있던 자들이 뒤늦게 처절한 비명을 터
뜨리며 외면하거나 주저앉았고, 더러는 미친 듯이 어둠 속으로 뛰어들
어 필사적으로 달아났다.

"음, 지독해졌다."

장 노대조차 눈살을 찌푸린 채 외면하고 만 두위 앞에 일렁이는 검
은 구름덩이 하나가 둥둥 떠내려왔다.

"으흐흐흐……."

검은 구름 속에서 음산한 웃음이 흘러나왔다. 두위가 눈살을 찌푸린
채 눈앞의 그것을 바라보았다. 형체가 있으되 볼 수 없다던 말이 떠올
랐다. 사령(邪靈)이라는 자들은 사악하기만 한 것이 아니라 그처럼 뛰
어난 수법을 지녔던 것이다.

"너는 후회하게 될 것이다."

사령이 그렇게 말했다. 두위가 흥! 하고 코웃음을 치고 비웃듯 말했
다.

"너 또한 후회하게 될 것이다."

어둠이 크게 일렁였다. 쇠를 긁어대는 듯한 음성이 그 속에 낮게 흘

러나왔다.

"사령은 후회하지 않는다. 사령이 하는 모든 일은 완벽하다."

"사람도 귀신도 아닌 그런 꼴을 하고 있으면서 완벽이란 말을 할 수 있나?"

"으흐흐흐……."

사령을 감싸고 있는 어둠이 더욱 크게 일렁였다. 두위의 말이 그를 성나게 한 게 틀림없었다. 그렇다면 앞서의 양목철과 같이 그 또한 자존심을 상했기 때문일 것이다. 두위는 눈앞의 괴물도 자신의 꼴을 부끄럽게 여기고 있다는 걸 알았다.

"뭐야, 벌써 끝난 거냐!"

문득 그렇게 외치는 소리가 들렸다. 팽호의 음성이었다. 그가 한 사람을 등에 업은 채 전각을 돌아 텅 비어버린 연무장(鍊武場)으로 뛰어오고 있었는데, 장가구가 그 뒤를 따르고 있었다.

두위와 장 노대는 팽호의 등에 업혀 있는 사람이 양사명이라는 것을 알아보았다. 두위가 음, 하고 머리를 끄덕였다. 역시 살아 있었던 것이다.

장가구의 불안정한 걸음걸이를 본 장 노대가 눈살을 찌푸렸다. 두위도 그가 부상당했다는 것을 알았다. 그는 흑호장 안에 장가구를 저처럼 다치게 할 수 있는 고수가 또 있었다는 것이 의아했다.

"너희들은 뇌옥에 다녀왔군?"

어둠 속에서 사령이 의외라는 듯한 음성으로 말했다. 팽호가 의식을 잃고 있는 양사명을 장 노대에게 넘겨주며 차가운 눈길로 두위 앞에 둥둥 떠 있는 검은 구름덩어리를 노려보았다. 그 속에서 사령이 다시 말했다. 조금은 초조해져 있는 음성이었다.

“혈사적존과 파육화상을 만나지 못했단 말이냐?”

“흥! 그 늙은이들은 귀신놀음을 좋아하더니 진짜 귀신이 되고 말았지. 너도 귀신놀음을 좋아하는 모양이니 원한다면 그렇게 만들어주겠다!”

장가구가 창백해진 얼굴에 우쭐한 기색을 떠올리고 비아냥거렸다.

“무엇이? 그들이 당했단 말이냐?”

사령이 믿을 수 없다는 듯 크게 소리쳤다. 사령천의 사왕 중 두 명이 한꺼번에 팽호와 장가구에게 당했다는 것을 그는 도저히 믿을 수가 없었다.

“구지신마가 그동안 제법 쓸 만한 자들을 골라 종으로 만들었구나.”

사령의 말에 장 노대가 발끈해서 칼을 들어 가리키며 소리쳤다.

“뭐라고? 우리는 우리들일 뿐이다! 너처럼 흉한 꼴을 하고서 주인의 발등을 핥는 개가 아니야!”

“우흐흐―”

사령의 웃음소리가 더욱 음침해졌다. 그를 가리고 있는 흑무(黑霧) 속에서 으스스한 살기가 뻗어 나왔다.

“물러서.”

팽호가 장 노대의 팔을 끌었다.

“도와줘야 하지 않겠어?”

두위와 사령에게서 눈길을 떼지 못하고 있던 장 노대가 그 손을 뿌리쳤다. 그때 두위는 이미 사령을 향해 칼을 겨누고 있었는데, 그의 단단한 두 어깨가 한 치도 물러서지 않겠다는 의지를 전해주었다.

흑무 속에서 뻗어 나오고 있는 살기도 더욱 짙어졌다. 바람이 불지 않는데도 두위의 옷자락이 조금씩 흔들리더니 종내는 태풍 앞에 선 것처럼 요란하게 펄럭였다.

두위에게 향한 사령의 살기는 집요하고 지독했다. 살과 뼛속으로 파고들고, 영혼까지 사로잡아 버릴 듯한 그 살기 앞에서 담력이 약한 자는 견디지 못하고 미치거나 죽어버리고 말 정도였다.

팽호가 눈도 깜빡이지 않은 채 두위와 사령을 지켜보았다. 그는 과연 지난 일 년 동안 두위의 무위가 어느 정도나 발전했는지 직접 확인해 볼 좋은 기회를 맞은 것이다. 앞서 이릉운을 칠 때도 보았지만 멀리 숨어서 본 것이었으므로 충분치 않았다. 그러나 이제 사령과의 싸움은 목전에서 지켜볼 수가 있었다. 그것이 팽호의 얼음덩이 같은 가슴을 뛰게 했다.

“이얍!”

두위의 입에서 엄청난 기합성이 터져 나왔다. 팽호가 눈을 부릅떴고, 장가구와 장 노대가 아! 하고 놀람의 외침을 터뜨렸다.

두위는 흡사 뇌신(雷神)이라도 된 것 같았다. 검은 구름덩이를 단번에 관통하고 말 듯이 찔러 들어갔는데, 어금니를 굳게 물고 눈을 부릅뜬 것이 무시무시한 얼굴이 되어 있었다. 머리 위로 높이 치켜든 칼에 은은한 살기가 김처럼 서려서 일렁거렸다.

그런 두위를 향하여 흑무 속에서 불쑥 손 하나가 내밀어졌다. 솥뚜껑만큼이나 커다랗게 부풀어 있는 검은 손이었다.

“흑옥수다!”

팽호가 저도 모르게 버럭 소리쳤다. 저것이 바로 말로만 듣던 흑옥수라는 것이 그를 더욱 흥분시켰다. 과거 흑사대제의 이름을 공포의 대명사로 만들어주었던 최강의 절기 중 하나인 그것이 눈앞에 펼쳐진 것이다.

우ㅎㅎㅎㅎㅎ—

웃음소리 같기도 하고, 호곡성(號哭聲) 같기도 한 기이한 울림이 주위에 넓게 퍼져 나갔다. 그리고,

펑—!

바람을 넣어 잔뜩 부풀렸던 가죽 포대가 터지는 듯한 굉장한 소리가 났다. 일렁이던 검은 기운이 열 줄기, 백 줄기의 소나기가 된 듯 두위의 한 몸을 노리고 떨어졌다. 넓고 강력하게 퍼져 나간 기파(氣波)의 회오리가 사방을 휩쓸었다. 땅 거죽이 벗겨지며 흙과 돌멩이들이 어지럽게 날아올랐고, 호곡성이 하늘을 뒤덮었다.

한 가닥의 기운에 스치기만 해도 흑암(黑暗)의 지옥에 떨어져 악귀들에게 살과 뼈를 씹히는 고통을 겪다가 한 줌 혈수(血水)로 사라져 버린다. 그 무서운 흑옥수가 완전한 모습으로 펼쳐진 것이다.

사령의 흑옥수는 흑사대제의 그것을 모두 이루어냈다. 삼 년 전, 철기방주 양적신의 가슴을 눌렀을 때와는 비교할 수도 없이 완벽해진 것이다.

두위가 더욱 이를 악물었다. 그는 온몸에 가해지는 흑옥수의 압박을 고스란히 받아들이고 있었다. 한 번 의념(意念)을 크게 일으키자 천마신공이 불길처럼 거세게 타올랐는데, 사령의 기운을 접하자 제 스스로 살아 튀어나오려는 것처럼 더욱 맹렬해졌다.

두위의 몸을 감싸고 있는 그 천마신공의 무지막지한 기운이 사령의 흑옥수와 부딪쳤다. 쿠우우우— 하는 무거운 소리가 뇌성처럼 울려 퍼졌고, 바윗덩이에 부딪친 물방울들이 사방으로 퉁겨지듯 사령의 검은 기운들이 어지럽게 퉁겨지는 것이 보였다.

사령은 두위의 내력이 그처럼 깊고 두텁다는 것에 놀라움을 뛰어넘

어 절망했다. 흑사대제가 되살아 나온다고 해도 두위의 내력을 누를 수 없을 거라는 생각이 문득 스쳐 갔다. 그는 두위가 이미 천하제일이라고 해야 할 내공을 지녔다는 것을 알 리가 없었다.

'이놈은 나보다 더한 괴물이다!

그의 머릿속에서 그런 외침이 터졌을 때, 두위의 칼이 수직으로 떨어져 내렸다. 눈앞에 번쩍, 하는 불길이 보인 순간 찌르는 듯한 통증이 정수리에서부터 발끝까지 일시에 꿰뚫고 달려나갔다.

"아!"

"저, 저런!"

팽호가 짧고 날카로운 비명을 터뜨렸고, 장 노대의 입에서도 커다란 외침이 터져 나왔다. 그들은 똑같이 지금 두위가 보여준 그 한 번의 무시무시한 도격을 평생 잊을 수 없을 거라는 생각을 했다. 그건 되돌아 보고 싶지 않은 끔찍함이었고, 강렬함이었다.

사령을 감싸고 있던 검은 구름덩이가 두 쪽으로 쫙 갈라졌다. 비명은 들려오지 않았다. 붉은 핏줄기만 염료(染料)를 뿌린 듯 어두운 허공을 물들이며 퍼져 나갔을 뿐이다.

칼을 늘어뜨리고 우뚝 서 있는 두위의 어깨가 아직 가라앉지 않은 살기와 흥분을 싣고 들썩이고 있었다. 그리고 그의 발 아래 비스듬히 잘라져 어긋난 두 개의 몸통이 떨어져 있었다.

"어떻게 된 거야? 대체 어떤 놈이 너를 이 지경으로 만들었지?"

장가구가 분한 숨을 씩씩거리며 양사명의 멱살을 틀어쥐고 마구 흔들어댔다. 양사명의 보기 흉하게 부어오른 얼굴에 한줄기 웃음이 떠올랐다.

“네놈 걱정이나 해라.”

장 노대가 장가구의 벌거벗은 등짝을 철썩 후려쳤다.

“이까짓 건 아무것도 아냐!”

장가구가 휙, 돌아보며 소리쳤다. 가슴에 새겨진 듯 남아 있던 붉은 손바닥 자국은 많이 흐려져 있었다. 두위가 반나절을 꼬박 앉아서 자신의 내력으로 내상을 치료해 준 덕분이었다.

정신이 들고 몸을 가눌 수 있게 되자 장가구는 두위에게 고맙다는 말도 없이 다짜고짜 침상에 맥없이 누워 있는 양사명의 멱살부터 틀어 쥐었다.

양사명은 심하게 망가져 있었다. 얼마나 얻어맞았던지 온몸이 부풀어 있었고 어혈(瘀血)이 맺혀 있어서 바라보기가 끔찍한 모습이었다. 뇌옥에 있던 몇 시진 동안 모진 고문을 당한 게 분명했다.

“그놈들은 줄곧 풍 노야가 숨어 있는 곳을 묻더군. 나는 한마디도 말해 주지 않았다.”

양사명이 애써 고통을 참으며 또렷이 말했다.

“귀역을? 아니, 흑호장에서 그건 알아 뭣하게?”

장가구가 어리둥절해서 물었다. 대답은 팽호가 했다.

“흑호장이 아니다. 사령천이라고 해야지.”

“뭣이? 그놈들이 감히 귀역을 어떻게 해보겠다는 생각을 했단 말이냐?”

장가구가 이제는 팽호를 노려보았는데, 눈에서 불똥이 튀고 있었다.

“어느 놈이든 규화를 괴롭히는 놈이 있으면 내가 가만 안 둬!”

“흐흐, 스승을 생각하는 마음이 정말 갸륵하다. 착한 제자야.”

장 노대가 머리마저 크게 끄덕이며 그렇게 놀려대자 장가구가 발끈해서 소리쳤다.

"규화는 나에게 백열도법을 전수해 주었다! 그 덕에 나는 무서울 게 없는 고수가 되었지. 흥! 혈사적존 천응교도 나의 한칼에 뒈졌어! 예전의 나였다면 꿈도 못 꿀 일이지. 그런데도 고마워하지 않는다면 사람도 아니다!"

"음, 그건 옳은 말인걸? 놀린 걸 사과하지. 장가구는 무공이 높아지더니 인품마저 높아졌다. 아주 훌륭해. 이제는 내가 배워야겠어."

장 노대가 포권한 손을 흔들며 진지하게 말했다. 그제야 장가구의 얼굴이 조금 풀어졌다.

"너도 나와 같아. 규화로부터 절기를 전해 받았으니 은혜를 잊으면 안 된다."

그가 엄숙한 얼굴을 하고 장 노대를 꾸짖었다.

잠자코 그들의 말을 듣고 있던 두위가 무거운 낯빛으로 천천히 말했다.

"사령천이 본격적으로 활동할 모양이다. 다시 옛날의 야심을 드러낸 거지. 그렇다면 그들은 역시 풍 노인의 흑천을 가장 큰 장벽으로 여길 것이다. 풍 노인이 옛날 같지 않으니 제일 먼저 흑천을 찾아내서 짓밟아 버리려는 건지도 몰라."

"맞다. 사령천은 이미 흑사대제의 후인을 배출한 거야. 그가 누구인지 모르지만 지금으로서는 가장 무서운 세력을 숨기고 있는 자일 것이다. 사령천의 수호신이라는 사사령을 다시 부활시킨 것만 봐도 그래. 그들이 노리고 있다면 풍 노야는 위험해질 수도 있어."

두위는 팽호의 말을 들으면서 그의 가슴속에도 커다란 웅심이 꿈틀거리고 있다는 걸 느꼈다. 그 또한 귀문의 부활을 꿈꾸고 있는 자였던 것이다. 두위는 팽호가 사령천이 먼저 일어섰다는 것에 질투와 함께 초조함을 느끼고 있는지도 모른다고 생각했다.

팽호가 가볍게 한숨을 쉬었다. 그의 얼굴에 우울한 표정이 떠올랐다.

"귀문에는 고작 나 혼자 이렇게 남아 있을 뿐이다. 칠귀(七鬼), 십이수라(十二修羅)도, 삼십육대주(三十六隊主)도 다 죽었고, 구름 같았던 교도(敎徒)들도 뿔뿔이 흩어져 하나도 남지 않았다."

장 노대가 팽호의 어깨를 토닥여 주었다.

"하지만 네가 이제 귀문의 검법을 대성했으니 귀문 또한 부활한 거지. 너는 독패강호(獨霸江湖)하던 네 스승 수라마군처럼 무적의 신화를 만들고 네 힘만으로 문파를 세워서 지존이 될 것이다."

장 노대의 말이 팽호의 마음에 따뜻한 위안을 가져다 주었다. 그가 웃으며 어깨 위에 올려져 있는 장 노대의 손을 잡았다.

"좋아. 그때가 되면 너를 수라문의 문지기로 써주지."

"좋아, 좋아, 내가 수문장이 되면 아무도 들여놓지 않을 거다. 네놈도 도둑놈처럼 담을 넘어서야 들락거릴 수 있을걸?"

"뭐라고?"

"보기 드문 구경거리가 될 거야, 한 문파의 문주라는 분이 내 눈치를 봐가면서 슬금슬금 담벼락을 기어오르는 꼴이. 하물며 다른 놈들이야 말할 것도 없지."

"제기랄, 지독하군. 그런 게 무슨 문파야? 차라리 네놈이 문주를 해먹어라. 내가 문지기 하는 게 낫겠다."

팽호가 눈을 흘기며 투덜거리자 장 노대가 껄껄 웃었다. 팽호와 두위, 장가구도 따라 웃었으므로 방 안에 호탕한 웃음소리가 가득 찼다.

*   *   *

닷새 후 처음으로 그자의 흔적이 감지되었다. 그리고 이례적으로 동건유가 십여 명이나 되는 흑천의 살수들을 거느리고 그곳에 나타났다. 흑룡단에는 좀체 모습을 보이지 않던 그였으므로 단주인 마골편(魔骨鞭) 당량(唐梁)은 어쩔 줄 모르고 쩔쩔매기만 했다.

한눈에도 처절한 격전이 있었다는 것을 금방 알 수 있었다. 명각사(明覺寺) 뒤편의 울창한 송림 속이었는데, 주변이 온통 핏자국과 부러지고 잘린 나뭇가지들로 어지럽혀져 있었던 것이다.

네 명의 주검이 처참한 모습으로 누워 있었다. 두 명은 흑룡단 무한(武漢) 지부 소속의 단원이라고 당량이 확인해 주었고, 두 명은 동건유가 거느리고 있는 흑천의 살수였다.

동건유는 규화가 일러준 대로 미끼를 던져 놓고 있었다. 흉수가 무한에 나타난 이래 아직 다른 곳에서는 사건이 없었으므로 여전히 무한에 머물고 있으리라고 믿고 은밀히 정보를 흘린 것이다. 그것은 흑룡단에서 흑천의 살수들과 접선한다는 내용이었다.

그들이 직접 만나 정보를 주고받는 일이란 거의 없었다. 언제나 비문(秘文)을 비처(秘處)에 숨겨두고, 그것을 찾아가는 식으로 간접적인 전달이 이루어졌다. 그러므로 흑룡단의 단원들과 흑천의 살수들은 서로를 의지하고 있으면서도 서로에 대해서는 전혀 모르고 있었다.

그런데 그들이 직접 만난다는 것은 흑룡단을 거슬러 흑천의 존재를 파악할 수 있는 절호의 기회였다. 흉수가 그것을 놓칠 일이 없다고 여겼던 동건유의 판단이 맞았다는 것이 증명되었다. 하지만 결과는 참혹

했다.

흉수는 그 거짓 정보를 접하고 흑룡단의 수하를 미행해 이곳까지 왔다. 그리고 미리 몸을 숨기고 기다리고 있던 흑천의 살수 두 명의 기습을 받았으리라. 하지만 결과는 그들 사 인의 덧없는 죽음이었다.

"역시 대단한 놈이다."

죽은 자들의 상처를 살펴보던 동건유가 감탄성을 터뜨렸다. 흑천의 살수들이 얼마나 끈질기고 지독한지는 누구보다 동건유 자신이 잘 안다. 그런 자들을 두 명씩이나 상대하면서도 흉수에게는 여유가 있었던 모양이다. 하나같이 일검으로 천돌혈(天突穴)을 뚫어버린 검상이 그 중 거였다.

단서라고는 핏자국 속에 흐릿하게 찍혀 있는 발자국 몇 개가 전부였다. 자세히 보아야만 알 수 있을 정도로 흐린 자국이었지만 이런 일에 익숙해져 있는 동건유는 그것만으로도 중요한 사실 한 가지를 잡아냈다.

"계집이다."

그가 허리를 펴고 스산하게 말했다. 그의 손에는 작은 옷 조각과 머리카락 한 올이 쥐어져 있었다.

왕정(王鋌)은 아문(衙門)에 출사하는 선 대인(宣大人) 집의 보수공사에 고용되어 목수 일을 하는 자였다. 그는 오늘도 고된 하루의 일과를 마치고 돌아가는 길에 작엽주가(作燁酒家)를 찾았다. 그날따라 손님이 많기도 했으려니와 날이 더워졌으므로 길가에 내놓은 탁자에 앉아 낯익은 서너 사람과 시끄럽게 떠들어대며 탁주 몇 사발을 거푸 들이켰다.

어둠이 깃들고 거리가 선선해졌다. 술기운이 올라 불콰해진 얼굴로 콧노래를 흥얼거리며 선문가로(嬋雯街路)를 걷던 왕정이 슬쩍 주위를 두리번거리더니 재빨리 서편 골목길로 뛰어들었다.

골목 중간쯤부터는 홍등(紅燈)이 줄지어 걸려 있는 유곽(遊廓)이었다. 그는 며칠 전 극락원(極樂園)에 새로 온 아가씨 한 명에게 푹 빠져 있는 중이었다.

"왕 가가, 오늘도 정말 와주셨군요."

왕정이 들어서자 기다리고 있었다는 듯 한 명의 요염하게 생긴 소녀가 달려나와 지아비를 맞는 것처럼 서슴없이 품으로 뛰어들었다. 그녀의 등을 쓸어주며 머리카락에 코를 묻고 냄새를 맡는 왕정의 눈이 벌써 흐리멍덩하게 풀어져 있었다.

"정말 왕 가가가 그처럼 멋있는 사람이란 말이에요?"

춘랑(春浪)이라는 이름을 가지고 있는 소녀가 놀란 눈으로 바라보며 호들갑을 떨었다. 한차례 꿀처럼 달콤한 운우지락(雲雨之樂)을 누리고 난 뒤였지만, 왕정은 그런 춘랑의 얼굴을 보자 다시 불끈 솟구치는 욕정을 참을 수 없었다.

"이것아, 그러니 이 서방님을 믿고 조신하게 있으란 말이다. 곧 살림을 내줄 테니까."

"핏, 누구나 다 그런 말을 하더라. 하지만 그때뿐이지 제 욕심을 채우고 나면 허둥지둥 달아나기 바쁘던걸?"

"그런 잡놈들하고는 달라. 나는 이래 뵈도 강호의 쟁쟁한 고수들의 생사를 쥐고 있는 몸이란 말이다."

"어머, 그럼 당신이 강호의 절정고수란 말이에요?"

"어허, 아무리 절정고수면 뭐 해. 내 한마디면 쥐도 새도 모르게 이

건네. 넌 흑룡단이 어떤 데인지 몰라서 그래."

왕정이 한껏 으스대며 목을 긋는 시늉을 했다. 춘랑이 놀란 듯 입을 가리고 눈을 동그랗게 떴다. 그 바람에 몸을 가리고 있던 홑이불이 흘러내려 뽀얀 젖가슴이 드러났지만 그것마저 몰랐다. 유난히 젖무덤이 예쁜 계집이었다. 곧 터질 듯 한껏 부풀어 있는 유실을 바라보던 왕정이 꿀꺽, 침을 삼키고 와락 달려들었다.

"어머, 어머. 또?"

놀란 듯하던 소녀는 그러나 곧 달뜬 신음을 흘리며 가슴에 파묻힌 왕정의 머리를 열정적으로 감싸 안았다.

"그래? 그건 아주 귀한 손님이었군. 잘 모셨겠지?"

비단으로 몸을 감싼 중년의 여인은 누가 보아도 세도가의 마님이라고 여길 만큼 귀티와 관록이 돋보였다. 그녀 앞에 엎드려 있는 춘랑은 감히 고개를 들지도 못했다.

"너는 이제 다른 남정네를 상대하지 않아도 된다. 그 왕가만 꼭 붙잡아라. 성과가 있으면 곡으로 천거해 주겠다."

"화, 황송합니다."

중년 여인의 말에 어깨를 떨며 기뻐한 춘랑이 조신한 몸짓으로 물러갔다. 그녀에게는 이곳을 벗어나 곡(谷)으로 들어가는 일이야말로 무상의 영광이자 천한 곳에 몸을 던진 최고의 보람이었다.

"들으신 바 대로입니다."

춘랑이 나가자 중년의 여인이 등 뒤의 병풍을 향해 돌아앉아 머리를 숙였다. 그녀는 여태까지 보여왔던 도도한 기세를 낮추고 한껏 공경하는 얼굴로 조심스럽게 말하고 있었다.

"그자가 제 입으로 흑룡단원이라고 했다니, 설혹 거짓말을 했다고 해도 흑룡단에 대해서 어느 정도 알고 있는 자가 틀림없을 것입니다. 하교를……."

"이곳에 쓸 만한 자가 몇 명이나 있느냐?"

병풍 뒤에서 나지막한 음성이 물어왔다. 그윽하고 낭랑해서 노래를 부르는 듯한 고운 음성이었다.

"대여섯 명은 지금이라도 풀 수가 있습니다."

"은밀해야 한다."

"명심하겠습니다."

공손히 대답한 여인이 머리 위에 늘어져 있는 설렁줄을 잡아당겼다. 곧 문밖에 한 사람이 대령해 머리를 숙였다. 문에 비치는 그자의 그림자를 향해서 여인이 싸늘하게 말했다.

"그자의 동태를 낱낱이 감시한다. 보고는 하루에 세 번이다. 한 가지라도 실수가 있으면 안 된다. 발각되어서도 안 된다."

말없이 듣고 있던 자가 한 번 머리를 숙여 보였을 뿐, 역시 아무 말 없이 사라졌다.

"흥, 교활한 놈들. 나를 속였단 말이지?"

불상 아래 무릎 꿇고 앉아서 좌선에 빠져 있는 듯하던 여인이 눈을 뜨고 차갑게 중얼거렸다. 싸늘한 광망이 그녀의 눈에서 뿜어져 나갔다. 유옥령이었다.

소상검이라고 불리는 그녀는 세상 사람들이 모두 인정해 주는 절대자들 중 한 명이었으면서, 한때는 그 뛰어난 미모로 모든 남자들의 가슴을 설레게 했던 여인이었다. 어느덧 중년을 넘긴 나이였지만 그 아름다움은 오히려 더욱 완숙해져서 보석처럼 반짝였다.

유옥령이 곁에 놓아두었던 검을 끌어당겨 가슴에 안았다. 이제 세상에서 믿고 의지할 거라고는 오직 이 검 한 자루뿐이라는 듯했다.

"할 수 없지."

낮게 중얼거린 그녀가 벌떡 일어났다. 자신을 내려다보며 온화한 미소를 짓고 있는 불상을 물끄러미 바라보던 유옥령이 한숨을 쉬고 돌아섰다.

유운암(流雲庵)은 청태산(青苔山) 귀왕봉(歸王峰) 중턱에 있었다. 깎아지른 듯한 회색 빛 거대한 봉우리를 뒤에 두고 앞에는 천 길의 벼랑을 보고 있었으니, 나는 새도 조심스럽게 오갈 수밖에 없는 험지(險地)에 얹혀 있는 작은 암자였다. 길이라고는 오직 귀왕봉을 깎고 기둥을 박아서 만든 한 가닥 잔도(棧道)가 있을 뿐이다.

"어딜 또 가시나?"

그녀가 불당을 나오자 마당을 쓸고 있던 노화상이 허리를 콩콩 두드리며 물었다. 마당이라고 해야 겨우 손바닥보다 조금 더 클 뿐인 그곳을 화상은 하루에 열 번도 넘게 쓸고 또 쓸었다. 유옥령이 가볍게 읍하고 말했다.

"이번에는 좀 오래 걸릴지도 모르겠습니다."

"어디로 갈 건데?"

유옥령이 말없이 손가락을 들어 귀왕봉 위에 걸려 있는 구름을 가리켰다.

"그래? 그럼 잘 다녀오시게."

보일 듯 말 듯 웃은 화상이 다시 마당 쓰는 일에 몰두했다. 유옥령은 등 뒤에서 들리는 그 빗질 소리를 들으며 낡아 삐걱거리는 잔도를 밟

있다.

그대 마음에 한 무위(無位)의 물(物)이 있다네.
위로는 하늘을 버티고 아래로는 땅을 버티지.
늘 살아 있어서 코나 목구멍으로 드나드는데
아직도 그것을 꽉 붙잡지 못했으니 안타까워라.

마당을 쓸며 흥얼거리는 노화상의 노랫소리가 자꾸만 그녀의 등을 잡아당겼다. 잔도를 밟을 때마다 삐걱거리는 소리에 맞추어 읊조리는 것 같았다. 한 모퉁이를 돌아 보이지 않게 되었지만 마지막 노래 구절은 여전히 등에 달라붙어 따라왔다.

귀 있는 사람은 들을 것이고, 들은 사람은 빨리 꿰뚫어 볼지어다.

*   *   *

왕정은 오늘도 어김없이 극락원으로 춘랑을 찾아가 두어 차례의 운우지락을 맛보고 나서야 휘파람을 불며 선문가로를 빠져나왔다.

요즘 들어 춘랑이 더욱 나긋나긋하게 감겨오고, 갖은 교태를 부리며 안겨드는 것이어서 왕정은 구름을 탄 듯이 들떠 있었다. 하루가 어떻게 지나가는지, 일이 힘든지 어쩐지도 모르고 그저 어서 빨리 저녁이 되기만을 바랐다.

조금 무리한 요구를 한다 싶어도 춘랑은 웃으며 다 받아주었고, 그녀 스스로가 더욱 열정적으로 원하는 듯하기도 해서 때로는 왕정을 어리둥절하게 했다. 이제는 정말 그녀와 떨어져서는 살 수 없을 것 같았다.

내가 홀려도 된통 홀렸다고 여기면서도 왕정은 한 밑천 단단히 잡아서 그녀를 데려다가 들어 앉혀야겠다고 결심했다. 오직 그것만이 요즈음 품게 된 간절한 소망이었다.

그런 왕정에게 기회가 왔다. 그가 인적 뜸한 골목길에 들어섰을 때였다.

"너는 나를 속였어."

서릿발같이 차가운 음성이 그의 뒷덜미를 낚아챘다. 춘랑의 교태와 뽀얀 젖가슴을 생각하며 내내 들떠 있던 왕정이 깜짝 놀라 돌아보았다. 희미한 어둠 속에 서서 이쪽을 노려보는 차가운 눈이 보였다. 가슴이 덜컥 내려앉았다.

"다, 다, 당신……."

왕정이 주춤주춤 뒷걸음질쳤다. 그런 그를 노려보며 천천히 다가오는 여인은 유옥령이었다. 그녀가 검집 끝으로 왕정의 턱을 받쳐 올리고 한 점의 온기도 실려 있지 않은 눈으로 노려보았다.

"나를 속이면 죽게 된다고 분명히 경고해 주었다."

"그, 그건, 나도 어쩔 수가……."

점점 밀려나 이제는 축축한 담벼락에 등을 붙이고 서게 된 왕정이 새파랗게 질린 얼굴로 덜덜 떨었다. 이마에 와 닿고 있는 유옥령의 눈빛이 점점 싸늘해져 갔다.

"자, 말해 봐. 어떻게 죽여줄까?"

그녀가 상체를 기울여 왕정의 귀에 입을 대고 속삭였다. 왕정이 다시 부르르 진저리를 쳤다.

유옥령의 손가락 한 개가 꼿꼿이 펴진 채 이마로 다가왔다. 왕정은 눈앞의 여인이 그 손가락을 자신의 머릿속에 박아 넣으려 한다는 것을 알았다. 죽음의 문턱에서 제일 먼저 떠오른 건 춘랑이었다. 그녀에 대한 생각이 왕정에게 살아야 한다는 절박하고 간절한 소망을 품게 했다. 그가 크게 용기를 내어 유옥령을 마주 바라보았다.

"거, 거래를 하고 싶소. 이건 진심이오."

유옥령이 문득 손가락을 멈추고 그의 눈을 빤히 바라보았다. 그녀는 눈앞의 쥐새끼 같은 놈이 거짓말을 하고 있지 않다는 걸 알 수 있었다.

"말해 봐."

"단주를 알고 있소."

"호오?"

"그가 있는 곳을 가르쳐 주겠소."

왕정은 자신이 지금 죽음의 문턱에 반쯤 발을 걸치고 있다는 걸 잘 알았다. 그렇다면 선택할 수 있는 건 두 가지뿐이었다. 이대로 죽던가, 살 길을 뚫는 것. 그리고 그는 후자를 위해 필사적인 노력을 하고 있는 중이었다.

"그 대신 뭘 원하지?"

유옥령이 천천히 손가락을 물리며 물었다. 흥미를 느낀 게 틀림없다고 여긴 왕정이 조금 더 대담해졌다. 그가 떨리는 입술을 굳게 물고 있다가 또박또박 말했다.

"돈."

"돈?"

"천 냥이오."

그만한 돈이라면 당장 춘랑을 불러내 멀리 달아나 살 수 있다. 아무도 자신을 알아보지 못하는 곳에서 논밭과 집을 사서 죽은 듯 숨어 지낸다면 귀신도 모를 것이다.

왕정은 지금 자신이 이렇게 하지 않으면 유옥령의 손에 죽을 것이고, 배신을 하면 자신이 속해 있는 흑룡단의 단주인 마골편 당량의 손에 죽게 된다는 걸 잘 알았다. 하지만 당량의 손은 멀리 있고 유옥령은 눈앞에 있다. 그러니 그가 달리 택할 길은 없었다.

잠시 왕정을 노려보던 유옥령이 품속에서 천천히 금낭 한 개를 꺼내 매듭을 풀었다. 왕정이 잔뜩 긴장한 눈으로 유옥령의 손을 바라보며 침을 삼켰다. 금낭 안에서 영롱한 구슬 한 개를 집어낸 유옥령이 그것을 왕정의 코앞에 내밀었다. 눈을 찌르는 광채가 그의 얼을 빼앗았다.

"야, 야광주!"

그만한 야광주라면 천 냥이 아니라 그 서너 배의 가치는 충분히 될 만큼 귀한 것이다.

"네 목숨 값 치고는 과한 거지. 하지만 나를 실망시키지 않는다면 기꺼이 주마."

"저, 절대로!"

그의 코앞에서 구슬이 뚝 떨어졌다. 왕정이 급히 손을 내밀어 그것을 받았다.

어둠 속에서 세 명의 사내가 그 모습을 지켜보고 있었다. 골목 안의 정경이 손바닥처럼 내려다보이는 높은 전각의 지붕 위였다.

가운데 있는 사내는 귀에 커다란 깔때기 모양의 기물(奇物)을 대고 있었는데, 엿듣기를 마친 듯 그것을 차곡차곡 접었다. 그가 손바닥보다 작게 접혀진 물건을 품에 갈무리하고 손가락으로 왕정을 가리키자 좌측에 있던 자가 머리를 숙여 보이고는 꺼지듯 사라졌다. 남은 두 명은 몸을 낮추고 뱀처럼 용마루 골 사이를 스치며 유옥령의 뒤를 쫓기 시작했다.

마음이 급해진 왕정은 사람들과 부딪치는 걸 상관하지 않고 정신없이 뛰고 있었다. 그의 머릿속에는 오직 춘랑을 끌고 한시라도 빨리 이곳을 떠나야 한다는 생각뿐이었다.

늦은 밤이었지만 번화하기로 이름난 숭정대로(嵩正大路)에는 오가는 우마차와 사람들이 넘쳐 났다. 저 앞에 어긋나는 갈림길이 보였다. 왼쪽으로 꺾어들면 선문가로다. 그리고 그 끝에 극락원으로 통하는 골목이 있다.

왕정의 발길이 더욱 허둥댔다. 그런 그의 눈에 언뜻 사람들을 헤치며 마주 다가오는 한 사내의 모습이 보였다. 헐렁한 옷을 입었고, 머리띠를 동인 것이 심부름을 나온 대갓집의 하인인 듯도 했다. 왕정과 눈길을 마주친 사내가 씩 웃어 보였다. 왕정은 순간, 나를 아는 자인가? 하는 생각에 가슴이 덜컥 내려앉았다.

그가 어깨를 부딪칠 듯하면서 왕정을 스쳐 지나갔다. 역시 모르는 자였군, 하고 가슴을 쓸어내리는데 옆구리에 강렬하고 뜨거운 느낌이 파고들었다.

"아아악—!"

그 느낌이 무엇인지 깨달은 왕정은 자신이 낼 수 있는 가장 커다란 소리로 비명을 지르고 말았다. 눈앞이 흐려지더니 세상이 빙글빙글 돌았고, 뺨이 차가운 땅바닥에 부딪치는 충격이 아스라이 멀게 느껴졌다.

"살인이다!"

누군가가 찢어질 듯 비명을 지르는 소리가 들려온 것도 같았다.

'추…… 춘…… 랑……'

마지막으로 그의 입술을 비집고 흘러나온 가냘픈 소리였다. 그러나 아무도 그것을 알아들은 사람은 없었다.

막 가게 문을 닫아걸려던 장팔(張八)이 의아한 얼굴로 돌아보았다. 그의 눈앞에 소리없이 웃고 있는 한 여인의 얼굴이 크게 다가왔다. 장팔의 얼굴이 아주 잠깐 무섭게 굳어졌다. 하지만 언제 그랬냐는 듯 빠르게 사라진 것이어서 여간해서는 그 변화를 눈치 채기 힘들었다.

"헤헤, 오늘 장사는 다 끝났는뎁쇼?"

장팔이 헤픈 웃음을 흘리며 두 손을 비볐다. 유옥령이 턱으로 반쯤 닫힌 문 안을 가리켰다.

"들어갈까? 아니면 여기서 할까?"

"뭐, 뭘 말입쇼?"

"고기를 썰고 싶거든. 뼈까지 아주 잘게 썰 생각이야."

장팔이 무의식적인 듯 한쪽 벽에 붙어 있는 간판을 보았다. 〈부귀육점(富貴肉店)〉이라고 써 있는 붉은 글자가 유난히 크게 보였다. 그의 가게 간판이었다.

장팔이 다시 손을 비비며 헤헤, 웃었다. 이제는 허리까지 굽실거리고 있는 것이 비굴하기 짝이 없는 모습이었다.

"헤헤, 마나님. 오늘 장사는 다 끝났습니다요. 칼도 도마도 다 치웠고, 남은 고기도 없습니다요. 내일 아침 일찍 싱싱한 놈이 들어오니 그때 오시면 잘 썰어드립죠."

유옥령의 입술이 차갑게 비틀렸다.

"내가 썰고 싶은 건 지금 눈앞에 있는 고기야."

“예?”

“능청떨 것 없어. 마골편이라고 불린다지? 좋아. 나를 만족시켜 준다면 깨끗하게 한 번으로 끝내주지.”

“음…….”

장팔이 잔뜩 눈살을 찌푸리고 신음을 흘렸다.

“이봐. 난 말이야, 어떤 계집이든 한 번에 끝내주거든. 물건 하나는 확실하지. 아주 좋아할 거야. 그러니까 걱정할 것 없어.”

그가 유옥령의 말을 받아서 묘한 여운을 주는 비웃음을 흘렸지만 유옥령은 분노하지 않았다. 더욱 차고 어두워진 눈 깊은 곳에서 싸늘한 살기가 일어섰을 뿐이다.

장팔이 허리를 쭉 폈다. 그러자 비루하던 모습은 간데없어지고, 늠름하고 위풍당당해졌다. 방금 전까지만 해도 비굴한 웃음을 흘리며 비벼대던 두 손이 마른 나뭇가지처럼 단단하게 변했다. 그가 그 손가락의 마디마디를 우두둑거리며 꺾어댔다.

“어떻게 알았는지 모르지만 시작하자구. 어디부터 주물러 줄까?”

이제는 마골편 당량이라는 원래의 모습으로 돌아온 그가 음침한 눈길로 유옥령의 몸 구석구석을 훑었다.

“꼴에 사내놈이라고…….”

자신의 불룩 솟아오른 가슴과 아랫배와 허벅지 안쪽에까지 와 닿으며 번들거리는 당량의 눈길을 의식하자 끔찍한 느낌이 들었다. 그건 낯선 느낌이었고 견딜 수 없는 불쾌감이면서 모욕을 당한 듯한 수치심이기도 했다. 유옥령이 입술을 깨물었다.

“놀라운 일이야. 흑천에서 그렇게 찾고 있던 홍수가 바로 당신이었다니 말이야.”

당량이 손으로는 자신의 허리춤을 더듬으면서, 눈으로는 여전히 유옥령의 탄력있는 몸을 쓸었다.

"이렇게 제 발로 찾아와 주었으니 기특하다. 역시 한 번에 만족시켜 주지 않을 수 없겠어."

허리띠처럼 두르고 있던 것이 마골편으로 불리는 그의 독문병기였다. 겉을 감싸고 있던 낡은 천을 벗겨 버리자 어둠 속에서 파르스름한 인광을 띠고 번쩍이는 그것이 드러났다.

삼백육십 개의 뼈 조각을 잇대어 만든 골편(骨鞭)이었다. 강철 못지 않게 단단하고 질긴 데다가, 삼백오십구 개의 마디를 가지고 있는 만큼 유연하기가 비단 같아서 누구도 상대하기 까다로워하는 것이 바로 당량의 그 마골편이었다.

종종걸음으로 늦은 밤길을 재촉하며 집으로 돌아가던 행인들이 그것을 보고 멈추어 섰다. 그들이 하나같이 의아한 눈길로 당량과 유옥령을 바라보며 머리를 갸웃거렸다.

유옥령이 아무 말 없이 검을 감싸고 있던 비단을 천천히 풀었다. 그러자 그녀의 소상검이 제 모습을 드러내기 시작했다.

"검이다!"

"싸운다!"

"저 사람은 장팔인데?"

둘러서서 바라보던 사람들이 놀라서 제각기 떠들어대며 당량과 유옥령을 손가락질했다. 이처럼 저잣거리 한복판에서 일어나는 싸움이란 흔치 않았다. 그것도 건달들끼리의 싸움이 아니라 제대로 된 강호의 고수라는 것을 한눈에 알아볼 수 있는 사람들의 싸움이었다.

순식간에 구경꾼이 몰려들어 당량과 유옥령을 에워싸듯 했다. 그들

중에는 당량을 알아보는 사람이 적지 않았다. 손이 넉넉하고 술과 음담패설을 좋아하던 푸줏간의 장팔. 그들의 머릿속에 들어 있는 그 장팔이 지금은 전혀 다른 사람이 되어 있다는 것이 더욱 놀라웠다.

"네 목을 들고 찾아가면 동 천주께서 크게 상을 내리실 거다."

당량이 한껏 비웃으며 채찍을 휘둘러 땅을 쳤다. 짝! 하는 경쾌한 소리와 함께 마른땅이 움푹 파이더니 먼지가 풀썩 솟구쳐 올랐다.

"네놈의 그 돼지 같은 목을 쳐서 성문에 걸어놓으면 동건유가 제 발로 찾아오겠지."

유옥령도 천천히 검을 뽑아내며 지지 않고 이죽거려 주었다.

당량은 동건유가 그처럼 찾고 있던 흉수를 스스로의 손으로 죽여서 한껏 으스댈 생각이었다. 동건유는 크게 만족할 것이다. 구룡단주 따위에는 더 이상 미련을 두지 않기로 했다. 이렇게 드러나 버린 이상 더 하고 싶어도 할 수 없는 일이기도 했다. 당량은 동건유에게 귀역으로 데려가 달라고 할 작정을 했다.

말아 쥔 채찍의 끝이 영활한 뱀처럼 이리저리 움직였다. 검을 굳게 움켜쥐고 있는 유옥령의 매서운 눈길이 번들거리는 당량의 눈에 붙었다.

싯―!

똬리를 틀고 있던 뱀이 갑자기 퉁겨지듯 그의 채찍이 풀어지며 매섭게 찔러왔다. 흐느적거리던 것이 순식간에 창처럼 꼿꼿하게 곤두섰다. 그것에 불어넣은 당량의 내력이 상당하다는 것을 알 수 있었다.

"흥!"

차갑게 코웃음 친 유옥령이 검을 뻗어 가볍게 받아쳤다.

챙!

낭랑한 쇳소리가 났다. 당량의 채찍이 부드럽게 휘어지며 제자리로 돌아갔고, 유옥령은 언제 검을 휘둘렀느냐는 듯 여전히 그것을 비스듬히 내뻗은 자세로 서 있었다.

두 사람은 그 한 번의 가벼운 부딪침으로 서로의 기세를 탐지해 냈다.

"계집이 제법이다."

당량이 더욱 짙어진 비웃음을 띠고 말했다. 유옥령은 스스로 초라해짐을 느꼈다. 초인이라는 이름이 이제는 이처럼 무색해졌다는 것에 대한 자괴감 때문이었다.

군웅성의 초인이라면 강호를 알지 못하는 일반의 백성들조차 경외지심을 품고 우러르던 때가 있었다. 그러던 것이 지금은 눈앞의 하찮은 백정 놈조차도 우습게 여기는 신세가 되었다.

'이 모든 것이 두위 그놈 때문이다.'

문득 떠오른 두위에 대한 증오로 그녀가 치를 떨었다. 그놈이 이릉운을 죽이지 않았더라면, 오히려 이릉운의 검에 찔려 죽었더라면 여전히 초인에 대한 두려움과 권위가 세상에 남아 있었을 거라는 안타까움이기도 했다. 두위가 이릉운을 꺾은 것이 결정적으로 군웅성의 초인들에 대한 권위를 떨어뜨렸다고 믿은 것이다.

그녀는 바로 이와 같은 것이 세상의 흐름이고 인정의 변화라는 것을, 더 크게는 계절이 바뀌고 달이 차고 기우는 것처럼 우주에 순행하는 생성과 소멸의 법칙이라는 것을 받아들일 수 없었다. 그리고 그 변화가 더 빨리 일어나도록 부채질한 것이 바로 군웅성 내부의 초인들이라는 것을 인정할 수 없었다. 아니, 군웅성 자체가 이미 이러한 결과를 맞이할 수밖에 없는 모순을 안고 있었다는 것을 생각하고 싶지 않았다.

피잇—!

그녀의 상념을 깨뜨리며 짓쳐 나오는 편영(鞭影).

당량은 갑자기 팔이 두어 장(丈)이나 늘어난 괴물이 된 것 같았다. 채찍은 그의 몸에서 뻗어 나온 신경이고 촉수였다. 당량과 유옥령 간의 공간이 온통 어지러운 편영으로 가득 찼다. 날카로운 바람 소리가 수천, 수만 개의 호각을 일제히 불어대는 것처럼 하늘과 땅을 뒤덮었다.

찔러올 때는 창 같았고, 내려치고 베어오는 기세는 날 선 칼처럼 용맹했다. 그러다가 문득 부드럽게 꼬리를 말고 휘어진다. 그리고 다시 풀어지며 목을 감아올 때는 나긋나긋한 처자의 손길 같기도 했다.

유옥령은 그런 당량의 편영 속에서 어지럽게 몸을 움직이고 기울이면서 대단한 놈이라고 인정하지 않을 수 없었다. 당량의 채찍 다루는 솜씨가 과연 일가를 이루었다고 할 만큼 뛰어났던 것이다.

'네놈에게 내가 왜 초인으로 불린 것인지, 초인이 어째서 초인인 것인지 똑똑히 보여주마!'

유옥령이 입술을 악물었다. 가슴속에 가득 차 오른 이 분노를 풀어버리지 않고는 견딜 수 없었는데, 눈앞에 당량이 있었다.

"차합!"

이리저리 채찍을 피해 움직이기만 하던 그녀의 입에서 뾰족한 기합성이 터져 나왔다. 그리고 힘껏 검을 휘둘러 후려치며 넘어지듯 몸을 앞으로 불쑥 내밀었다.

씨이잉—!

한줄기 차갑고 굳센 검기가 뻗어 나가는 곳에서 어둠이 두 조각으로 쩍 갈라지는 듯했다.

뜻이 검을 앞섰고, 검이 눈에 앞섰으며, 눈이 몸을 이끌었다. 의지가 미치는 곳에 검기가 뒤따랐는데, 처음에 한 가닥이던 것이 눈 깜짝할 사이에 천 가닥, 만 가닥의 뇌우(雷雨)로 갈라졌다.

짜자자작―!

어두운 허공에 시퍼런 귀화가 작렬했다. 잘게 부서지고 잘려진 골편들이 놀란 개똥벌레들처럼 푸른 인광을 번쩍이며 산산이 흩어져 날렸다. 폭죽을 터뜨린 것 같기도 한 아름다움이면서 처절함이기도 했다.

문득 그림자가 흔들, 한 것 같은 순간에 와락 다가선 유옥령의 차가운 눈이 영혼 속에 박혀 버렸다. 당량은 자신의 손이 허전해진 것을 느낄 겨를도 없었다. 그가 믿었던 마골편은 더 이상 존재하지 않았다. 부릅뜬 당량의 눈에 언뜻 허공에 걸려 있는 자신의 오른팔이 보였다. 자루뿐인 채찍을 굳게 움켜쥐고 있는 낯선 손이었다.

그리고 가슴 깊이 뜨거운 불길 하나가 박혀들었다.

제5장 대란(大亂)

대란(大亂)

드디어 그들이 움직였다. 어둠의 힘이고 지옥의 숨결인 그 무엇이 느껴졌다. 가슴을 무겁게 누르는 긴장이면서 정수리를 달구는 뜨거운 증오이기도 한 그 무엇.

유옥령은 터져 버릴 듯한 그 느낌을 증오로 간직하고 조용히 멈추어 있었다. 낯선 곳, 낯선 어둠이 갑자기 그녀를 그물처럼 가두고 옥죄어 왔다.

'이제 온 건가?'

차가운 웃음이 그녀의 입술을 파르르 떨게 했다. 저잣거리에서 당량을 죽인 그날 새벽이었다.

싯―!

'두 개! 아니 세 개! 아니, 아니……!'

갑자기 쏟아져 오는 검기가 몇 개나 되는 건지 머릿속이 혼란해졌다. 사방이 온통 검기로 가득 찼다. 유옥령이 벌떡 뛰어 일어서며 앉아 있던 의자를 들어 무작정 휘둘렀다.

파파파팟—!

자욱한 먼지가 방 안을 온통 뒤덮었다. 단단하던 의자가 산산조각나 가루가 되어 흩날리는 데는 촌각의 시간도 걸리지 않았다. 그 속에서 유옥령의 신형이 꺼지듯 감쪽같이 사라졌다. 그리고 그 자리에 언뜻 세 개의 흑영(黑影)이 드러났는가 싶더니 그것들 또한 눈 깜짝할 새에 지워져 버렸다.

스으웃—

어둠 속에서 하나의 검기가 휘장을 가르며 길게 뻗어 나갔다. 갈라진 휘장 사이로 언뜻 유옥령의 모습이 보이는가 싶더니 다시 없어졌다.

그들은 마치 술래잡기를 하고 있는 것 같았다. 숨고 찾아내기를 거듭하더니 이제는 누가 숨는 자이고, 누가 찾아내려는 자인지 알 수 없게 되었다.

"흥!"

허공 중에 유옥령의 쌀쌀맞은 코웃음 소리가 울려 퍼졌다. 그리고 기둥 뒤에서 불쑥 뛰어나온 그녀가 몸을 날려 천장의 들보를 안고 돌았다.

콰아아—!

머리 위와 아래와 옆. 삼면에서 새파란 검기가 쏘아져 들어왔다. 몸을 뒤집은 유옥령이 안고 있던 들보를 놓고 뚝 떨어져 내렸다. 침상에 누워 있기라도 하듯 허공 중에서 몸을 쭉 편 그녀가 가슴을 덮쳐 오는 검기를 향해 맹렬하게 소상검을 뿌렸다.

한줄기 시퍼런 검광이 횡으로 그어간 곳에서 낮은 기음(奇音)이 흘

러나왔다. 가죽과 살이 찢기는 소리였다. 어둠 속으로 붉은 핏빛이 비
치는 듯싶더니 흔적없이 사라져 버렸다. 그것을 확인할 새도 없이 몸
을 뒤집은 유옥령이 물구나무서듯 하며 검끝으로 바닥을 찍었다. 땅!
하는 낭랑한 소리가 처음으로 터져 나왔다.

검이 부러질 듯 휘었다. 그 탄력을 빈 그녀의 몸이 미끄러지듯 옆으
로 흘러나갔다. 바닥이 쩍 갈라지더니 흑영 하나가 솟구쳐 나와 뒤를
쫓았다. 동시에 머리 위에서는 또 다른 흑영이 송곳처럼 꽂혀들었다.

허공을 찬 그녀가 물속을 헤엄치는 은어(銀魚)처럼 매끄러운 움직임
으로 쏜살같이 쏘아져 나가 그대로 벽을 뚫고 사라져 버렸다. 꽝! 하는
요란한 소리와 함께 한쪽 벽이 와르르 무너져 내렸다. 쏟아지는 돌 조
각과 먼지를 뚫고 두 개의 검은 그림자도 빨려들 듯 벽 밖의 어둠 속으
로 사라졌다.

똑―

그제야 들보 위에서 한 방울의 선혈이 떨어져 바닥을 때렸다. 그리
고 으음, 하는 낮은 신음이 흘러나왔다. 길게 갈라진 가슴을 움켜쥔 채
몸을 일으키는 자가 보였다. 흑의에 흑건을 써서 번쩍이는 두 개의 눈
만 드러나 있는 모습이었다. 그가 남아 있는 마지막 힘을 다해서 그대
로 천장을 뚫고 솟구쳐 사라졌다.

"과연 대단해."

유옥령이 어깨 너머로 가쁜 숨을 헐떡이며 중얼거렸다. 방 안에서
기습을 받고 한바탕 곡예를 부리듯 아슬아슬한 검격을 나눈 것은 잠깐
동안이었다. 그러나 그것이 그녀에게 한나절을 꼬박 싸운 듯한 극심한
피로와 긴장을 가져다 주었다. 그만큼 격렬했고, 혼신의 힘을 다 쏟아

낸 시간이었던 것이다.

유옥령은 그들이야말로 흑천의 일급살수들이라는 것을 알았다. 과거 대무광을 따라 강호정벌에 나섰을 때 꿈속에까지 숨어들어 와 죽음의 공포를 느끼게 했던 바로 그자들인 것이다. 대무광과 그를 따르는 젊은 영웅들을 가장 괴롭혔던 자들이었다.

"제대로 걸려들었어."

그녀가 차갑게 웃으며 중얼거렸다. 스스로를 미끼로 내던진 보람을 느꼈다. 그토록 찾아도 찾을 수 없던 자들이 제 스스로 나타났으니 말이다.

흑룡단주인 마골편 당랑을 찾아내고, 저잣거리 한복판에서 사람들의 이목을 끌며 그를 죽여 버린 건 바로 이런 것을 노렸기 때문이다. 동건유, 그리고 풍해산 그 늙은 여우만 죽일 수 있다면 위험쯤이야 얼마든지 감수할 수 있었다. 오직 군웅성을 위해서.

"군웅성……."

유옥령은 자신이 떠나온 그곳을 생각하고 갑자기 처연한 심정이 되었다. 이제는 대무광의 군웅성이 아니었다. 이제는 자신이 머물렀던 그 군웅성이 아닌 것이다. 외진 곳에 유폐되어 쓸쓸한 날들을 보내고 있을 대무광을 생각하는 그녀의 눈빛이 아득해졌다.

"반드시 당신의 명령을 수행하겠어요. 그리고 돌아가겠어요."

유옥령이 입술을 깨물고 중얼거렸다. 귀역과 풍해산을 없애라는 것이 삼 년 전 그녀가 대무광으로부터 받았던 마지막 명령이었다. 수라부의 척살조를 이끌고 직접 영취봉을 내려온 것이 꼭 삼 년 전이다. 귀역은 이미 텅 비어 있었고, 풍해산도 동건유도 없는 그곳에서 고작 두 위를 만나 좌절을 맛보았을 뿐이다.

그런 생각들이 주마등처럼 스쳐 지나가면서 다시 그녀의 가슴을 아프게 했다. 아직도 대무광의 그 명령을 수행하지 못하고 있는 자신이 미워졌다. 그를 위해서라면 내 영혼까지도 아낌없이 던져 줄 수 있다. 하지만 지금은 아무것도 해줄 수 없고, 해주지 못하고 있다는 것이 그녀의 마음에 비통함을 더해주었다.

유옥령의 눈가에 눈물방울이 맺혀 반짝거렸다.

파앗―!

느닷없이 쏟아져 나오는 뇌전 같은 검기. 그것이 상심(傷心)으로 처연해진 그녀의 몸을 뚫어왔다. 잠시 넋을 잃고 있던 그녀가 깜짝 놀라 등을 기대고 있던 벽을 밀어내며 급히 앞으로 뛰었다.

짜아악―!

단단한 석벽에서 새파란 불똥이 튀어 어지럽게 날았다. 돌 가루와 쇠가 타는 냄새가 훅 끼쳐 왔다. 칼에 베이고 검에 찔려도 신음 소리 하나 흘리지 않는 자들. 숨소리마저 감추고 기척없이 다가와 한 점의 인정도 없는 살검을 뿌려대는 자들. 그자들은 언제나 맹독을 감추고 있는 차가운 뱀 같았다.

언제 쫓아왔는지, 언제 이처럼 가깝게 다가왔는지 눈치 채지 못했는데 어느새 겹겹이 그 끔찍한 자들에게 에워싸여 있었다. 몸을 굴려 두어 장이나 물러서고 나서야 벌떡 뛰어 일어난 유옥령이 다시 매섭게 눈을 치뜨고 살기를 뿜어냈다.

'세 놈만이 아니었다.'

그녀는 비로소 그것을 느꼈다. 방 안으로 숨어들어 왔던 놈들은 첨병(尖兵)에 지나지 않았던 것이다. 그놈들을 끌어내서 죽여 버리고, 한 놈은 사로잡아 동건유의 소재를 캐물으려고 했는데 이제는 그 생각을 바꿀 수밖에 없었다.

그녀가 터진 골목 어귀에 우뚝 서서 검을 조금씩 흔들며 긴장의 시선을 사방으로 뿌렸다. 눈길을 따라 몸도 천천히 돌아갔다. 기척이 없었다. 그것을 기대한다는 것 자체가 어리석은 일이다. 유옥령이 입술을 악물었다.

주변의 공기가 압축되어 가고 있다는 걸 느꼈다. 모습은 보이지 않지만 드러난 팔뚝이며 목덜미에 와 닿고 있는 공기가 떨리고 있었던 것이다.

"칫. 오히려 당하고 있어."

유옥령이 분한 숨을 내뱉었다. 스스로를 미끼로 삼겠다는 생각은 멋지게 맞아떨어졌는데, 이처럼 많은 자들이 갑자기 쏟아져 나올 줄은 미처 몰랐다. 불과 한 시진 만에 이렇게 몰려들었다는 것은 흑천의 무리들이 가까운 곳에 있었다는 의미였다. 또한 자신의 정체를 파악하고 있었다는 말이기도 했다. 동건유는 이미 흑룡단의 수하들을 암중에서 척살하고 다니는 흉수가 누구인지를 눈치 채고 있었던 것이다.

획—

뒤에서 부딪쳐 오는 바람 소리. 유옥령이 획 돌아섰다. 어둠 속에 차갑게 번쩍이고 있는 두 개의 눈동자가 언뜻 보였다. 어둠과 동화된 듯, 어둠의 정령인 듯한 한 놈. 와락 달려들고 있는 그놈의 형상이 똑똑히 보였다. 처음이었다.

파앗—!

유옥령이 모습을 드러낸 놈을 향해 마주 달려나가며 일검을 후려쳤다. 놈의 눈동자가 흔들렸다. 쏟아져 들어오던 것보다 더 빠르게 물러서는 놈의 얼굴 앞에 검은 천 조각 하나가 너풀거리며 떠올랐다. 그리고 쭉 뻗어 나오는 한줄기 선혈.

놈이 등을 돌리고 무섭게 질주해 달려갔다. 홍! 하고 코웃음을 날리던 유옥령이 흠칫, 어깨를 떨었다. 등 뒤에서 밀려드는 살기를 느낀 것이다. '이놈들이?' 하는 의아함이 언뜻 떠올랐다. 살기마저 드러내지 않던 자들이 이처럼 노골적으로 살기를 뿜어내며 쳐들어온다는 것을 어떻게 생각해야 할까? 하는 망설임이 아주 잠깐 동안 그녀를 머뭇거리게 했다.

하지만 더 머뭇거릴 여유가 없었다. 유옥령이 떠밀리기라도 한 듯 쏜살같이 신형을 뽑아 올렸다. 그녀는 등을 보이고 멀어지고 있는 자를 쫓았다. 순식간에 마을을 벗어나고 논밭을 뛰어넘었다. 앞서 필사적으로 달아나던 자가 우뚝 멈추어 서는 게 보였다. 황량한 자갈밭 한가운데에서였다.

"우흐흐흐—!"

놈이 가슴을 움켜쥔 채 음충맞은 웃음을 흘렸다.

'어쩔 수 없었어.'

유옥령은 그렇게 스스로의 행동을 정당화시켰다.

등을 찔러오는 살기들을 그대로 맞고 있을 수는 없었던 것이다. 결국 그것이 놈들의 유인책에 말려든 꼴이 되었지만 좁은 골목에서 몇 놈인지도 모르는 자들의 기습에 시달리는 것보다는 이처럼 탁 트인 개활지에서의 격전이 더 여유있을 것이라고 생각했다.

언뜻 보아도 스물댓 명은 되었다. 자신을 에워싸고 있는 놈들을 하나씩 둘러보던 유옥령이 키득거리고 웃기 시작했다.

"미친 거냐?"

문득 삭막한 음성이 그녀의 머릿속에 울려왔다. 두리번거리는 그녀의 눈에 낯익은 얼굴이 잡혔다. 이제는 볼이 쭈글쭈글해졌고 이마에 주름이 잡혀 있었지만 한시도 잊지 못하고 있던 바로 그 얼굴, 암흑쌍수(暗黑雙手) 동건유(董健留)가 분명했다.

"왜지?"

여전히 키득거리는 그녀를 향해 몇 걸음 더 다가온 동건유가 싸늘하게 물었다.

"왜라니?"

웃기를 그친 유옥령이 어리둥절해져서 되물었다.

"너 혼자서 하려고 했다니, 정말 정신이 어떻게 된 모양이다. 틀림없어."

"오라, 너는 군웅성의 초인들이 떼거리로 쏟아져 나온 줄 안 모양이군?"

"처음부터 너 혼자라는 것을 알았다면 이렇게 복잡하지 않았을 거야. 속은 기분이다."

동건유가 잔뜩 눈살을 찌푸리고 투덜댔다. 유옥령은 그가 자신의 정체를 눈치 챈 순간 이것이 군웅성에서 나선 일이라고 지레짐작했다는 것을 알았다. 하긴 그럴 만하다고 생각했다. 누가 감히 혼자 몸으로 흑천이라는 전설의 살수 집단을 상대하려고 하겠는가. 동건유는 군웅성에서 본격적으로 나서서 그 옛날처럼 흑천을 토벌하려는 것이라고 여긴 게 틀림없으리라. 그랬기에 이처럼 많은 무리들을 끌고 직접 나섰던 것이다.

"호호호, 너는 내가 무존이 내세운 미끼라고 믿은 거로군. 여전히 바보 같아."

그녀가 한 손으로 입을 가리고 간드러지게 웃었다. '바보'. 동건유가 가장 싫어하는 욕이 바로 그 말이었다. 유옥령은 그것마저 잘 알고 있었다.

"뭐라고?"

동건유가 갑자기 험악하게 인상을 쓰고 으르렁거렸다.

"계집! 내 손에 갈가리 찢겨 돼지고 싶은 모양이구나!"

"그래? 자신있다면 어디 나서봐! 설마 이 허수아비들을 믿고 큰소리 치는 건 아니겠지?"

"으흐흐흐—"

동건유의 얼굴에 음침한 기운이 감돌았다. 유옥령은 내심 됐다고 외쳤다. 동건유의 저런 얼굴과 웃음은 그가 극도로 흥분하여 살기를 주체할 수 없을 때나 볼 수 있는 것이다. 그는 수하들을 물러나게 하고 직접 나설 것이다.

유옥령은 이곳에서 자신이 최후를 맞게 되리라는 것을 예감했다. 그렇다면 동건유 하나만이라도 저승으로 끌고 갈 작정을 했다. 그러나 이처럼 많은 놈들이 먼저 날뛰면 그것마저 할 수 없다. 그래서 동건유를 화나게 해서 그가 직접 나서게 했던 것이다.

그녀의 의도대로 동건유가 나섰으니 수하들은 끼어들지 않을 것이다. 그러면 가능성이 있다. 유옥령은 반드시 동건유를 죽이리라고 결심했다. 안 되면 동귀어진(同歸於盡)이라도 할 작정이었다.

'그리고 나도 죽는다.'

지그시 동건유를 노려보던 그녀가 입술을 피가 나도록 악물었다. 죽음을 각오할 수밖에 없었던 것이다. 이렇게 많은 자들에게 에워싸여서는 대라신선이라도 살아날 수 없을 것이기 때문이다. 동건유를 죽이는 순간 스물다섯 개의 검이 소나기처럼 쏟아질 게 뻔했다.

어쨌든 동건유를 죽이면 명령받은 일을 반은 수행한 셈이니 나중에 염라부에서 무존을 만나더라도 면목은 서리라.

쩌르룽—

동건유가 두 손을 부딪치자 무겁고 둔한 쇳소리가 났다. 그가 어느새 귀왕조(鬼王爪)라고 불리는 그의 철조(鐵爪)를 꺼내 손에 끼운 것이다. 수많은 사람들의 피와 혼백을 빨아들인 그것의 푸르스름한 기운이 유옥령의 눈을 아리게 했다. 허공에 풀려난 원귀들의 흐느낌이 들리는 것 같기도 했다.

동건유가 앞쪽을 향하게 해서 손바닥을 가볍게 털었다. 그러자 돌돌 말려 있던 철조들이 좌르르르, 하는 매끄러운 소리를 내며 일시에 펴져서 유옥령을 가리켰다. 어둠 속에 새파란 귀화(鬼火)를 띠고 출렁거리는 여덟 개의 쇠 손가락. 무려 두 자 남짓이나 되는 그것들이야말로 동건유에게 암흑쌍수라는 이름을 가져다 준 죽음의 흉기였다.

유옥령은 눈앞에 있는 자 또한 이 시대가 낳은 초인이라는 것을 인정했다. 십 년이 넘도록 몸을 숨긴 채 살아왔지만 무위(武威)는 변함없을 것이다. 그렇다면 그때와 마찬가지로 여전히 두려워하지 않을 수 없는 상대였다.

유옥령이 진중한 얼굴로 천천히 검을 세워 들었다. 이 정도는 되어야 천하의 소상검 유옥령이 상대해 줄 만하지 않은가? 하는 뿌듯한 마음도 들었다. 원없이 싸우고, 죽거나 사는 건 상관하지 않기로 했다.

"그럼 한번 놀아볼까?"

차갑게 웃은 동건유가 천천히 발을 밀어 다가왔다. 입술을 잘근 깨문 유옥령도 조금씩 발끝을 움직여 다가가기 시작했다. 두 사람의 거리가 반 장 남짓하게 좁혀지기까지는 참으로 길고 지루한 시간이 흘렀다. 그리고 그 긴장된 시간의 뚜껑이 드디어 활짝 열렸다.

쉿—

작고 날카로운 휘파람 소리. 유옥령의 검이 직선으로 공간을 꿰뚫었다. 그녀는 단번에 평생 갈고닦아 온 절학인 유룡십팔검(游龍十八劍)의 정수를 쏟아냈다. 교룡탐주(蛟龍貪珠)에 이은 비룡번운(飛龍飜雲)과 박룡자호(拍龍刺虎)에 이르러서는 천지가 온통 그녀가 쏟아내는 창백한 검광으로 가득 찬 듯했다.

그 속에 갇히듯 한 동건유였지만 그는 조금도 굴하지 않고 철조를 부딪쳐 시끄러운 소리를 내며 매섭게 할퀴고 잡아채고 찢어갔다. 그의 철조는 검은 독아(毒牙)였다. 검은 창이면서 보검이었고 어둠의 가시였다.

쨍쨍쨍쨍—!

십여 번에 이르는 요란한 쇳소리가 한순간에 터져 나왔다. 새파란 불똥이 사납게 튕겨져 날았고, 으르렁거리는 진동음이 고막을 두드렸다.

"아!"

유옥령이 놀람의 탄성을 터뜨렸다. 그녀가 뒤꿈치로 땅을 쿵쿵 찍으며 정신없이 세 걸음을 물러서고 나서야 겨우 멈추어 섰다. 아직도 상체가 휘청거리고 있었는데, 그녀와 평생을 함께해 왔던 소상검은 어느새 반 토막뿐인 쓸모없는 쇳덩이로 변하고 말았다.

"여전히 지독한 년이다."

동건유가 이를 악물고 스산하게 말했다. 그의 몸에는 십여 군데나 되는 검상(劍傷)이 새겨져 있었다. 비어지고 뚫린 옷자락 사이로 끔찍하게 드러난 그 상처들이 뜨거운 선혈을 울컥울컥 토해내고 있어서 그의 몸은 순식간에 피로 젖어들었다.

음, 하고 신음을 흘린 동건유가 이를 갈았다. 창백해진 얼굴로 입을 꼭 다물고 있는 유옥령을 노려보는 그의 눈길이 아수라의 그것 같아서 끔찍했다. 동건유는 피부가 찢기고 살이 갈라지는 상처를 입고 있었지만 외상(外傷)에 지나지 않았다. 하지만 유옥령은 심각한 내상을 입고 있었다. 이제는 두 발로 버티고 서 있기조차 힘들 지경이었던 것이다.

'이놈은 그때보다 훨씬 강해졌다.'

그것을 인정하지 않을 수 없었다. 과거 대무광을 노리던 그때의 동건유는 무서운 고수였다. 하지만 지금은 그때보다 더 무서워져 있었다. 그때도 유옥령은 그와 싸워본 적이 있었기에 그 차이를 절실히 느낄 수 있었다. 그녀는 이제 두려워졌다. 문득 밀려든 죽음에 대한 공포가 스스로를 초라하게 만들어가는 걸 지켜보아야 한다는 건 정말 비참한 일이었다.

쉿—

동건유가 내미는 여덟 개의 철조에서 짧고 날카로운 쇳소리가 나더니 감추어져 있던 미늘들이 일제히 팅겨져 일어섰다. 한 번 걸리면 근육이 쪼개지고 힘줄이 뜯겨 나가며 뼈가 부수어진다. 스치기만 해도 다시는 빠져나갈 수 없게 걸려 버리고 마는 그것의 무서운 위력을 유옥령은 잘 알았다.

그녀가 자신의 손에 쥐어져 있는 반 토막의 검을 내려다보다가 풀썩 웃었다. 고작 이것이 나에게 주어진 인생인가 하고 생각하자 웃지 않을 수 없었던 것이다. 문득 그동안 참 지긋지긋했고 외로웠다는 생각이 들었다. 여기서 끝내는 것도 나쁘지 않을 것이라고 여겼다. 운명이라는 놈이 더 이상 괴롭히지 못할 테니까 말이다.

무서운 눈으로 그런 유옥령을 노려보던 동건유가 와락 달려들며 손가락을 일제히 털었다. 핏, 하는 경쾌한 파공성이 귓가에 스쳤다. 유옥령은 순간 산산이 찢기는 자신의 몸을 떠올렸다. 그건 이제 내 몸이 아니다. 못 쓰게 된, 버려진 고깃덩이에 불과하다고 생각했다. 내 영혼은 비로소 자유로워지리라.

‘미안해요. 정말 미안해요. 당신을 위해서 해줄 수 있는 게 아무것도 없어요.’

마지막 순간에 머릿속 가득 떠오르는 건 무존 대무광의 엄격한 모습 하나뿐이었다.

따당—!

요란한 쉿소리가 갑자기 터져 나왔다.

“으헛!”

그리고 크게 놀란 동건유의 외침이 뒤따랐다. 그가 펄쩍 뛰어 물러서는 것과 그 자리에 늙은 화상 한 명이 우뚝 내려서는 것이 동시에 이루어졌다. 대체 그 화상이 언제 왔는지, 어디서 왔는지 누구도 알지 못했다.

믿지 못하겠다는 듯 눈을 끔벅이며 화상을 바라보던 동건유가 자신의 철조를 내려다보고 또 한 번 크게 놀라 억! 하고 비명을 터뜨렸다. 유옥령의 몸에 박아 넣었던 네 개의 강철 손가락이 가위로 자른 듯 매끈하게 잘려져 나가고 없었던 것이다. 도대체 무슨 수법을 썼기에 이처럼 지독한 건지 알 수 없었다. 그가 멍한 얼굴로 늙은 화상을 바라보며 입을 딱 벌렸다.

“아미타불.”

꾀죄죄한 모습의 늙은 화상이 합장하고 머리를 숙였다. 그 뒤에서 유옥령은 가슴과 배에 네 개의 잘려진 철조가 박혀 있는 모습으로 우두커니 서 있었다. 이미 혼은 육신을 떠난 듯 허공을 바라보는 눈에 초점이 없었다.

“누구냐!”

동건유가 다시 한 걸음을 크게 물러서며 비로소 버럭 소리쳤다. 허리를 편 화상이 그를 바라보며 온화하게 웃었다.

"그만하면 그대가 할 일은 다한 셈. 이 가여운 짐승을 나에게 주지 않겠소?"

"응?"

동건유가 어리둥절해져서 눈을 크게 떴다. 아무리 보아도 알 수 없는 화상이었다. 하지만 소리없이 달려들어 단번에 자신의 철조를 못 쓰게 만들어 버린 그 솜씨는 눈앞에 태연히 서 있는 화상의 것이 분명했다.

"아미타불."

화상이 다시 합장하고 불호를 외며 깊이 허리를 숙였다. 주위를 둘러싸고 있는 수많은 흑천의 살수들과 동건유가 조금도 의식되지 않는 모양이었다.

"빈승이 데려갔다고 하면 풍 노사도 더 말하지 않을 것이오. 업장은 놓아둘수록 쌓여서 종내는 땅을 덮고 하늘을 가린다오. 이렇게라도 빨리 풀어주었으니 이 짐승은 시주께 오히려 고마워할 것이오."

웃으며 말한 화상이 천천히 유옥령에게 돌아섰다. 그녀의 생기를 잃어가고 있는 눈이 노화상의 얼굴에 머물렀다. 청태산(靑苔山) 귀왕봉(歸王峰)의 유운암(流雲庵)에서 늘 마당을 쓸던 바로 그 화상이었다. 언뜻 그녀의 눈 속에 의아해하는 빛이 흘렀다.

천천히 손을 뻗은 화상이 망설이지 않고 유옥령의 불룩한 가슴을 누르고 쓸었다. 한줄기 불같이 뜨거운 기운이 스며들어 그녀를 깜짝 놀라게 했다. 화상의 손길이 그녀의 몸에 박혀 있는 네 개의 철조를 차례로 스쳤다. 그때마다 불길 위에 얼음 조각을 던져 넣은 듯 칙— 하는 소리가 났고, 밖으로 삐죽 나와 있는 철조가 매끄럽게 잘려 떨어졌다.

노화상은 그녀의 몸에서 철조를 빼내려고 하지 않았다. 이미 깊이
박혀 버린 미늘들 때문에 빼낼 수도 없으려니와 억지로 빼내려고 한다
면 오히려 크게 위험하기 때문이다.

"여기서 끝내거라. 더 지고 갈 것이 없으니 홀가분해졌다. 암자에
돌아가 나와 함께 평생 부처님만 바라보며 조용히 살자. 한 번 죽었으
니 너는 이미 없어졌고, 너를 괴롭게 하던 업장도 사라졌지. 잘된 일이
야. 암, 그렇고말고."

유옥령은 화상의 중얼거림을 아득히 들으며 의식을 잃었다. 그녀를
들쳐 업은 노화상이 천천히 돌아섰다. 동건유가 급히 길을 비켜주었고,
그들을 에워싸고 있던 흑천의 살수들도 물러섰다. 경전(經典)을 실은
소 한 마리가 느릿느릿 언덕을 넘어가듯, 달빛이 가득한 자갈밭 너머로
화상의 모습이 그렇게 사라져 갔다.

"흘흘흘흘……."

동건유의 말을 듣던 풍 노인이 간지러워 못 견디겠다는 듯 온몸을
흔들어대며 묘하게 웃었다. 한참 뒤에야 그가 어리둥절해서 바라보는
동건유를 가리키며 유쾌하게 말했다.

"네놈의 운이 좋았던 게야. 잘했다. 만약 네가 그 중놈에게 대들었
다면 지금 이렇게 앉아 있을 수가 없지. 운이 좋았어. 암."

크게 머리까지 끄덕이며 중얼거리는 풍 노인의 노안(老顔)에 다시
웃음이 떠올랐다. 노인이 유쾌해서 미칠 것 같다는 얼굴을 하고 혼자
서 낄낄거렸다.

"어디서 소리없이 뒈졌나 했더니 중의 탈을 쓰고 꼭꼭 숨어 있었군
그래. 약아빠진 놈 같으니."

"대체 누구를 말하는 거예요? 그 화상이 누구죠?"

참다못한 규화가 턱을 들이밀며 물었다. 풍 노인이 눈을 부릅뜨고 짐짓 근엄한 얼굴이 되어서 엄숙하게 말했다.

"알려고 하지 말고, 지금 들은 말들도 잊어버려라. 그놈은 영영 강호에 나오지 않을 테니 없다고 하는 게 옳다."

"핏!"

규화가 입을 삐죽 내밀며 토라진 표정을 했다. 다른 때 같았으면 그녀의 눈치를 보면서 어떻게 달래줘야 하나, 하고 고민했을 풍 노인이었지만 지금은 그렇지 않았다. 노인이 오히려 사납게 눈을 흘기고 빽, 소리쳤다.

"배라먹을 년! 할애비가 알 거 없다고 하면 그런 거지 주둥아리는 왜 댓발이나 내밀어! 버르장머리없는 것 같으니. 볼기를 맞아야 정신을 차리겠냐?"

규화가 깜짝 놀라서 노인을 바라보았다. 풍 노인이 눈을 부라리며 다시 소리쳤다.

"둘 다 꺼져 버려! 꼴도 보기 싫다!"

동건유가 어리둥절해져서 어쩔 줄 모르는 규화의 옷자락을 끌어당겼다.

"히히, 보고 싶다. 보고 싶어, 이놈아. 그런데 하필 될 게 없어서 중놈이냐? 배라먹을 놈 같으니……."

방을 나가는 그들의 등 뒤에서 풍 노인이 그렇게 중얼거리고 있었다.

"대체 누굴까?"

규화가 머리를 갸웃거렸다. 동건유가 눈알을 뒤룩거리며 급히 뒤돌아보았다. 다시 노인의 불호령이 떨어질까 봐 잔뜩 주눅이 든 모습이었다. 그가 손가락으로 제 입을 가리며 쉿, 하고 머리를 흔들었다.

“노야께서 알 것 없다고 하셨으면 그런 거야. 알 것 없다, 없어.”

그렇게 말을 하며 손사래를 치는 동건유의 얼굴에 두려움이 가득 떠올라 있었다.

‘분명히 염왕참(閻王斬)이었다.’

그는 자신의 철조를 간단히 끊어버리던 노화상의 손짓을 떠올렸다. 그 기막힌 수강(手罡)은 염왕참이라는 절기가 분명했다. 그렇지 않고서는 있을 수 없는 일이었던 것이다 그것을 생각하자 동건유의 머릿속에 한 사람의 이름이 떠올랐다. 하지만 그는 세차게 머리를 흔들어 자신의 생각을 떨쳐 버리려고 애썼다.

이미 잊혀진 사람이고, 앞으로도 잊고 있어야 할 사람이라면 역시 풍 노야의 말처럼 더 생각하지 않는 게 현명한 일인 것이다.

*　　　×　　　*

“도대체 그 노인은 왜 움직이려고 하지 않는 거지?”

냉보보가 짜증 섞인 음성으로 물었다. 채영경은 무언가를 심각하게 생각하고 있는 중이었다.

“응?”

그녀가 보보를 바라보며 어리둥절한 얼굴을 했다.

“쳇, 언니는 너무 생각이 많아. 그게 탈이야.”

“당연하지요. 곡주님마저 아무 생각 없고 철이 없다면 우리 곡이 어떻게 살아 나가겠수?”

한쪽에서 바느질을 하고 있던 여 대랑이 혼잣말처럼 중얼거렸다. 냉보보의 눈꼬리가 치켜져 올라갔다. 노파가 빗대어서 자신에게 핀잔을 준 게 화가 났다.

"파파, 지금 저한테 한 말이죠?"

"꼭 누구라고 말하지 않았수. 그렇게 발끈하는 걸 보니 마음에 찔리는 게 있는 모양이구랴?"

"아니, 뭐요?"

냉보보가 발딱 일어서서 노파를 노려보았다. 그러나 여 대랑은 눈길한 번 주지 않은 채 바느질에 열중하고 있었다. 아니, 그런 척하고 있었다. 그것을 알아보지 못할 냉보보가 아니었다. 그녀가 본격적으로한바탕 해야겠다는 듯 옷소매를 둥둥 걷어붙였다.

"유모, 아무래도 전생에 유모와 나는 견원지간이었던 게 틀림없어."

냉보보가 잔뜩 약이 올라서 씩씩거리며 쏘아붙였다. 하지만 여 대랑은 꿈쩍도 하지 않았다.

그녀는 채옥선자(彩玉仙子) 이수련(李水蓮)이 정한곡주로 있을 때부터 냉보보를 도맡아 키웠다. 유모 역할을 다했던 것이다. 그 정이 마치친자식을 기른 듯 깊었고, 냉보보 또한 친엄마를 대하듯 그렇게 여 대랑을 따랐다. 그들이 만나면 티격태격 다투는 것도 실은 그런 애정의남다른 표현이라고 해야 할 것이다.

"아가씨, 아가씨는 더도 말고 덜도 말고 곡주님의 반만 따라 하면 되우. 그럼 신랑감들이 줄을 설 거외다. 하지만 지금 같아서야 어디 이늙은이가 죽기 전에 아가씨 머리 얹는 걸 볼 수 있을지 몰라?"

여 대랑이 바느질 그릇을 밀어내고 웃으며 말했다. 이제 냉보보는 얼굴이 빨갛게 달아올랐다. 그녀가 눈을 흘기며 뾰족한 음성으로 소리쳤다.

"흥! 누가 시집간댔어? 나는 냄새나는 사내놈들이 싫어! 이렇게 언니하고 죽을 때까지 살 거야. 흥!"

"쯧쯧, 그게 어디 마음대로 되는 일인가?"

여 대랑이 머리를 설레설레 흔들며 혀를 찼다. 하지만 그런 노파의 얼굴이 문득 어두워져 있었다.

여 대랑은 냉보보가 그런 마음을 먹게 된 것이 자신과도 관계가 있다는 걸 잘 알았다. 어려서부터 사부인 채옥선자가 사랑 때문에 고통스러워하는 걸 보았고, 유모인 자신도 그와 같은 이유로 괴로워하는 걸 보고 자란 것이다.

틈만 나면 채옥선자는 물론 여 대랑도 어린 냉보보에게 사내들이 얼마나 음흉하고 나쁜지 말하며 잔뜩 훅을 했었다. 그렇게 자란 냉보보가 이제는 채영경 또한 그렇다는 것을 알았으니 더욱 남자에 대해서 좋은 생각을 가질 리가 없었다.

"휴, 그만둡시다. 내가 망령이 들어서 그랬으니 용서해 주시구랴."

여 대랑의 처연한 얼굴을 본 냉보보가 더 말하지 않고 슬그머니 자리에 앉았다. 그녀의 얼굴에도 그늘이 져 있었다. 돌아가신 사부님이 생각났기 때문이다. 역시 어두워진 얼굴을 하고 있던 채영경이 여 대랑을 향해 조심스럽게 입을 열었다.

"파파, 아무래도 제가 풍 노야를 한번 만나봐야 할 것 같아요."

"뭐라고요?"

여 대랑이 깜짝 놀라 눈을 동그랗게 떴다.

"자꾸만 시간이 가는데 우리는 아무것도 한 게 없어요. 더 두고 보기만 하다가는 복수를 하기는커녕 남 좋은 일만 시키는 꼴이 되지 않을까 두려워요."

"음……."

여 대랑이 쭈글쭈글한 얼굴 가득 심각한 표정을 떠올리고 깊이 신음

했다. 정말 영경의 말이 옳을지 모른다는 생각이 들어서였다.

영경은 대무광에게서 받아내야 할 혈채가 있었고, 냉보보는 진사후로부터 역시 받아내야 할 혈채가 있었다. 여태까지는 그들의 위세가 두려워 함부로 나서지 못했지만 이제는 그렇지만도 않았다. 대무광과 진사후가 반목하고, 군웅성이 몇 조각으로 갈라진 지금이야말로 복수의 칼을 뽑아 들 좋은 기회인 것이다.

'하지만……'

여 대랑은 신중하지 않을 수 없었다. 아직은 진사후도, 풍해산도, 사령천과 장조상은 물론 장학우도 숨을 죽이고 있을 뿐 움직이지 않고 있었다. 암중에서 서로 세력을 키워가면서 눈치만 살피고 있는 것이다.

어느 곳이 되었든 한 번 움직이면 그들 또한 일제히 들고일어날 게 틀림없었다. 그렇게 되면 누구도 상황을 제어하지 못하고 혼란에 혼란이 거듭될 것이다. 누가 적이 될지, 누가 동지가 될지 알 수 없게 된다.

지금처럼 서로를 견제하면서 유지되어 오던 평화가 한순간에 깨지면 가장 약한 곳부터 도태될 게 뻔했다. 불길이 낮은 곳에서 점차 높은 곳으로 타오르듯이 말이다. 그리고 지금 암중에서 각축을 벌이고 있는 다섯 개의 세력들 중 역시 가장 약한 곳은 정한곡이었다. 내세울 만한 특출한 고수가 적기 때문이다.

그것을 알고 있는 영경은 그동안 은밀히 힘을 합칠 세력을 찾고 있었다. 그리고 이제 그녀는 풍해산을 만나봐야겠다고 말했다. 그것은 그녀가 흑천과 힘을 합치기로 마음을 정했다는 선포였다. 여 대랑은 긴장하지 않을 수 없었다. 만에 하나 그러한 일이 밖으로 새어 나간다면 나머지 세력들이 두고 보지만은 않을 것이기 때문이다.

"아직 그들이 은거지를 옮겼다는 보고는 없지요?"

영경이 넌지시 물었다. 여 대랑이 정색을 했다.

"그렇지는 않지만 심사숙고해야 할 일입니다."

"많이 생각했어요. 그리고 달리 방법이 없지요. 우리가 장학우나 사령천과 손을 잡을 수는 없지 않겠어요?"

"그것은……."

여 대랑이 우물쭈물할 뿐 반박하지 못했다. 그렇게 보면 과연 정한곡이 협력을 구할 곳은 풍해산의 흑천밖에 없었다. 하지만 그렇다고해도 걱정이 없는 건 아니었다.

"풍 노인이 대단했다고 해도 옛날의 일일 뿐입니다. 지금은 한낱 늙어빠진 폐물에 지나지 않지요. 흑천 또한 과연 옛날의 그 위용을 간직하고 있는지는 알 수 없습니다. 저쪽에서 내놓을 만한 고수라고는 동건유 한 명이 있을 뿐 특출한 자가 없으니, 어쩌면 그 힘은 우리보다도약할지도 모릅니다. 그렇다면 두 세력이 연합해 봐야 별 실속은 없이다른 자들에게 움직일 빌미만 제공하게 되지는 않을런지요."

"그렇지 않아요."

여 대랑의 걱정을 잘 안다는 듯 영경이 배시시 웃었다.

"대랑은 두위를 잊었군요?"

"아!"

여 대랑이 자신의 머리통을 툭툭 쳤다.

"그렇군요. 그와 그의 친구들이 모두 풍해산의 그늘에 있었다는 걸잊었군요."

"그들은 이제 어느 누구도 함부로 대하지 못할 만큼 대단한 사람들이 되었지요. 풍 노야는 그동안 또 얼마나 많은 고수들을 더 키워놓았는지 알 수 없어요. 두위 등을 놓고 본다면 지금 풍 노야가 지니고 있는 힘이 가장 크다고 할 수 있을 거예요.”

여 대랑이 힘차게 머리를 끄덕였다.

그녀는 두위 등이 혹호장을 들이쳐서 혈사천존과 파육화상이라는 사령천의 두 괴물과 사사령마저 한칼에 베어 넘겼다는 것을 이미 알고 있었다. 그건 정말 놀랄 만한 일이었다.

여 대랑은 또 풍 노인이 만금루를 떠날 때, 그곳에 머물고 있던 낭객들 대부분이 노인을 따라 떠났다는 것을 떠올렸다. 그리고 어쩌면 그들 모두가 지금은 장가구 등에 못지않은 절정고수로 변해 있을지도 모른다고 생각했다. 그렇다면 그건 두위의 변화 못지않게 놀랄 만한 일이 아닐 수 없었다.

‘여전히 무서운 늙은이다.’

그것을 인정해야만 했다. 비록 제 몸은 망가질 대로 망가져 아무것도 할 수 없다지만, 지니고 있던 능력마저 거품처럼 사라져 버린 건 아니었던 것이다.

여 대랑은 비록 두위와 그 일행이 풍해산을 떠나 독자적으로 강호를 활보하고 있지만, 만일 풍해산과 귀역에 일이 생긴다면 결코 모르는 척 외면하지 못할 것이라고 믿었다. 어쩌면 풍해산은 그들을 풀어놓음으로써 자신의 능력을 과시해 보이고, 세상에 경고를 하고 있는 건지도 몰랐다.

“그들은 아직 그곳에 있어.”

묵묵히 듣고만 있던 냉보보가 불쑥 끼어들었다. 극락원에서 풀어놓은 자들로부터 풍해산과 흑천이 다른 곳으로 옮겨갔다는 보고는 아직 없었다.

“그러니 나도 가겠어!”

흑천의 존재를 잡아낸 게 자신이 세운 공로라는 걸 강조하기라도 하듯 으스대며 말한 냉보보가 발딱 일어서며 소리쳤다. 하지만 채영경은 머리를 가로저을 뿐이었다.

“내가 없는 동안 곡 내의 일을 보가줄 사람이 있어야 해.”

＊　　　　＊　　　　＊

음산한 기운이 번풍의 몸을 감싸고 있었는데, 그가 거칠게 숨을 들이마시고 내쉴 때마다 물결치듯 일렁이는 것이 괴기스러워 보이기까지 했다.

한차례 운기행공을 마치고 난 번풍이 조용히 눈을 떴다. 번쩍이는 혈광(血光) 한줄기가 쭉, 뻗어 나왔다. 번풍의 발 아래 엎드려 있던 자가 견디지 못하고 부르르 몸을 떨었다.

“넷째가 죽었다고?”

번풍이 조용히 물었다. 스산한 음성이었다. 엎드려 있던 자가 바닥에 이마를 처박은 채 떨리는 음성으로 말했다.

“그렇습니다 천존! 두위라는 놈의 칼에 당했습니다.”

“음⋯⋯.”

번풍이 눈살을 잔뜩 찌푸린 채 깊은 침음성을 흘렸다. 사령천 최고의 힘이라고 해야 할 사사령 중 넷째가 그처럼 덧없이 당했다는 것이 어이없었고, 두위가 어느새 그만큼 커졌다는 것이 그에게 묘한 긴장을 가져다 주기도 했다.

“대령(大靈), 들었느냐?”

그가 문득 공허한 허공에 대고 말했다. 그러자 대전의 세 귀퉁이가 부르르 흔들렸다. 그 진동이 들보에 전해져 먼지가 우수수 떨어져 내렸다. 어둠 속에서 몇 가닥으로 갈라진 낮고 음침한 음성이 들려왔다.

"속하들에게 복수를 할 수 있게 해주소서."

"반드시 그놈의 목을 갖다 바치겠나이다."

"넷째의 복수를 허락하소서."

허공에 이제는 은은한 살기와 함께 연기처럼 뭉쳐서 떠도는 검은 기운이 나타났다. 번풍이 흐흐, 하고 낮게 웃었다.

"나와 친분이 있는 자라는 걸 알면서도 그러는 거냐?"

"그, 그것은……."

이제는 삼령(三靈)이 된 그들이 당황하여 대답하지 못했다. 세 귀퉁이에 떠 있던 검은 기운덩어리가 더 요란하게 흔들렸을 뿐이다.

"좋아, 다른 일은?"

번풍이 사령 중 넷째가 죽은 것쯤은 아무것도 아니라는 듯 태연하게 말했다. 사내가 엎드린 채 조심스럽게 말했다.

"흑천이 드러났습니다. 소상검 유옥령이 동건유에게 당했고, 정한곡에서 사람을 풀어 은밀히 흑천의 뒤를 쫓고 있습니다."

"그래?"

번풍이 호기심이 어린 눈을 번쩍였다. 잠시 침묵하던 그가 흐흐, 하고 낮은 웃음을 흘렸다.

"이제 기지개를 켤 때가 된 모양이다."

그의 어투는 자신감으로 충만해 있었다.

'장조상과 장학우, 그놈들도 곧 마각을 드러내겠군.'

그가 차가운 웃음을 떠올렸다. 뺨 위에 길게 나 있는 굵은 상처 자국이 꿈틀거렸다. 몇 해 전 두위의 칼에 당한 자국이었다.

"잠시 산을 내려갔다 와야겠다."

*   *   *

"잠시 다녀와야겠다."

뒷짐을 진 채 먼 하늘가의 흰 구름을 뜻없이 바라보고 있던 진사후가 문득 말했다. 그 뒤에 공손히 서 있던 하도욱이 번쩍 얼굴을 들었다.

"하오면……."

"앞질러 생각하지 마라. 그건 한 무리를 이끄는 지도자가 취할 바가 아니다."

진사후가 엄한 얼굴로 꾸짖었다. 하도욱이 얼굴을 붉히고 고개를 숙였다.

"있는 그대로를 똑바로 바라보고 현재를 더 중요하게 여겨라. 앞을 생각하고 준비하는 것은 책사(策士)가 할 일이다."

"명심하겠습니다."

"곧 혼란이 도래할 것이다. 네 두 어깨에 지워진 책임이 무겁다. 군웅성의 영광이 계속되고 대정지기가 살아나느냐, 그렇지 않느냐가 너에게 달려 있다."

"신명을 바치겠습니다."

하도욱은 군웅성의 이대 성주로 군림하는 몸이었다. 만인이 우러러보는 그였지만 진사후 앞에서는 언제나 꾸지람을 듣는 제자와 같았다.

"어쩌면 서너 달 걸릴지도 모르겠다."

"하오면 백의검대를 수행시키오리까?"

“일없다.”

일언지하에 잘라 버린 진사후가 뒤돌아보지도 않고 허청허청 걸어 멀어져 갔다. 공손히 손을 모으고 지켜보고 있던 하도욱이 노인의 모습이 보이지 않게 되어서야 비로소 허리를 곧게 펴고 한숨을 내쉬었다.

진사후가 향한 곳은 군웅성 내에서도 가장 외진 곳이자, 지금은 누구도 밟아서는 안 되는 금지(禁地)가 된 죽림원(竹林園)이었다.

그가 다가가자 입구의 정자에 앉아 한가롭게 바둑을 두고 있던 두 노인이 반갑게 일어나 손을 흔들었다. 남해검협 조추걸과 태을 진인(太乙眞人) 이청수(李淸水)였다.

그들에게 머리 숙여 화답해 준 진사후가 죽림 깊숙이 들어갔다. 작은 텃밭이 보였다. 가지런히 자라고 있는 채소들이 싱싱했다. 잠시 서서 그것들을 바라보는 진사후의 얼굴에 쓸쓸함이 떠올랐다. 문득, 이렇게 사라져 가는 것인가? 하는 감상에 사로잡혔기 때문이다.

이곳에서 종일 쪼그려 앉아 채소를 가꾸며 하루 해를 보내고 있는 대무광의 모습이 눈에 선연했다. 그건 여느 산골의 노인과 다름없는 모습이었다. 이제는 늙어서 기력이 없고 눈마저 침침해져 거동이 불편하다. 가만히 있어도 손이 떨려 밥 한 숟갈 떠먹기가 쉽지 않은 노인.

대무광은 과거의 영광과 위엄을 잃어버린 채 하루하루 그런 초라한 노인의 모습이 되어가고 있었다.

그런 것이 인생이라면 살아온 날들이 너무 덧없다. 하지만 누구도 피해 갈 수 없는 그 인생의 외길. 진사후는 자신의 모습도 머지않아 그와 같아질 것임을 알았다. 지금은 승리한 자의 오만함을 가지고 이곳에 드나들지만, 곧 대무광과 같은 모습이 되어 누군가에게 자신의 초라함을 보여야 하리라는 것. 그건 생각만 해도 서글픈 일이었다.

“전주님을 뵈옵니다.”

낭랑한 음성이 진사후의 상념을 깨뜨렸다. 정신을 차린 그가 바라본 곳에 두 갈래로 머리를 땋아 늘인 귀여운 계집아이가 공손히 절하고 있었다. 대무광의 시중을 들고 있는 계집아이였다.

“오늘은 어째 채소들이 말라 있구나?”

진사후가 다시 근엄한 본래의 도습으로 돌아와 위엄을 갖추고 물었다. 소녀가 걱정스런 얼굴로 조심스럽게 말했다.

“사흘 전부터 모옥 안에만 계시답니다. 통 음식을 드시지도 않으니, 저러다 병이라도 나실까 봐 두렵습니다.”

“응?”

진사후가 눈을 크게 떴다. 대무광은 이곳에서의 삶이 편하고 즐겁다는 듯 언제나 여유있는 모습을 하고 있었다. 몸이 초라한 늙은이로 돌아가자 마음은 오히려 넉넉해져서 달관의 지경에 이른 듯했다. 그런데 찾아올 때마다 평화로운 얼굴로 맞아주던 그가 꼼짝도 하지 않고, 게다가 식음마저 전폐하고 있다니 무언가 심상치 않은 일이라도 생긴 모양이었다.

마음이 급해진 진사후가 성큼성큼 걸음을 떼어놓았다. 채소밭을 지나 잎이 무성한 아름드리 복숭아나무 숲을 빠져나오자 모옥(茅屋)이 보였다. 인기척도 없이 고요하기만 한 것이 빈집인 것 같았다. 멍하니 그것을 바라보던 진사후가 가볍게 한숨을 쉬고 다가갔다.

창문도 다 닫아서 동굴 속처럼 어두운 방의 침상 위에 그 혼자 덩그러니 앉아 있었다. 초점이 없는 눈길이 허공을 향하고 있었고, 몰라보게 초췌해진 안색은 창백하여 살아 있는 사람 같지 않았다. 진사후가 놀라서 아! 하고 소리쳤다.

“대체 어찌 된 일이오?”

그가 급히 다가갔지만 대무광은 눈길도 돌리지 않았다. 진사후가 그의 나무껍질 같은 손을 덥석 잡았다. 차가웠다.

"오, 무존. 대체 무슨 일이 있었던 겁니까?"

그 손을 흔들며 안타깝게 부르자 비로소 대무광의 시선이 천천히 돌려졌다.

"오셨구려."

"이런, 이런!"

낭랑하고 유쾌하던 그 음성에 힘이라고는 하나도 실려 있지 않아서 안타까웠다. 진사후가 서둘러 무존의 맥을 쥐고 거듭 탄식했다.

생기가 말라가고 있었다. 기운이 쇠한 것이 무존은 점점 마른 나무토막이 되어가고 있었다. 삶의 의지가 사라진 것이라고 여긴 진사후가 울 듯한 얼굴이 되어 무존을 빤히 바라보며 탄식했다.

"대체 왜 이러시는 겁니까. 무엇이 무존을 이처럼 상심하게 했단 말입니까."

"나는, 나는……."

대무광이 꺼져 가는 음성으로 더듬거리며 말했다. 한참을 뜸 들이고 난 뒤에 그가 길게 탄식했다.

"아, 나는 꿈을 꾸었소."

"꿈? 아니 고작 꿈꾼 것 때문에 이렇게 되었단 말입니까?"

"아, 나는 그녀를 보았소이다."

"그녀라니?"

"유 사매 말이오. 그녀가 먼 길을 떠나고 있었는데, 몸에서 피가 뚝뚝 떨어지고, 얼굴은 매우 지치고 고단해 보였소이다."

"옥령을……."

대무광의 말을 듣던 진사후가 흠칫했다. 꺼질 듯한 대무광의 중얼거림이 이어졌다.

"사매, 어디로 가는가? 왜 그렇게 되었는가? 안타까워서 불렀소이다. 그녀가 걸음을 멈추고 나를 돌아보는데 그 눈에 원망이 가득했소. 나는 무서웠다오. 주춤거리며 물러섰을 뿐 그녀를 붙잡지도, 위로의 말을 해주지도 못했소."

"아, 무존이시여. 당신의 몸과 마음이 이처럼 쇠약해져 있으니 그런 꿈을 꾸는 것입니다. 비록 권좌에서는 물러났지만 아직도 이곳은 당신의 성이고 집입니다. 너무 스스로를 학대하지 마십시오."

몸을 일으킨 진사후가 무존의 손을 잡은 채 침상 아래 무릎을 꿇고 간절히 말했다. 그를 멍하니 내려다보던 대무광이 깊은 한숨을 쉬었다.

"유 사매는 아직도 돌아오지 않았소? 그녀가 어디에 있는지 혹시 아시오?"

"그녀는, 그녀는……."

진사후는 차마 그녀가 동건유의 철조에 당해 죽었다는 말을 할 수가 없었다. 수하는 그에게 그렇게 보고해 왔었다. 하지만 이처럼 상심하고 있는 대무광에게 어떻게 사실대로 말해 준단 말인가. 머뭇거리던 진사후가 탄식하고 말했다.

"아직도 당신의 명령을 잊지 않고 어디엔가 숨어서 풍해산과 흑천을 노리고 있답니다. 집요하고 매몰찬 데가 있는 여걸이니 유 사매는 반드시 뜻을 이루고 당신께로 돌아올 것입니다."

"어렵소. 어려워."

대무광이 머리를 흔들었다.

"지금이라도 그녀를 데려올 수 없겠소? 나의 명령은 취소되었다고 전해줄 수 없겠소?"

"그렇게 하지요. 수하들을 풀어서 그녀의 행방을 찾아내도록 하겠습니다. 그러니 제발 이처럼 나를 놀라게 하지 마십시오."

"고맙소, 정말 고맙소이다."

무존이 희미하게 웃었다. 하지만 그의 쭈글쭈글한 뺨 위로는 한줄기 눈물이 흘러내리고 있었다.

진사후는 고개를 숙인 채 어두워진 눈길을 자신의 발끝에 두고 천천히 복숭아나무 숲을 걸어나갔다. 그는 무존이 몸에 스며들어 있는 묘독(猫毒)에 대한 저항력을 점점 더 잃어가고 있다는 것을 알았다. 오래 살지 못할 것이다. 그게 안타깝고 속상했으며, 또한 마음에 견딜 수 없는 괴로움을 가져다 주었다.

군웅성을 위하고, 강호의 정기를 위해서 어쩔 수 없었던 일이라고는 하나 자신의 손으로 무존을 저렇게 만들었다는 후회만은 뿌리칠 수 없었다. 아니, 그것은 무존 스스로가 택한 길이라고 해야 옳았다. 그가 스스로를 돌보지 않고 두위에게 모든 내력을 쏟아 부어주었을 때 무존은 스스로의 삶과 역할을 포기했던 것이다.

'그렇다면 그는 대체 두위에게 무엇을 바랐던 것일까?

그런 의문이 다시 들었다. 아무래도 자신으로서는 대답할 수 없는 의문이었다. 무엇 때문에 무존이 원수나 다름없는 두위를 위해 그처럼 자기 자신을 희생했던 건지 지금도 이해할 수 없었다. 차라리 그 공력을 하도욱에게 기울였더라면, 하는 아쉬움이 컸다.

그렇게 하고 당당하게 은퇴를 했더라면 지금 무존은 만인의 존경과 흠모를 받으며 편안한 여생을 즐기고 있을 것이었다. 그렇지 못하다는 것이 진사후를 안타깝게 했으면서 동시에 화나게 했다. 오랫동안 지켜온 정 때문이었다. 진사후의 마음속에는 아직도 무존이 곧 자신이고, 자신이 무존이라는 일체감이 살아 있었다. 그건 무존 또한 마찬가지일 것이라고 믿었다.

“그에게 강호의 위태로운 정세를 말하지 않은 건 잘한 일이다.”

진사후는 자기 자신을 그렇게 칭찬해 주었다. 모옥으로 찾아갔을 때는 지금의 강호의 정세에 대해서 허심탄회하게 털어놓고 조언을 구하려는 생각에서였다. 군웅성의 위엄이 갈수록 형편없어지고 있다는 것과 사마의 준동이 점점 심해지고 있다는 것.

진사후는 대무광에게서 과거 그가 의기를 세워 일시에 사마를 척결했던 그때의 일에 대해 듣고자 했다. 그러면 지금의 난국을 극복할 비결을 떠올릴 수도 있을 것이라고 여겼지만, 그것은 무존의 눈물 앞에서 모두 사라져 버리고 말았다.

진사후는 대무광이 그리웠다. 지금의 대무광이 아니라 자신과 무리들을 이끌고 질풍처럼 강호를 휩쓸어갔던 그때의 그 대무광 말이다. 이처럼 모든 것을 스스로 결정하고 책임져야 하는 위치에 서자 그가 왜 무존으로 불렸는지 절실히 느껴졌다.

“나들이를 하신다고요?”

정자 위에서 여전히 바둑을 두고 있던 남해검협 조추걸이 껄껄 웃으며 말을 건네왔다. 상념에 빠져 있던 진사후가 얼른 웃는 얼굴을 했다.

“하하, 강호가 뒤숭숭하다기에 염탐이나 좀 해볼까 해서요.”

“소제가 동행하면 안 되겠습니까? 오랫동안 하는 일 없이 놀고 있자니 좀이 쑤셔서 말입니다.”

조추걸이 흰빛과 검은빛이 반쯤 섞여 있는 그의 수염을 쓸며 은근한 눈길을 보내왔다.

"이 사람. 문지기 노릇이 이처럼 편하고 좋은데 무엇 때문에 스스로를 복잡한 장기판 위에 떨구려고 하나? 가만히 앉아서 구경하는 게 더 재미있는 일이라네."

백미(白眉) 백염(白髥)이 돋보이는 태을 진인 이청수가 온화한 웃음을 지으며 그렇게 말했다. 조추걸이 화가 난 듯 소맷자락으로 바둑판을 쓸어버렸다.

"제기랄, 당신이야 원래 소처럼 느려터진 도사이니 일 년이고 십 년이고 꼼짝하지 않고 앉아 있어도 지겨운 줄 모르겠지. 하지만 나 같은 속인은 하루라도 신나는 일이 없으면 심심해서 몸에 이끼가 낀단 말이오."

그는 검협이라는 외호로 불렸을 만큼 이곳저곳 돌아다니며 의기와 협기를 날리고 다닌 인물이었다. 악한 짓을 보면 물불을 가리지 않고 달려들었는데, 손속에 추호의 연민이나 사정을 남기지 않기로도 유명했다. 그 지나침 때문에 원한도 많이 샀지만 남해검파의 종사라는 그의 신분을 알고서는 누구도 감히 찾아와 따지는 자가 없었다.

잠시 생각하던 진사후가 머리를 끄덕였다.

"그럼 이곳은 진인께 잠시 맡기고 우리 두 늙은이가 사이좋게 강호 유람이나 다녀옵시다."

*　　　*　　　*

"헉, 헉, 제기랄, 더러운 꼴이다. 퉤!"

거칠게 어깨 숨을 헐떡이던 반천수가 발 아래 침을 뱉었다. 피로 얼룩진 침 속에 내장 부스러기가 섞여 있었다. 가슴을 움켜쥐고 있는 손가락 사이로 붉은 선혈이 조금씩 스며 나왔고, 곱기가 천하절색의 미녀에 못지않던 그의 얼굴이 지금은 고통으로 흉측하게 일그러져 있었다.

살아오면서 이처럼 모진 꼴을 당한 것은 화산에서 쫓겨나던 때 말고는 없었다. 그 생각이 반천수를 어이없게 했다.

"지독한 마귀다. 쳇! 정말 끔찍한 마귀야. 다신 마주치고 싶지 않다."

머리마저 흔들며 진저리를 치는 것이 정말 질린 모양이었다. 그가 불안한 눈길로 사방을 두리번거리고 나서 조심스럽게 걸음을 떼어놓았다. 이제는 확실하게 따돌렸다는 생각이 들었다.

어서 마을을 찾아 내려가 의원에게 몸을 맡겨야 한다고 여긴 그가 있는 힘을 다해 달리기 시작했다. 나뭇가지들이 귓가를 할퀴며 빠르게 밀려났고, 뒤따르던 새소리도 멀어졌다.

개울이 나타나면 뛰어넘었고, 바위가 앞을 가리면 타 넘었다. 정신 없이 달리면서도 자꾸만 등 뒤를 돌아보게 되는 것은 두려움 때문이었다. 반천수는 태어나서 처음으로 두려움이라는 것을 절실하게 맛보고 있었다.

세상 사람들은 음양쌍괴를 함께 불렀지만 그건 잘못된 것이라고 생각했다. 그가 겪은 음괴(陰怪) 섭월령(攝月靈)은 양괴보다 훨씬 더 무섭고 매서운 마귀였다. 반천수는 그것이 그녀가 지난 십 년 동안 동정호에 솟아 있는 한 섬의 동굴 속에 갇힌 채 오직 무공만 연마했기 때문이라는 것을 알지 못했다.

양괴가 해마다 반천수에게 내력을 전해주고, 다시 일 년 동안 정양하여 본신의 기운을 되찾는 일에 매달려 있는 동안 음괴는 아무도 방해하는 자가 없는 동굴 속에서 이를 갈며 오직 무공만을 생각하고 또 생각했던 것이다. 그것이 십 년 세월이나 쌓였으니 이제 양괴와는 비교할 수 없는 차이가 생긴 게 당연했다.

반천수는 자신이 배 위에서 기습했으면서도 풍진광선(風塵狂仙) 장학우(張鶴佑)를 어쩌지 못한 것이 이해되었다. 양괴의 무공을 모두 물려받았다고 해도 그것은 십 년 전의 양괴를 만나 전해 받은 거나 마찬가지였던 것이다. 장학우도 지난 십 년 동안 조금씩 공력을 쌓아갔을 터이니 제자리에 머물러 있기만 한 양괴와는 큰 차이가 생긴 게 당연했다.

"제기랄, 나는 우물 안 개구리였다!"

문득 걸음을 멈춘 그가 나무뿌리를 걷어차며 분해서 소리쳤다. 양괴의 무공을 전해 받았으니 이제 세상에서 자신을 당할 자는 두세 명밖에 없을 거라고 자부하며 우쭐댔던 꼴이 우스워졌다. 적어도 무공에 있어서 하나에 하나를 더하면 둘이 되는 게 아니라는 것을 그는 비로소 깊이 깨달았다.

원래 그는 화산의 검법을 크게 이루어 독자적인 경지를 이루었다. 상대를 찾아보기 어려울 만큼 초절한 실력을 이미 지니고 있었던 것이다. 그런데 그것에 양괴의 절기마저 더해졌으니 금방 천하제일이 될 수 있을 것처럼 생각되었다. 하지만 지금 돌아보니 결코 그렇지가 않았다.

한 냥에 한 냥을 보태면 두 냥이 되는 게 산수지만, 무공의 수련에 있어서는 그저 한 냥보다 조금 더 많거나, 잘해야 한 냥 반이 될 뿐이다. 그것도 담을 수 있는 그릇의 크기에 달려 있었다. 애초에 한 냥밖에 담지 못할 작은 그릇이었다면 물이 흘러넘치듯 아무리 초절한 절기를 더해주어도 쓸데없는 일이 되고 만다.

반천수는 자신의 무공 수위가 처음보다 두어 걸음 앞서 나갔을 뿐, 원래 열 걸음이었던 것이 스무 걸음으로 늘어난 게 아니었음을 섭월령을 통해서 절실히 느낄 수 있었다. 분했다. 이제 남은 시간은 몇 달밖에 없는데, 그사이에 어떻게 천하제일의 무위를 떨쳐 명예를 회복하고 복수를 할 수 있단 말인가? 하는 생각 때문이었다.

'두위라는 놈…….'

그는 문득 두위를 떠올리고 마음이 어두워졌다. 그는 대무광을 만나고 오더니 전혀 다른 사람이 된 듯 변해 있었다. 이릉운을 치던 그 일격이 증거였다. 적어도 그전보다 두 배는 강해졌다는 걸 확인할 수 있었다. 대체 대무광에게서 무엇을 얻었기에 그처럼 놀랍게 변했는지 의아한 중에 걷잡을 수 없이 질투가 났다.

왜 나는 잘 봐줘야 오성 정도가 늘었을 뿐인데 그놈은 십성이나 늘어난 건지 이해할 수 없었다. 그것이 깨우침의 차이이고, 그릇의 차이라는 것은 인정하고 싶지 않았다.

이제 천하에 두위의 적수가 될 만한 자는 없을 것처럼 보였다. 그렇다면 나는? 하는 생각이 또 그를 괴롭게 했다. 지금으로서는 결코 두위를 뛰어넘을 수 없을 것 같았기 때문이다. 노력으로 이루는 것은 언젠가는 한계에 부딪친다. 그것을 뛰어넘기 위해서는 타고난 천품이 필요한 법이다.

타고난 천품, 하고 생각하자 나의 자질이 그놈보다 못한 게 뭔가 하는 오기가 불끈 솟았다.

"나도 한때는 화산파 제일의 기재로 꼽혔었다!"

반천수가 주먹을 불끈 쥐고 하늘을 찌르며 소리쳤다. 원망이 담긴 부르짖음이었다.

"누구나 다 나를 보면 혀를 내두르며 엄지손가락을 치켜세웠다! 백 년 이래 이와 같은 자질을 지닌 자는 처음일 것이라고 찬탄했단 말이다!"

그의 외침이 먼 산 메아리가 되어 되돌아왔다. 웅웅거리는 그 여음(餘

音)이 사라지기도 전에 그가 다시 악을 쓰듯 소리쳤다. 저 먼 하늘을 향해서였다. 그곳에 있다는 조물주를 향해서이기도 했다.

"하지만 누구도 두위 그놈의 자질이 뛰어나다고 감탄한 적은 없었어! 나는 그런 말을 들어보지 못했다! 그러니 인정하지 않겠어!"

"네가 인장하든 않든 상관없다. 나는 그래도 너를 죽이고 말 테니까."

"억!"

문득 들려오는 귀에 익은 음성에 반천수가 크게 놀라 펄쩍 뛰었다.

"호호호, 아직 팔팔하구나. 그렇다면 조금 더 가지고 놀 수 있을 테니 나야 잘됐지 뭐."

막 지나온 바위 위에 섭월령이 태연하게 앉아서 다리를 흔들고 있었다. 반천수의 얼굴에 다시 두려움이 떠올랐다. 따돌렸다고 믿었는데 내내 꼬리에 달고 왔던 것이다. 그러면서도 까맣게 모르고 있었으니 과연 저 계집은 사람이 아니라 귀신이 분명하다고 여겼다. 그렇게 믿고 싶었다.

"네가 내 동생을 잘 안다니 참 안됐어. 착한 그놈을 생각하면 차마 죽일 수가 없어. 이를 어쩌면 좋지?"

섭월령이 자못 안타까운 표정을 한 채 머리를 갸웃거렸다. 반천수가 허탈한 얼굴을 하고 그녀를 멍하니 바라보았다. 이제는 화를 낼 기력도 남아 있지 않았다. 또 아무리 화를 내보아도 그녀가 눈썹 하나 까딱하지 않을 것임을 잘 알았다. 죽이고 살리는 걸 언제나 제 맘대로 했던 마귀인 것이다.

"알 수 없군, 알 수 없어. 대체 두위에게 당신 같은 누이가 언제 생겼단 말이오?"

"알 수 없군, 알 수 없어. 대체 그놈에게 너같이 멍청한 친구가 언제 생겼단 말이냐?"

섭월령이 반천수의 말투를 흉나 냈다. 반천수가 곧 주저앉아 버릴 것 같은 얼굴을 하고 허허, 웃었다.

"나는 도저히 당신을 당할 수 없소. 그러니 죽이든 말든 맘대로 하시오. 나는 더 이상 싸우지 않겠소."

그가 허리에 차고 있던 검을 풀어 발 아래 내동댕이쳤다. 정말 여기서 끝내고 싶은 마음뿐이었다. 더 이상 저 지긋지긋한 요녀를 꼬리에 매단 채 뛰어다니고 싶지 않아서였다.

"어?"

섭월령이 의외라는 듯 놀란 소리를 내고는 훌쩍 뛰어서 반천수 앞에 내려섰다. 그녀가 또랑또랑한 눈으로 반천수를 빤히 바라보다가 쯧쯧 하고 혀를 찼다.

"이 피 좀 봐. 정말 아프겠구나. 그래서 정신이 나간 거야. 불쌍해라."

그녀가 옷소매를 들어 반천수의 얼굴을 닦아주며 말했는데, 곧 눈물이라도 뚝뚝 떨어뜨릴 것처럼 애처로운 눈길이었고 말투였다.

"안 되겠다. 어서 의원에게 가자. 이 지경이 되어가지고 여기서 이렇게 한가롭게 노닥거리고 있다니 너도 참……."

그녀가 떼쓰는 아이를 달래기라도 하듯 곱게 눈을 흘기며 반천수의 옷깃을 끌었다.

반천수는 어이가 없어서 벌어진 입을 다물지 못하고 섭월령을 빤히 바라보기만 했다. 자신도 미칠 때면 누구도 종잡지 못하게 완전히 미쳐 버리는 놈이었지만 이 여자와 비교하면 발꿈치에도 닿지 못할 것이라고 생각했다.

어쨌든 지금은 죽일 마음이 없는 모양이었다. 그렇다면 다시 기회를 노릴 수도 있겠다는 생각이 그에게 한 가닥 희망을 주었다.

"에휴휴― 당신이 그처럼 말해 주니 따를 수밖에요."

그가 짐짓 애처로운 모습으로 탄식하고 다 죽어가는 사람처럼 힘이라고는 하나도 없는 음성으로 중얼거렸다.

"걸어갈 수 있겠어? 고모가 업어줄까?"

"아니, 아니올시다. 까짓 굴러서라도 이 산을 못 내려가겠소? 자, 갑시다. 가."

다시 검을 집어 든 반천수가 술에 취한 듯 비틀거리며 산을 내려가기 시작했다. 등 뒤에서 섭월령의 혀 차는 소리가 들려왔다. 그는 그녀가 다시 마음이 바뀔까 봐 다리에 힘을 빼고 비틀거리며 애처로운 모습으로, 그러나 더욱 빠르게 걸음을 옮겼다.

"거참, 이상하군."

늙은 의원이 연신 머리를 갸웃거리며 반천수의 손목을 놓지 못했다. 반천수는 온몸에 흰 천을 둘둘 감은 채 다 죽어가는 모습으로 침상에 누워 있었다. 무림인은, 특히 고수라면, 자체의 회복력이 뛰어나서 외상이 아무리 심해도 뼈와 힘줄이 상하지 않은 이상 금창약을 바르고 며칠 정양하면 쉽게 회복되었다.

그러나 깊은 내상을 입었다면 혼자서 회복하기가 힘들다. 고수의 도움을 받거나, 그런 쪽에 식견이 뛰어난 명의의 도움을 받아야 한다. 이런 촌의 늙은 의원으로서는 손써 볼 방법이 없는 것이다. 하지만 반천수의 내상은 곧 죽을 만큼 심각한 것은 아니었다. 의원이 판단하기에는 벌써 회복되어 원기를 되찾아야 옳았다. 그런데 반천수는 벌써 사흘째나 의식을 찾지 못하고 사경을 헤매고 있었다.

“이상해.”

그의 맥을 쥐고 있던 손을 놓으며 의원이 머리를 갸웃거렸다. 맥은 분명히 왕성하게 뛰고 있었다. 아직 내상의 흔적이 비장(脾臟)과 임맥(任脈)에 희미하게 남아 있기는 해도 생사지경을 헤맬 만큼 지독하지는 않았던 것이다.

반천수의 눈을 뒤집어 본 의원이 한숨을 쉬고 방을 나갔다. 그러자 죽은 듯 누워 있던 반천수가 눈을 번쩍 뜨고 일어나 앉았다.

“에휴—”

그가 들릴 듯 말 듯 한숨을 쉬었다. 마당에서 두런두런 말하는 소리가 들려왔다. 반천수가 귀를 쫑긋 세우고 신경을 기울였다. 섭월령과 의원이 나누고 있는 말소리가 또렷하게 들려왔다.

섭월령은 화단의 돌 위에 걸터앉아 누런 강아지 두 마리를 희롱하고 있었다. 손등을 핥고 옷자락을 물고 달아나는 그놈들이 귀여워 못 견디겠다는 듯 때로 자지러지는 웃음을 웃곤 하였다. 그때 의원이 머리를 저으며 나오는 것이 보였다. 그녀가 강아지 한 마리를 냉큼 안아 들고 일어서며 물었다.

“어때요? 좀 나아졌나요?”

“글쎄…… 나아진 것도 같고, 아닌 것도 같은 게…… 휴, 대체 저렇게 이상한 증상의 환자는 처음 본다오. 아무래도 부중의 명의를 찾아가 보이는 게 낫겠소.”

“명의가 별건가요? 상처를 아물게 하고 기력을 되찾아줄 수만 있으면 누구나 명의지요. 그 정도는 선생도 충분히 할 수 있다고 보는데요?”

“글쎄, 그것이 그렇기는 하지만, 저 환자는 워낙 외상이 깊었던 데다가 내상마저 이상하여서…… 내 의원 경력 한 갑자로도 도무지 알 수가 없구려. 이상한 일이야, 이상한 일.”

의원이 버릇인 듯 다시 머리를 설레설레 저었다. 섭월령이 배시시 웃었다.

“워낙 요상한 놈이니 상세도 평범하지는 않겠지요. 하지만 나는 더 기다려 줄 수 있으니 충분히 시간을 갖고 치료하도록 해보세요.”

그리고는 다시 강아지들의 배를 긁고 이리저리 굴리며 노는 일에 빠져들었다. 그런 그녀를 물끄러미 바라보던 의원이 머리를 흔들고 한숨을 쉬었다.

한낮의 조용한 평화가 의원의 집 안뜰에 가득 내려앉았다. 섭월령의 고운 얼굴이 햇빛 아래 보석처럼 빛났다. 강아지들을 데리고 노는 그녀는 세상의 모든 근심을 다 잊은 듯 평화롭고 행복해 보였다.

강아지들이 지쳤는지, 어느덧 한 마리는 발 아래 코를 박고 잠들었고, 한 마리는 향기롭고 따뜻한 그녀의 품에 안긴 채 새근새근 잠이 들었다. 아기를 안고 있기라도 한 듯 조심스럽게 강아지를 안고 앉아서 나지막이 콧노래까지 불러주는 섭월령은 더없이 행복한 얼굴을 하고 있었다.

그 평화가 몇 사람의 거친 발자국 소리로 인해 흔들렸다.

급히 다가오는 발자국 소리를 들은 섭월령이 천천히 그곳으로 얼굴을 돌렸다. 눈빛이 무심해져 있는 것이 나른한 평화를 깨뜨린 무례한 자들에 대해서 화가 난 모양이었다.

“빌어먹을. 그러기에 내가 뭐랬어? 고집 부리지 말고 진작 용한 의원에게 맡겨 버리자고 했잖아. 말을 말같이 듣지 않더니 꼴 좋게 됐다.”

“그쯤 해둬. 대체 언제까지 똑같은 소리를 계속할 거냐? 이제 네 말대로 의원에게 찾아왔으니 제발 입 좀 다물어라.”

“썩을. 다 죽은 귀신을 데리고 오면 뭐 해. 이젠 차라리 장의사한테 찾아가는 게 나을 거다."

투덕거리는 소리와 함께 몇 사람의 장한들이 우르르 들이닥쳤다. 등에 축 늘어진 양사명을 들쳐 업고 있는 장 노대와 장가구, 그리고 팽호였다.

"어?"

강아지를 안고 앉아서 무심히 바라보는 섭월령과 눈이 마주친 장가구가 멈추어 서서 부리부리한 눈알을 굴렸다.

"늙은이라더니 여자네?"

그녀가 의원인 줄 안 모양이다. 팽호의 차가운 눈이 번갯불처럼 섭월령의 온몸을 훑었다. 장가구가 우르르 달려가더니 그녀의 발 아래에서 세상모르고 자고 있는 강아지를 걷어찼다. 놀란 그놈이 깨갱거리며 펄쩍펄쩍 뛰어 달아났다. 섭월령의 아미가 살짝 찌푸려졌다.

"이봐, 급한 환자가 왔다. 한가롭게 개새끼들이나 안고 있을 새가 없다구! 뭐 하고 있는 거야? 어서 환자를 좀 보라니까!"

장가구가 그녀의 품에 있는 강아지마저 빼앗아 던져 버릴 듯 눈을 사납게 부라리며 호통 쳤다.

"기다려!"

뒤에서 작은 눈을 더욱 좁히고 있던 팽호가 다급하게 뛰어나와 장가구의 허리띠를 잡아 거칠게 밀어내고 섭월을 가로막았다.

"내 동행의 무례를 용서해 주시오. 친구가 중태인지라 마음이 급해서 저런 것이니 그렇게 알고 이해해 주시면 고맙겠소."

그가 포권하여 인사하고 천천히 말했다. 섭월령이 아무 말 없이 그런 팽호를 빤히 바라보기만 했다. 눈길이 조금 더 서늘해져 있었다. 살짝 미간을 찌푸린 팽호가 더욱 정중하게 말했다.

"의원이시라면 저기 환자를 좀 봐주시겠소? 사례는 충분히 하리다."

"그러지."

섭월령이 품에 안고 있던 강아지를 내려놓은 다음에 천천히 돌아서서 의방으로 향했다. 도도하고 오만한 그녀의 본래 모습으로 돌아와 있었다. 장가구가 또 뭐라고 할 듯 입술을 움찔거리자 팽호가 급히 그의 입을 틀어막고 매섭게 눈을 흘겼다.

"잠자코 있어!"

작고 날카로운 음성으로 꾸짖어준 그가 눈짓으로 장 가구를 불러 앞세우고 섭월령의 뒤를 따랐다.

"뭐야? 이게 누구야?"

의방에 들어선 장 노대가 깜짝 놀라 버럭 소리쳤다. 뒤따라 들어선 장가구도 엇! 하고 놀란 소리를 터뜨렸고, 팽호 또한 마찬가지였다. 그들은 온몸을 흰 천으로 둘둘 만 채 눈만 말똥말똥 뜨고 바라보고 있는 반천수를 본 것이다.

그들을 본 반천수의 눈이 놀람과 당황으로 찢어질 듯 커졌다. 그가 무어라고 소리치려고 하다가 한쪽에 깎아 세운 듯 서 있는 섭월령을 보고는 곧 입을 다물었다.

'제기랄, 나도 모르겠다!'

속으로 다급하게 중얼거린 반천수가 눈을 질끈 감아버렸다. 될 대로 되라고 포기할 수밖에 달리 방법이 없었다. 운도 지지리 없는 놈들이라고 마음속으로 장 노대 등을 욕하기만 했다.

"아니, 왜 이 꼴이 된 거냐? 대체 누가 너를 이렇게 만든 거지? 허! 이건 마치 관에서 금방 꺼내놓은 송장 꼴이로군."

장가구가 혀를 차며 발을 굴렀다.

"대체 무슨 일들이기에 이 소란이오?"

떠들썩함에 놀란 의원이 뛰어들어 왔다. 그를 본 팽호가 엇? 하고 놀랐다. 섭월령이 의원이 아니라는 것을 안 장 노대와 장가구도 어리둥절해서 바라보기만 했다.

"제기랄, 오늘은 여러 가지로 놀라는군. 일진이 안 좋은가 보다."

장가구가 섭월령을 힐끔거리며 투덜댔다. 실수한 것을 사과해야 옳은 일이었지만 입이 떨어지지 않았다.

장 노대가 업고 있던 양사명을 반천수 곁에 눕혔다. 그는 온몸이 항아리처럼 부어 있었는데, 눈마저 뜨지 못했고, 살색이 시퍼렇게 죽어가고 있었다. 미약한 숨을 쌕쌕거리는 것이 금방이라도 유명을 달리할 것 같아 보였다.

"이런, 이런! 환자가 이 지경이 되도록 방치해 두고 있었다니! 대체 당신들은 정신이 있는 사람이오, 없는 사람이오?"

의원이 급히 다가와 장 노대와 팽호를 떠밀며 꾸짖었다. 그들은 아무 소리도 하지 못했다.

지난 보름 동안 장가구는 내내 양사명 곁에 붙어서 그를 돌보았다. 팽호와 장 노대 두위 등이 번갈아 양사명의 체내에 내력을 흘려 넣어주었고 의원들에게 맡겼지만, 양사명의 상세는 호전될 기미가 보이지 않았다.

그것 때문에 상남(湘南)의 철웅보로 철사자 하후명을 찾아가는 일이 기약없이 늦어졌다. 그러나 양사명의 상세를 잡는 일이 더 급했으므로 어쩔 수 없었다.

의술에 대해서는 문외한인 그들은 갑갑하기만 할 뿐 어떻게 손을 써 볼 엄두를 내지 못했다. 그동안 양사명의 상세를 진맥해 본 몇 군데 촌

마을의 의원들은 하나같이 머리를 가로젓기만 했다. 돌팔이들이라고 그때마다 걸쭉하게 욕을 퍼부어댄 장가구는 양사명을 현이나 부중의 큰 의가로 데려가자고 악을 썼다.

그들은 의성현(依筬縣)에 용한 의원이 있다는 말을 듣고 그리로 향하던 중이었다. 두위는 어제저녁 무슨 급한 일이 생겼던지 의성현의 의가로 찾아가겠다는 쪽지 한 장만 달랑 남겨놓고 어디론가 사라져 버렸다.

아침에서야 그걸 안 장 노대가 혼자 가버린 것을 서운해하며 투덜댔지만 곧 만날 것이고, 지금은 양사명의 상태가 급했으므로 문제 삼지 않았다. 그런데 한낮이 되자 양사명의 상태가 갑자기 급해졌다. 이래서는 의성현에 닿기도 전에 죽을 것 같았다.

급한 마음에 농부를 붙잡고 물어보니 이곳에 용한 의원이 있다는 것이었다. 더 생각할 새도 없이 달려왔다가 뜻밖에 반천수를 보고 섭월령을 보게 되었다. 하지만 그들 중 누구도 섭월령을 알아보는 사람이 없었다.

"큰일 날 뻔했군."

진맥을 마친 늙은 의원이 긴장으로 굳어졌던 얼굴을 풀고 이마의 땀을 훔쳐 냈다.

"나가들 있으시오. 아, 다들 나가라니까!"

노인이 머리를 흔들며 마구 손을 내저었다. 팽호 등은 가슴 가득 궁금한 게 많았지만 아무 말도 하지 못하고 쫓겨날 수밖에 없었다.

"도대체 어떻게 된 거지? 반천수 저놈이 왜 여기에 와서 저 꼴을 하고 있는 거야?"

마당 한쪽에 모여 서자 장가구가 인상을 쓰고 물었다. 하지만 장 노대도 팽호도 알 턱이 없었다. 그들의 눈에 의방을 나오고 있는 섭월령이 보였다. 그녀 또한 쫓겨난 모양이었다. 장가구가 눈살을 찌푸리고 속삭이듯 말했다.

"저 여자는 또 누구지? 반가 놈이 그새 꿰찬 계집인가? 나이가 좀 들어 보이기는 하지만 천하절색인걸?"

그가 섭월령을 힐끔거리며 중얼거렸다. 반천수를 질투하는 기색이 노골적으로 드러나 있었다. 그 말에는 장 노대도 팽호도 머리를 끄덕여 동의했다. 그들이 뜨거워진 눈으로 섭월령을 바라보았다. 찬찬히 보자니 정말 숨이 막힐 만큼 뛰어난 미색이었다.

섭월령은 그들과 떨어진 곳에서 싸늘한 얼굴을 하고 오만하게 서서 하늘을 보고 있었는데, 그 모습이 더욱 사내들의 애간장을 끓게 할 만했다. 도도함 속에 귀품이 절로 우러났고, 차가움 속에 위엄이 깃들어 있어서 더욱 그랬다.

팽호가 휴, 하고 한숨을 내쉬고 나서 머리를 흔들었다.

"조심해야 할 여자다. 심상치가 않아."

그가 낮게 중얼거렸다. 그 소리를 들었는지, 아니면 우연이었던지 섭월령이 그들을 바라보았다. 어느새 그녀의 발치에는 달아나 숨었던 두 마리의 강아지들이 달라붙어 재롱을 떨고 있었다.

"거기 소도둑 같이 생긴 놈. 이리 와봐라."

자신을 가리키는 그녀의 손가락을 본 장가구가 어리둥절해서 팽호와 장 노대를 바라보고 섭월령을 바라보다가 믿지 못하겠다는 듯 제 코끝을 가리켰다.

"나 말이냐?"

"그래, 너 말이다. 어서 이 고모님한테 와봐라."

"어허!"

장가구가 입을 딱 벌렸다. 그러다가 곧 얼굴이 소태를 씹은 듯 있는 대로 일그러졌다. 하지만 그는 최대한의 인내심을 발휘하여 참았다.

"좋아. 아까 한 실수가 있으니 용서해 주지."

"지랄 떨 것 없어. 오라면 오고 가라면 가는 거지 웬 말이 그렇게 많아."

"어허!"

장가구가 눈을 부릅떴다. 하지만 그는 마지막으로 한 번 더 참아주기로 했다는 듯 입맛을 다셨을 뿐 발작하지 않았다.

"왜 그러는데? 이 어르신이 마음에 들기라도 한 거냐? 그럼 안에 있는 놈은 어쩌고?"

"흥! 꼴에 사내놈이라고……."

섭월령이 차갑게 코웃음 쳤다. 다른 때 같았으면 벼락처럼 달려들었을 것이나 오늘은 그녀 또한 스스로도 놀랄 만큼 잘 참고 있었다.

"두위는 왜 함께 오지 않았지?"

"두위? 허! 당신이 그를 어찌 아오?"

장가구가 놀라서 물었는데 말투마저 변해 있었다. 두위라는 이름을 말할 때 섭월령의 어조에는 다정함이 가득했던 것이다. 두위를 잘 알고 있는 여자라는 느낌이 왔다.

"말해 봐. 너희들은 그와 함께 있지 않았나?"

"하지만 그는 어젯밤 소리도 없이 어디론가 가버렸소. 의성현에서 만나자는 쪽지 한 장만 남겼다오."

"왜?"

"그걸 내가 어찌 알겠소? 젠장할, 귀신에게 홀렸던 건지도 모르지.

그렇지 않고서야 야밤에 소리도 없이 살짝 빠져나갈 리가 있겠소?"

"귀신이라고?"

문득 섭월령의 얼굴이 싸늘해졌다.

"너희는 어젯밤에 어디에 있었지?"

"궁가촌이오. 그런데 그건 왜 묻소?"

장가구는 아직도 어리둥절해 있을 뿐이지만 팽호는 그렇지 않았다. 그가 아! 하고 놀람의 탄성을 뱉어냈다. 그는 비로소 섭월령이 누구인지 생각해 낸 것이다. 두위로부터 그녀의 존재에 대해서 들은 적이 있기 때문이다.

"좋지 않다. 좋지 않아."

중얼거린 섭월령이 불쑥 신형을 뽑아 올렸다.

"어? 어디로 가는 거요?"

훌쩍 솟구친 섭월령이 스무 걸음 사이를 단번에 날아와 장가구의 머리 위를 뛰어넘어 갔다. 눈앞이 서늘해졌다고 여겼을 뿐인데 그녀의 모습이 꺼지듯 사라져 버려서 놀라지 않을 수 없었다. 멍하니 서 있던 장가구가 소리쳤을 때 그녀의 모습은 담 너머로 사라져 이미 보이지 않았다.

"어, 내가 정말 귀신을 본 건가?"

장가구가 머리를 설레설레 흔들며 중얼거렸다. 사람이 어찌 저렇게 빠르고 가벼울 수 있는 건지 믿어지지 않았다.

"큰일 날 뻔했다. 저승의 문턱에 발을 걸치고 있었다니……."

팽호가 창백해진 얼굴로 중얼거렸다. 그때쯤은 장 노대 또한 그녀의 정체를 눈치 챘다. 그 역시 진저리를 치고 중얼거렸다.

"운이 좋았다. 정말 운이 좋았어."

"뭐라고 하는 거야?"

장가구가 아직도 무엇에 홀린 듯 멍한 얼굴로 물었다. 그는 강아지를 어르고 있던 그 아름다운 여인이 그처럼 놀라운 경신술을 지닌 고수였다는 것이 아직도 믿어지지 않는 듯했다. 여전히 자신이 허깨비를 상대하고 있었다고 여기는 건지도 몰랐다.

"그 지랄을 떨고도 무사했으니 너는 정말 운이 좋았다. 아직 죽을 때가 되지 않아서 그런가 보다."

장 노대가 질린 얼굴로 장가구의 가슴을 찌르며 말했다.

"내가? 왜?"

"이 곰 같은 놈아, 넌 정말 그녀가 누군지 모르겠냐?"

"……?"

눈알만 뒤룩거리고 있던 장가구가 조금 후에 크게 놀라 펄쩍 뛰며 소리쳤다.

"아! 맞다! 바로 그녀다! 그녀였어!"

그의 낯빛이 지나친 놀람으로 핼쑥해져 버렸다. 풍해산이 기력을 잃었고, 대무광마저 그렇게 된 지금 섭월령이야말로 검신 진사후와 천하제일의 고수라는 명예를 두고 자웅을 겨룰 만한 유일한 인물이었던 것이다.

섭월령은 날듯이 산을 치달아 올라가고 있었다. 그녀는 연신 좋지 않다고 중얼거리고 있었는데 몹시 초조한 듯 입술마저 파랗게 변해 있었다.

그녀는 두위가 귀신에게 홀렸을지도 모른다는 장가구의 엉뚱한 말을 듣고 문득 한 가지 생각을 떠올렸던 것이다. 그것은 그녀가 반천수를 쫓던 이틀 전 새벽에 겪은 일 때문이었다. 급히 몸을 날리며 그때의 일을 더듬어보니 장가구가 말한 눙가촌에서 멀지 않은 채문산(彩雯山) 기슭에서였다.

짙푸른 숲 사이로 하얀 바위 봉우리들이 우뚝우뚝 솟아 있는 그 산은, 암봉(岩峰)에 걸리는 노을과 구름이 그림처럼 아름다워 그런 고상한 이름이 붙여진 작은 산이었다. 섭월령은 반천수의 종적을 쫓아 한밤중인데도 불구하고 그 채문산 기슭을 배회했었다. 그리고 귀신같은 그놈들을 보았다.

잡초 우거진 폐찰(廢刹)을 지날 재였다. 뒷덜미에 혹 끼쳐 오는 서늘한 귀기(鬼氣)가 섭월령을 놀라게 했다. 그녀가 급히 기식을 멈추고 아름드리 소나무 위로 뛰어올라 무성한 가지 속에 몸을 감추었다. 어둠 속에서 아수라 같은 몰골을 한 두 명의 괴한이 달려오고 있었다. 풀잎을 차고 훌훌 몸을 날리는 것이 절정의 초상비(草上飛) 경공신법을 자유롭게 구사하는 자들이었다.

하지만 섭월령의 신경을 곤두서게 한 건 그자들이 아니었다. 그자들의 머리 위에 둥둥 뜬 채 밀려들고 있는 무엇인가 알 수 없는 검은 기운이었다. 그것을 본 순간 섭월령은 가슴이 심하게 뛰었다. 과거 흑사대제 구양적을 만났을 때 느꼈던 바로 그 기운이었기 때문이다.

'사령이다!'

그녀는 그것이 구양적이 자신의 분신이라고 자랑하던 바로 그 사령의 기운임을 즉시 알아보았다. 그렇다면 구양적이 나타났단 말인가? 하는 의문이 그녀의 마음을 서늘하게 했다. 그들은 폐찰 안으로 꺼지듯 스며들어 갔다. 그리고 무너져 가는 지장전(地藏殿)의 지붕 위에서 섭월령은 두 개의 검은 기운이 더 있다는 걸 느끼고 긴장했다.

세 명의 사령이 이곳에 나타났다는 건 흑사대제 구양적이 지장전 안에 있다는 증거라고 믿었다. 그녀가 아직 번풍의 존재에 대해서 알지 못하고 있는 까닭이었다. 섭월령은 구양적과 사령들이 있다면 조용히 이곳을 빠져나가는 게 최선이라고 생각했다. 그들과 부딪쳐 봐야 이로 울 게 없는 것이다. 그녀는 바짝 긴장한 채 조심스럽게 그곳을 떠났다.

장가구로부터 두위가 지난밤에 갑자기 사라졌다는 말을 듣고 나서 제일 먼저 떠오른 게 바로 그 사령들의 존재와 구양적이었다. 그들이 두위를 노리고 있는 게 틀림없다는 생각이 들었다. 여자 특유의 직감 이었고, 그녀의 예민한 감각이 끊임없이 그렇게 말해 주었던 것이다.

섭월령은 숨이 차 오르는 것도 잊고 미친 듯 능선을 넘고 개울을 뛰 어 건너며 북쪽으로 내달렸다. 그녀의 머릿속에는 오직 한 걸음이라도 더 빨리 채문산의 그 폐찰에 다다라야 한다는 생각뿐이었다.

〈제6권 끝〉